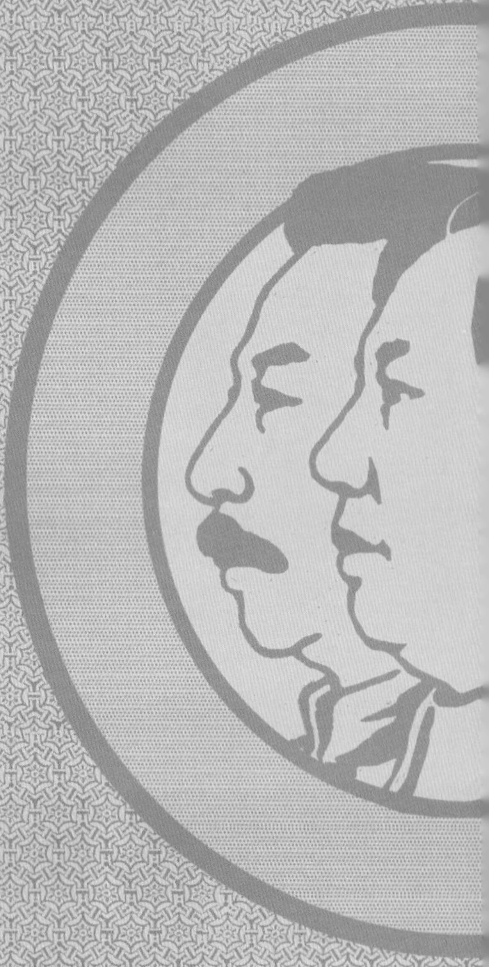

新文学选集

胡也频选集

开明出版社

图书在版编目(CIP)数据

胡也频选集/胡也频著. —北京：开明出版社，2016.2
（2023.2重印）

（新文学选集. 第1辑）

ISBN 978-7-5131-1863-7

Ⅰ.①胡… Ⅱ.①胡… Ⅲ.①中篇小说－小说集－
中国－当代 Ⅳ.①I247.5

中国版本图书馆 CIP 数据核字(2016)第 036342 号

责任编辑：卓玥　董晓君

书　　名：胡也频选集
出版人：陈滨滨
著　　者：胡也频
编辑者：新文学选集编辑委员会
主　　编：茅　盾
出　　版：开明出版社(北京市海淀区西三环北路 25 号青政大厦 6 层)
印　　刷：山东华立印务有限公司
开　　本：148 * 210　1/32
印　　张：9.625
字　　数：200 千字
版　　次：2016 年 2 月第一版
印　　次：2023 年 2 月第三次印刷
定　　价：29.00

胡也频先生遗像

（一九二九年摄）

在少年时代摄

願望

胡也頻詩集

1925——1926

手　迹

出版说明

　　新中国成立不久，中央人民政府文化部就成立了"新文学选集编辑委员会"，负责编选"新文学选集"，文化部部长茅盾任编委会主任，出版总署副署长叶圣陶、中宣部文艺处处长、作协党组书记兼副主席、《文艺报》主编丁玲、文艺理论家杨晦等任编委会委员。"新文学选集"1951年由开明书店出版，是新中国第一部汇集"五四"以来作家选集的丛书。

　　这套丛书分为两辑，第一辑是"已故作家及烈士的作品"，共12种，即《鲁迅选集》《瞿秋白选集》《郁达夫选集》《闻一多选集》《朱自清选集》《许地山选集》《蒋光慈选集》《鲁彦选集》《柔石选集》《胡也频选集》《洪灵菲选集》和《殷夫选集》。"健在作家"的选集为第二辑，也12种，即《郭沫若选集》《茅盾选集》《叶圣陶选集》《丁玲选集》《田汉选集》《巴金选集》《老舍选集》《洪深选集》《艾青选集》《张天翼选集》《曹禺选集》和《赵树理选集》。

　　"选集"的编排、装帧、设计、印制都相当考究。健在作家选集的封面由本人题签。已故作家中，"鲁迅选集"四个字选自鲁迅生前自题的"鲁迅自选集"，其他作家的书名均由郭沫若题写。正文前印有作者照片、手迹、《编辑凡例》和《序》；"已故作家"的"选集"中有的还附有《小传》，《序》也不止一篇。初版本为大 32 开软精装本，另有乙种本（即普及本）。软精装本扉页和封底衬页居中都印有鲁迅与毛泽东的侧面头像，因为占的版面较大，格外引人注目。毛泽东在《新民主主义论》中称鲁迅"是文化新军的最伟大和最英勇的旗手"，"是中国文化革命的主将"，"不但是伟大的文学家，而且是伟大的思想家和伟大的革命家"，"鲁迅的方向，就是中华民族新文化的方向"，刊印鲁迅头像是为了突出鲁迅在新文学史上的权威地位，将鲁迅头像与毛泽东头像并列刊印在一起，则寄寓着以鲁迅为代表的"五四"新文学发展的最终方向，就是走向 1942 年以后的文艺上的"毛泽东时代"。学习毛泽东《在延安文艺座谈会上的讲话》，实践毛泽东提出的革命文艺发展的正确方针，是新中国文学发展的必由之路。

　　"已故作家"中，鲁迅、朱自清、许地山、鲁彦、蒋光慈五人"因病致死"；瞿秋白、郁达夫、闻一多、柔石、胡也频、洪灵菲、殷夫七人都是"烈士"，是被反动派杀害的。鲁迅和瞿秋白是"左联"主要领导人；蒋光慈、洪灵菲、胡也频、柔石、殷夫都是"左翼作家"。闻一多、朱自清是"民主主义者和民主个人主义者"，但他们"在美国帝国主义者及其走狗国民党反动派面前站起来了"，"闻一多拍案而起，横眉怒对国民党的手枪，宁可倒下去，不愿屈服。朱自清一身重病，宁可饿死，不领美国的'救济粮'。他们是我们民族的脊梁"，"表现了我们民族的英雄气概"。①"已故作家"和"烈士作家"选集的出版，"正说明了中国人民的、革命的文学和文化所走过来的路，是壮烈的"②。

"健在作家"中郭沫若位居政务院副总理兼文教委主任，是国家领导人。茅盾"是党的最早的一批党员之一，曾积极参加党的筹备工作和早期工作"，③ 又是新中国的文化部部长、作家协会主席，身份特殊。洪深、丁玲、张天翼、田汉、艾青、赵树理等都是党员作家。叶圣陶、巴金、老舍、曹禺等人在文学上的成就自不待言，又都是我党亲密的朋友，是"进步的革命的文艺运动"(茅盾语)的参与者，是"革命文艺家"④。

"健在作家的作品"，由作家本人编选，或由作家本人委托他人代选。"已故作家及烈士的作品"，由编委会约请专人编选。《郁达夫选集》由丁易编选、《洪灵菲选集》由孟超编选，《殷夫选集》由阿英编选，《柔石选集》由魏金枝编选，《胡也频选集》由丁玲编选，《蒋光慈选集》由黄药眠编选，《闻一多选集》和《朱自清选集》均由李广田编选，《鲁彦选集》由周立波编选，《许地山选集》由杨刚编选。编委会约请的编选者

---

① 毛泽东：《别了，司徒雷登》，《毛泽东选集》第 4 卷，人民出版社 1991 年版，第 1496 页。

② 冷火：《新文学的光辉道路——介绍开明书店出版的"新文学选集"》，《文汇报》1951 年 9 月 20 日第 4 版。

③ 胡耀邦：1981 年 4 月 11 日在沈雁冰追悼会上的致词。

④ 冷火：《新文学的光辉道路——介绍开明书店出版的"新文学选集"》，《文汇报》1951 年 9 月 20 日第 4 版。

多为名家，且与作者交谊深厚，对作者的创作及其为人都有深切的了解，能够全面把握作家的思想脉络，准确地阐述其作品的文学史意义。《鲁迅选集》和《瞿秋白选集》则由"新文学选集编辑委员会"编选，规格更高。

这套丛书的意义首先在于给"新文学"定位。《编辑凡例》中说："此所谓新文学，指'五四'以来，现实主义的文学作品而言"；"现实主义是'五四'以来新文学的主流"；"新文学的历史就是批判的现实主义到革命的现实主义的发展过程"。这种独尊"现实主义的文学"的做法，把浪漫主义、象征主义以及意识流小说等许许多多优秀的文学作品挡在"新文学"的门槛之外了，在今天看来不免"太偏"，可在新中国成立伊始的"大欢乐的节日"里，似乎是"全社会"的"共识"。《编辑凡例》还说："这套丛书既然打算依据中国新文学的历史发展的过程，选辑'五四'以来具有时代意义的作品"，使读者"藉本丛书之助"，"能以比较经济的时间和精力对于新文学的发展的过程获得基本的初步的知识"，从而点出了这部"新文学选集"的"文学史意义"：编选的是"作品"，展示的则是"新文学的发展的过程"。把"现实主义的文学"作为"新文学"的主流，以此来筛选作品；重塑"新文学"的图景；规范"新文学史"的写作；建构"新文学"的传统；回归"完整的理论体系和最高指导原则"；为新中国的文学创作提供借鉴和资源，乃是这套"新文学选集"的意义和使命所在，因而被誉为"新文学的纪程碑"。

遗憾的是这套丛书未能出全。"已故作家及烈士的作品"

只出了 11 种,《瞿秋白选集》未能出版。瞿秋白曾经是中共的"领袖",按当时的归定:中央一级领导人的文字要公开发表,必须经中央批准。再加上瞿秋白对"新文学"评价太低,他个别文艺论文中的见解与"左翼"话语相抵牾,出于慎重的考虑,只好延后。健在作家的选集也只出了 11 种,《田汉选集》未能出版。他在 1955 年人民文学出版社出版的《〈田汉剧作选〉后记》中对此做了解释:

> 当 1950 年新文学选集编辑委员会编选五四作品的时候,我虽也光荣地被指定搞一个选集,但我是十分惶恐的。我想——那样的东西在日益提高的人民的文艺要求下,能拿得出去吗?再加,有些作品的底稿和印本在我流离转徙的生活中都散失了,这一编辑工作无形中就延搁下来了。

"作品的底稿和印本"的"散失",并不是理由;"惶恐"作品"在日益提高的人民的文艺要求下,能拿得出去吗?",这才是"延搁"的主因。出版的这 22 种选集中,《鲁迅选集》分上、中、下三册,《郭沫若选集》分上、下二册,其余 20 位作家都只有一册,规格和分量上的区别彰显了鲁迅和郭沫若在我国现代文学史上崇高的地位,鲁迅是新文化运动的旗手和主将，郭沫若是继鲁迅之后的又一位"主将"和"向导"①，从而为鲁郭茅巴老曹的排序定下规则。

　　鉴于这套丛书的重要意义，本社依开明版重印，并保留原有的风格，以飨读者。

开明出版社

---

　　① 周恩来：《我要说的话》，重庆《新华日报》1941 年 11 月 17 日第 1 版。

编辑凡例

一、此所谓新文学，指"五四"以来，现实主义的文学作品而言。如果作一个历史的分析，可以说，现实主义是"五四"以来新文学的主流，而其中又包括着批判的现实主义（也曾被称为旧现实主义）和革命的现实主义（也曾被称为新现实主义）这两大类。新文学的历史就是从批判的现实主义到革命的现实主义的发展过程。一九四二年毛主席在延安文艺座谈会的讲话发表以后，革命的现实主义文学便有了一个新的更大的发展，并建立了自己完整的理论体系和最高指导原则。

二、现在这套丛书就打算依据这一历史的发展过程，选辑"五四"以来具有时代意义的作品，以便青年读者得以最经济的时间和精力获得新文学发展的初步的基本的知识。本来这样的选集可以有两种方式，一是按照作品时代先后，成一总集，又一是个别作家各自成一选集；这两个方式互有短长，现在所采取的，是后一方式。这里还有两个问题须要加以说明。第一，这套丛书既然打算依据中国新文学的历史发展的过程，选辑"五四"以来具有时代意义的作品，换言之，亦即企图藉本丛书之助而使读者能以比较经济的时间和精力对于新文学的发展的过程获得基本的初步的知识，因此，我们的选辑的对象主要是在一九四二年以前就已有重要作品出世的作家们。这一个范围，当然不是绝对的，然而大体上是有这么一个范围，并且也在这一点上，和《人民文艺丛书》作了分工。第二，适合于上述范围的作家与作品，当然也不止于本丛书现在的第一、二两辑所包罗的，我们的企图是，继此以后，陆续再出第三、四……等辑，而使本丛书的代表性更近于全面。

三、本丛书第一、二两辑共包罗作家二十四人，各集有为作家本人自选的，也有本丛书编委会约请专人代选的，如已故诸作家及烈士的作品。每集都有序文。二十余年来，文艺界的烈士也不止于本丛书所包罗的那几位，但遗文搜集，常苦不全，所以现在就先选辑了这几位，将来再当增补。

新文学选集编辑委员会
一九五一年三月，北京

一个真实人的一生

——记胡也频

丁 玲

　　记得是一九二七年的冬天，那时我们住在北京的汉花园，一所与北大红楼隔河、并排、极不相称的小楼上。我们坐在火炉旁，偶然谈起他的童年生活来了。从这时起我知道他的出身。这以前，也曾知道一点，却实在少，现在想起来觉得很奇怪，不知为什么很少同我谈，也不知为什么，我简直没有问过他。但从这次谈话以后，我是比较多了解他一些，也更尊敬他一些或者更恰当的说，我更同情他了。

　　他祖父是做什么的，到现在我还不清楚，总之，不是做官的，不是种地的，也不是经商的，收入却还不错。也频在幼小时，因为身体不好，曾经长年的吃过白木耳之类的补品，并且还附读在别人的私塾里，可见那时生活还不差。祖父死了后，家里过得不宽裕，他父亲曾经以包戏为生。也频说："我一直到现在都还要特别关心下雨。"他描写给我听，说一家人都最怕下雨，一早醒来，赶忙去看天，如果天晴，一家大小都笑了；如果下雨，或者阴天，就都发愁起来了，因为下雨就不会有很多人去看戏，他们就要赔钱了。他父亲为什么不做别的事，要去做这一行事，我猜想也许同他的祖父有关系，但这猜想是靠不住的。也频一讲到这里，他就更告诉我他有一个时期，每天晚上都要去看戏，我还笑着说："怪不得你对于旧小说那样熟悉。"

稍微大了一点后，他不能在私塾附读了，就在一个金银首饰铺学徒，他弟弟也同时在另一家金铺当学徒。铺子里学徒很多，大部分都在作坊里，老板看见他比较秀气和伶俐，叫在柜台上做事，收拾打扫铺面，替掌柜、先生们打水、铺床、倒夜壶，来客了装烟倒茶，实际就是奴隶。晚上临时搭几个凳子在柜台里睡觉。冬夜很冷，常常通宵睡不着。当他睡不着的时候，他就去想，在他的脑子里装满了疑问，他常常做着梦，梦想能够到另一个社会里去，到那些拿白纸旗、游街、宣传救国的青年学生们的世界里去。他厌弃学打算盘，学看真假洋钱，看金子成色，尤其是讨厌听掌柜的、先生们向顾主们说各式各样的谎语。但他不特不能离开，而且侮辱更多的压了下来。在夜晚当他睡熟了后，大的学徒跑来企图侮辱他，他抗拒，又不敢叫唤，怕惊醒了先生们，只能死命地去抵抗，他的手流血了，头碰到柜台上，大学徒看见不成功，就恨恨地尿了他一脸的尿。他爬起去洗脸，尿、血、眼泪一齐揩在毛巾上。他不能说什么，也无处可诉苦，也不愿告诉父母，只能隐忍着，把恨埋在心里，他想，总有一天要报仇的。

有一天，铺子里失落了一对金戒子，这把整个铺子都闹翻了，最有嫌疑的是也频，因为戒子是放在玻璃盒子内，也频每早每晚要把盒子拿出来摆设，和搬回柜子里，他又很少离开柜台。开始他们暗示他，要他拿出来，用各种好话来骗他，后来就威胁他，说要送他到局子里去，他们骂他、羞辱他、推他、敲他，并且把他捆了。他辩白、他哭、他求过他们，一切都没有用，后来他不说了，也不哭了，任凭别人摆布。他心里后悔没有偷他们的金戒子，他恨恨地望着那些首饰，心里想："总有一天要偷掉你们的东西！"

戒子找出来了，是掌柜的拿到后边太太那里去看，忘了拿回来。他们放了他，谁也没有向他道歉，但是谁也没有知道在这小孩子的心里种下了一个欲望，一个报复的欲念。在这个事件发生后一个月，这个金铺子的学徒失踪了，同时也失踪了一副很重的大金钏。金铺子问他的父母要金钏，他父母问金铺子要人。大家打官司、告状，事情一直没有结果。另一家金铺把他弟弟也辞退了。家里找不着他，发急，母亲日夜流泪，但这学徒却不再出现在福州城里。

也频怀着一颗愉快的、颤栗的心，也怀着那副沉重的金钏，惶惶然搭了去上海的海船，他睡在舱面上，望着无边的翻滚的海浪，他不知应该怎么样，他曾想回去，把金钏还了别人，但他想起了他们对他的种种态度，可是他往哪里去呢？他要去做什么呢？他就这样离开了父母和兄弟们吗？海什么都不能告诉他，白云把他引得更远。他不能哭泣，他这时大约十四五岁。船上没有一个他认识的人。他得想法活下去。他随着船到了上海。随着船上的同乡住到了一个福州人开的小旅馆。谁也相信他是来找他舅舅的。很多从旧戏上所得到的一些社会知识，他都应用到了。他住在旅馆里好些天了，把平素积攒下来的几个钱用光了，把在出走前问他母亲要的几块钱也用光了，"舅舅"也没找着，他想去找事做，或者还当学徒，他一直也没有敢去兑换金钏，他总觉得这不是他自己的东西，他决不定究竟该不该用它。他做了一件英勇的事情，却又对这事情的本身有怀疑。

在小栈房的来客中，他遇到一个比他大不了一两岁的男孩子，他问明白了他是小有天酒馆的少东家，在浦东中学上学。他们做了朋友，他劝他到浦东中学去，他想起了他在家里所看见的那群拿白纸旗的学生来。他们懂得是那样得多，他们曾经在他们铺子外讲演过，他们宣传反对帝国主义，反对卖国条约二十一条，他们是和金铺子里的掌柜、先生、顾主完全不同的人，也同他的父母是不同的人，虽然他们年纪小，个子不高，可是他们都使他感觉是比较高大的人，是英雄的人物。他曾经很向往过他们，现在他可以进学堂了，他是向着他们的道路走去，是向一个有学问、为国家、为社会的人物的道路走去，他是多么得兴奋，甚至不敢有太多的幻想呵！于是他兑换了金钏，把大部分钱存在银行里，小部分交了学费，交了膳食，还了旅馆的债，他脱离了学徒生活，他曾经整整三年在那个金铺中；他脱离了一个流浪的乞儿生活，他成了一个学生了。他替自己起了一个名字叫胡崇轩。这大约是一九二零年春天的事。

他在这里读书有一年多的样子，他的行踪终究被他父亲知道了。父亲从家乡赶到上海来看他，他不能责备他，也不能要他回去，也频如果回去了，首先得归还金钏，这数目他父亲是无法归还的。他只得留在这里读书。父亲也为他想了一个办法，托同乡关系把也频送到大沽口的海军学校，那里是免费的，这样他不特可以不愁学膳费，还可以找到一条出路。这样也频很快就又变成一个海军学生了，他在这里学的是机器制造。他一点也没有想到他会与文学发生关系，他只想成为一个专门技术人材；同时也不会想到他与工人阶级革命有什么关系，他那时似乎很安心于他的学习。

当他的钱快用完时，他的学习就停止了，海军学校停办。他到了北京，他希望能投考到一个官费的大学。没有成功，他又不能回家，又找不到事做，他流落在一些小公寓里。有的公寓老板简直无法把他赶出门，他常常帮助他们记账、算账、卖点东西，晚上就替老板的儿子补习功课。他有一个同学是交通大学的学生，这人是一个地主的儿子，他很会用地主剥削农民的方法和也频交朋友，他因为不愿翻字典查生字，就叫也频替他查，预备功课，也频就常常每天替他查二三百生字，从东城到西城来。有时就留也频吃顿饭，还不断地把自己的破袜子旧鞋子给也频。也频也就把他当着唯一的可亲的人来往着。尤其是在冬天，他的屋子是暖和的，也频每天冒着寒风跑来后，总可以在这暖和屋子呆几个钟头，虽然当晚上回去时街道上是奇冷。

除了这个地主儿子的朋友以外，他还有一个官僚儿子的朋友也救济过他。这个朋友，是同乡，也是同学，海军学校停办后，因为肺病，没有继续上学，住在北京家里休养，父亲是海军部的官僚。这个在休养中的年青人常常感到生活的寂寞，需要有人陪他玩，他常常打电话来找也频，也频就陪他去什刹海，坐在芦席棚里，泡一壶茶。他喜欢旧诗，也做几句似通非通的《咏莲花》《春夜有感》的七绝和五言律诗，他又要也频和他。也频无法也就只得胡诌。有时两人就在那里联句。鬼混一天之后，他可以给也频一元钱的车钱。也频却走了回去，这块钱就拿来解决很多问题。一直到也频把他介绍给我听的时候，也频还觉得他是一个很慷慨的朋友，甚至常常感激他，因为后来也频有一次被公寓老板逼着要账，也频又害了很重的痢疾，去求他的时候，他曾用五十元大洋救出了也频，可惜我一直没有见到过，那原因还是因为我听了这些故事之后，曾把他这些患难时的恩人骂过，很不愿意也频再和他们来往，实际也有些过激的看法，由于生活的窄狭，眼界的窄狭，就有了那么窄狭的情感了。

穷惯了的人，对于贫穷也就并没有什么恐慌，也频到了完全无法应付日子的时候，那两个朋友一些小小施与只能打发几顿饭，打发一点剃头、一点鞋袜而不能应付公寓的时候，他就把一件旧夹袍、两条单裤往当铺里一塞，换上一元多钱，搭四等车、四等舱跑到烟台去了。烟台也有一个他的同学的哥哥在那里做官。他就去做一种极不受欢迎的客人。他有时陪主人夫妇吃饭，主人要是有另外的客人，他就到厨房去和当差们一道吃饭。主人看见是兄弟的朋友，不便马上赶他走，他自己也没有什么不安，他还不能懂得许多世故，以为朋友曾经这样约过他的，他就不管。时间很长，他一个人拿几本从北京动身时借的小说到海边上去读。

蔚蓝的海水是那样得平静，那样得深厚，广阔无边，海水洗去了他在北京时那种嗷嗷待哺、巫巫奔走的愁苦，海水给了他另一种雄伟的胸怀。他静静地躺在大天地中，听柔风与海浪低唱，领会自然，他更任思绪纵横，把他短短十几年的颠簸的生活，慢慢在这里消化，把他仅有的一点知识在这里凝聚，他感到了所谓人生了。他朦胧地有了些觉醒，他对生活有了些意图了。他觉得不只是求生存的动物，人不应受造物的捉弄，人应该创造生命，创造世界。在他的身上，有了新的东西的萌芽，他不是一个学徒的思想，也不是一个海军学生的思想，他只觉得他要起来，与白云一同变幻飞跃，而与海水一道奔腾。于是他敞衣、跣足，遨游于烟台的海边沙滩上。

但这样的生活是不会长久下去的。主人不得不打发他走了。主人送了他二三十元的路费，又给了他一些庸俗的箴言，好像是鼓励他，实际是希望他不要再来了。他拿了这些钱，笑了一笑，又坐上了四等舱。这一点点钱又可以使公寓老板把他留在北京几个月。他是非常喜欢这些老板，觉得他们都是如何宽厚的人呵！

北京这个古都是一个学习的城，文化的城，那时北京有《晨报》副刊，后来又有了《京报》副刊，常常登载着一些名人的文章。公寓里住的大学生们，都是一些歌德的崇拜者，海涅、拜仑、济慈的崇拜者，鲁迅的崇拜者，这里常常谈起莫泊桑、契珂夫、易卜生、莎士比亚、高尔基、托尔斯泰……而且这些大学生们似乎对学校的功课并不十分注意，他们爱上旧书摊，上小酒馆，游览名胜，爱互相过从，寻找朋友，谈论天下古今，尤其爱提笔写诗，写文，四处投稿。也频在北京住着，既然太闲，于是也就跑旧书摊（他无钱买书，就站在那里把书看个大半），也就读起外国作品来了。房子里还把《小说月报》上一些套色画片剪了下来，贴在墙上。还有准备做诗人的一些年青人，也稍稍给他一些眼光，和几句应酬话。要做技术专家的梦，已经完全破灭，在每天都可以饿肚子的情况下，一些新的世界、古典文学、浪漫主义的生活情调于艺术气质，一天一天就侵蚀着这个孤单的流浪青年，把他极简单的脑子引向美丽的、英雄的、神奇的幻想，而且与他的现实生活并不配衬。

一九二四年，他与另外两位熟人在《京报》编辑了一个一星期一张的附刊，名为《民众文艺周刊》。他在这上边用胡崇轩的名字发表过一两篇短篇小说和短文。他那时是倾向于《京报》副刊、鲁迅先生的，但他却因为稿件的关系，一下就和休芸芸（沈从文）成了文章的知己。我们也是在这年夏天认识的。由于我的出身、教育、生活经历，看得出我们的思想、性格、感情都不一样，但他的勇猛、热烈、执扭、乐观和穷困都惊异了我，虽说我还觉得他有些简单，有些蒙昧，有些稚嫩，但却是少有的"人"，有着最完美的品质的人。他还是一块毫未经过雕琢的璞玉，比起那些光滑的烧料玻璃珠子，不知高到什么地方去了。因此我们一下也就有了很深的友谊。

我那时候的思想正是非常混乱的时候，有着极端反叛的情绪，盲目地曾倾向于社会革命，但因为小资产阶级的幻想，又疏远了革命的队伍，走入孤独的愤懑、挣扎和痛苦，所以我的狂狷和孤傲，给也频的影响是不好的。他沾染上了伤感与虚无。那一个时期他的诗的确充满了这种可悲的感情。我们曾经很孤独地生活了一个时期，在这一个时期中，中国轰轰烈烈的大革命运动在南方如火如荼，而我们却蛰居北京，无所事事，也频日夜钻进了他的诗，我呢，只拿烦闷打发每一个日子。现在想来，该是多么可惋惜的呵！这一时期如果应该受到责备的话，那是应该由我来负责的。因为当我们认识的时候，我已经老早就进过共产党办的由陈独秀、李达领导的平民女子学校和后来的上海大学。在革命的队伍中是有着我的老师、同学和挚友。我那时也曾经想南下过，却因循下去了。一直没有什么行动。

直到一九二七年，大革命失败，四一二、马日事变等才打醒了我。我每天听到一些革命的消息，听到一些熟人的消息，许多我敬重的人牺牲了，也有朋友正在艰苦中坚持，也有朋友动摇了，我这时极想到南方去，可是迟了，我找不到什么人了。不容易找人了。我恨北京！我恨死的北京！我恨北京的文人！诗人！形式上我很平安，不大讲话，或者只像一个热情诗人的爱人或妻子，但我精神上苦痛极了！除了小说我找不到一个朋友，于是我写小说了，我的小说就不得不充满了对社会的卑视和个人的孤独的灵魂的倔强。我的苦痛，和非常想冲破旧的狭小圈子的心情，也影响了也频。

一九二八年春天，我们都带着一种朦胧的希望到上海去了。开始的时候，我们还只能个人摸索着前进，还不得不把许多希望放在文章上。我们两人加上沈从文，就从事于杂志编辑和出版工作。把杂志和出版处都定名为《红黑》，就是带着横竖也要搞下去，怎么样也要搞下去的意思。后来还是因为种种原因不能坚持下去，但到上海后，在我们的生活前途和写作前途都慢慢走上了一个新的方向。

也频有一点基本上与沈从文和我是不同的。就是他不像我是一个爱幻想的人，他是一个喜欢实际行动的人，不像沈从文是一个常处于动摇的人，又反对统治者（沈从文在年青时代的确也有过一些这种情绪），又希望自己也能在上流社会有些地位，也频却是一个坚定的人。他还不了解革命的时候，他就诅咒人生，讴歌爱情，但当他一接触革命思想的时候，他就毫不怀疑，勤勤恳恳去了解那些他从来也没听到过的理论。他先是读那些马克思主义的文艺理论。后来也涉及到一些社会科学书籍。他也毫不隐藏他的思想，他写了中篇小说：《到莫斯科去》！那时我们三人思想情况是不同的。沈从文因为一贯与新月社、《现代评论》派有些友谊，所以他始终有些美慕绅士阶级，他已经不甘于一个清苦的作家的生活，也不大满足于一个作家的地位，他很想能当一个教授。他到吴淞中国公学去教书了。奇怪的是他下意识地对左翼的文学运动者们不知为什么总有些害怕。我呢，我自以为我比他们懂得些革命，靠近革命，我始终规避着从文的绅士朋友，我看出我们本质上有所分歧，但不愿有所争执，破坏旧谊，他和也频曾像兄弟过。但我也不喜欢也频转变后的小说，我常说也频，他是左倾幼稚病。我想，要么找我那些老朋友去，完全做地下工作，要么写文章。

我那时把革命与文学还不能有很好联系地去看，同时英雄主义也使我以为不搞文学专搞工作就是革命（我的确对从实际斗争上退到文学阵营里来的革命者也有过一些意见），否则，就在文学上先搞出一个名堂来。我那时对于我个人的写作才能多少有些过分的估计，这样就不能有什么新的决定了。只有也频不是这种想法。他原来对我是无所批判的，这时却自有主张了，也常常感叹他与沈从文的逐渐不坚固的精神上有距离的友谊。他怎样也不愿失去一个困苦时期结识的知友，不得不常常无言地对坐，或话不由衷，这种心情他只能告诉我，也只有我懂得他。

红黑出版处本是一个很浪漫的冒险行为，后来已不能继续下去，更留给我们一笔不小数目的债务，也频为着还债，不得不一人去济南省立高中教书。一个多月以后，等我到济南去时，也频完全变了一个人。我简直不了解为什么他被那么多的同学拥戴着。天一亮，他的房子里就有人等着他起床，到夜深还有人不让他睡觉。他是高中最激烈的人物，他成天宣传马克思主义，宣传唯物史观，宣传鲁迅与雪峰翻译的那些文艺理论，宣传普罗文学。我看见那样年青的他，被群众所包围所信仰，而他却是那样的稳重、自信、坚定，侃侃而谈，我说不出的欣喜，我问他："你都懂得吗?"他答道："为什么不懂得?我觉得要懂得马克思也很简单，首先是要你相信他，同他站在一个立场。"我不相信他的话，我觉得他很有味道。当时我的确是不懂得他的，一直到许久的后来，我才明白他的话，我才明白他为什么一下就能这样，这的确同他的出身、他的生活、他的品格有很大的关系。

后来他参加到学校里的一些斗争，他明白了一些教育界的黑幕，这没有使他消极，他更成天和学生们在一起，有些同学们在他的领导下成立了一个文学研究会，参加的有四五百人，已经不是文学的活动，简直是政治的活动，使校长、训育主任都不得不出席，不得不说普罗文学了。我记得那是五月四日，全学校都被轰动起来了。一群群学生到我们家里来。大家兴奋得无可形容。晚上，也频和我又谈到这事，同他一道去济南教书的董每戡也在一道，我们已经感觉到问题的严重性。依靠着我的经验，我说一定要找济南的共产党，取得协助，否则，我们会失败的。但济南的党怎样去找呢？究竟我们下学期要不要留在这里，都是问题。也频特别着急，他觉得他已经带上这样一个大队伍，他需要更有计划，他提议他到上海去找党，由上海的关系来找济南的党，请他们派人来领导，因为我们总是不会长期留在济南，我们都很想上海。我和董每戡不赞成，正谈得很紧张时，校长张默生来找也频了。张走后，也频告诉我们道："真凑巧，我正要去上海，他们也很同意，且送了路费。"

我们不信，他就从口袋里掏出一卷钞票，是二百元。也频说："但是，我不想去了。我要留在这里看看。"我们还不能十分懂，也频才详细地告诉我们，说省政府已经通缉也频了，说第二天就来捉人，要抓的还有楚图南和学生会主席。何思源（教育厅长）透露了这个消息，所以校长特为送了路费来，要他们事先逃走，看来这是好意，但实际自然不会是这样。校长原是学校的文学系主任，他依靠胡也频、董每戡他们在学校拥有大批进步学生而升任了校长，当他得势之后，他又来设法打击进步势力，如果胡也频一走，董每戡就孤立，就不会有什么作用了。在学校的恐怖空气底下，中间分子就更不敢出头，学生会又缺乏领导就将形成瘫痪。因为他并不是什么进步人士，只不过是为了衣食饭碗，何况作为国民党派到学校的训育主任正是他要好的联襟呢。这个消息来得太匆促，三个人都没有什么经验，也不懂什么惧怕，依也频的意见是不走，或者过几天走，他愿意明白一个究竟，更重要的是他舍不得那起同学，他要向他们说明，要勉励他们。我那时也以为也频不是一个共产党员，又没有做什么秘密组织工作，只宣传普罗文学难道有罪吗？后来还是学校里的另一个教员董秋芳来了，他劝我们走。董秋芳在同事之中是比较与我们更为靠近的，他自然多懂些事故。经过很久，才决定了，也频很难受地只身搭夜车去青岛。当我第二天也赶到时，知道楚图南和那学生会主席也都到了青岛，那年青学生并跟着我们一同到了上海。

上海这年的夏天也很热闹，刚成立不久的左翼作家联盟和社会科学家联盟等团体在上海都有许多活动，我们都参加了左联，也频并且在由王学文与冯雪峰负责的一个暑期补习学校教书。他被选为左联的执行委员，担任工农兵文学委员会主席。他很少在家。我感到他变了，他前进了，而且是飞跃的，我是赞成他的，我也在前进，却是在爬。我大半都一人留在家里写我的小说：《一九三零年春上海》。

是八月间的事吧。也频忽然连我也秘密着参加了一个会议。他只告诉我晚上不回来，我没有问他，过了两天他才回来，他交给我一封瞿秋白同志写给我的信。我猜出了他的行动，我知道他们会见了，他才告诉我果然开了一个会。各地的共产党领袖都参加了，他形容那个会场给我听。他们这会是开得非常机密的，他说，地点是在一家很阔气的洋房子里，楼下完全是公馆样子。经常有太太们进进出出，打牌开留声机。外埠来的代表，陆续进去，进去后就关在三楼。三楼上经常是不开窗子的。上海市的同志最后进去。进去后就开会。会场满挂镰刀斧头红旗，严肃极了。会后也是外埠的先走，至于会议内容，也频一句也没有告诉我，所以到现在我还不很清楚是一种什么样性质的会。但我看得出这次会议更引起也频的浓厚的政治兴趣。

我看见他那一股劲头，我常笑说："改行算了吧！"但他并不以为然，他说："更应当写了，以前不明白为什么要写，不知道写什么，还写了那么多，现在明白了，就更该写了。"他在挤时间，也就是说在各种活动、工作的短促的间歇中争取时间写他的长篇小说《光明在我们的前面》。

这一时期，我们生活过得比以前任何时候都坚苦都严肃。以前当我有了些稿费后，我们总爱一两天内把它挥霍去，现在不了，稿费收入也减少，有一点也放在那里了，取消了我们的一切娱乐。直到冬天为了我的生产，让生产时间过得稍微好些，才搬了一个家，搬到环境房屋都比较好些的靠近法国公园的万宜坊。

阳历十一月七号，十月革命节的那天，我进了医院。八号那天，雷雨很大，九、十点钟的时候，也频到医院来看我，我看见他两个眼睛很红肿，我知道他一夜没有睡，但他很兴奋地告诉我："《光明在我们的前面》已经完成了。你说，光明不是在我们前面吗？"中午我生下了一个男孩。他哭了，他很难得哭的，他是为同情我而哭呢，还是为幸福而哭呢，我没有问他，总之，他很激动地哭了，可是他没有时间陪我们，他又开会去了。晚上他没有告诉我什么，第二天他才告诉我他在左联的全体会上，被选为出席苏维埃第一次代表大会的代表。并且他在请求入党。这时我也哭了，我看见他在许多年的黑暗中挣扎、摸索，找不到一条人生的路，现在找着了，他是那样有信心，是的，光明在我们前面，光明已经在我们脚下，光明来到了。我说："好，你走吧，我将一人带着小平。你放心！"

等我出医院后，我们口袋中已经一个钱也没有了。我只能和他共吃一客包饭。他又很少在家，我还不能下床，小孩很爱哭，但我们生活得却很有生气。我替他看稿子，修改里面的错字。他回来便同我谈在外面工作的事，他是做左联工农兵文学委员会工作的，他认识得有几个工人同志，他还把其中一个引到过我们家里，那位来客一点也不陌生，他告诉我唱《国际歌》，他喜欢我的小孩，我感到一种从来没有过的新鲜情感。

为着不得不雇奶妈，他把两件大衣都拿去当了，白天穿着短衣在外边跑，晚上开夜车写一篇短篇小说。我说，算了吧，你不要写那不好的小说了吧。因为我知道他对他写的这篇小说并不感兴趣。他的情绪已经完全集中在去江西上面。我以为我可以起来写作了。但他不愿我为稿费去写作。从来也是这样的，当我们需要钱的时候，他就自己去写，只要当我在写作的时候，他就尽量张罗，使家中生活过得宽裕些，或者悄悄去当铺，不致使我感到丝毫的经济的压迫，有损害我的创作心情。一直到现在，只要我有作品时，我总不能不想起也频，想起他对于我的写作事业的尊重和尽心尽力的爱护与培养，我能把写作坚持下来，在开始的时候，在那样一段艰苦的时候，实在是因为有也频那种爱惜。

他的党籍被批准了，党组会有时就来我们家里开。事情一天天明显，他又在上海市的七个团体的会上被选上。已经决定他要去江西。本来商量我送小平回湖南，然后我们一同去的，时间也来不及了。只好仍作他一人去的准备。后来他告诉我，如果我们一定要同去的话，冯乃超同志答应帮我们带孩子，因为他们也有一个孩子，这件事很小，也没成功，但当时我们有一夜没睡，因为第一次感到同志的友情，阶级的友情，我也才更明白我过去所追求的很多东西，在旧社会中永远追不到，而在革命里面，到处都有我所想象的伟大的情感。

这时沈从文也从武汉大学来上海了。他看见也频穿得那样单薄，我们生活得那样窘，他就把他一件新海虎绒袍子借给也频穿了。

一月十七号了，也频要走的日子也急迫了，他最近常常去苏维埃代表大会准备会的机关接头，我们一切都准备好了，只等走。这天早晨，他告诉我要去开左联执委会，开完会后就去从文那里借两块钱买挽联布送房东。要我等他吃午饭。他穿着暖和的长袍，兴高采烈地走了。但中午他没有回来。下午从文来了，是来写挽联的，他告诉我也频十二点钟才从他那里出来，说好买了布就回来吃饭，并且约好他下午来写挽联。从文没有写挽联，我们无声地坐在房里等着，我没有地方可去，我不知道能够在哪里去找他，我抱着孩子，呆呆地望着窗外的灰色的天空。从文坐了一会又走了。我还是只能静静地等着命运的播弄。

天黑了，屋外开始刮起风来了。房子里的电灯亮了。可是却沉寂得像死了人似的，我不能呆下去，又怕跑出去，我的神经紧张极了，我把一切想象都往好处想，一切好情况都又不能镇静下我的心。我不知在什么时候冲出了房，我在马路上狂奔，到后来，我想到了乃超的住处，我走到福煦路他的家，我看见从他住房透出淡淡的灯光，我去敲前门，没有人应，我又去敲后门，仍是没有人应。我站在马路中大声喊，他们也听不见，街上已经没有人影，我再要去喊时，我看见灯熄了，我痴立在那里，想着他们温暖的小房，想着睡在他们身旁的孩子，我疯了似的又跑了起来，我又跑回了万宜坊。房子里仍没有也频的影子，孩子乖乖地睡着，他什么也不知道呵！呵！我的孩子！

等不到天大亮，我又去找乃超，这次我走进了他的屋子，乃超沉默地又把我带到冯雪峰的地方，他也刚刚起来，他也正有一个婴儿睡在他们床上。雪峰说，恐怕出问题了，柔石是被捕了，他昨天同捕房的人来过他们那个书店，但没有被保出来。他们除了要我安心以外，是没有旁的什么办法的，他们自己每天也有危险在等着。我明白，我不能再难受了，我要挺起腰来，我要一个人生活，而且我也觉得，这种事情好像许久以来都已经在等着似的，好像这并非偶然的事，而是必然来的一样，那么，既然来了，就挺上去吧。我平静地到了家。我到家的时候，从文也来了，交给我一张黄色粗纸，上边是铅笔写的字，我一看就认出是也频的笔迹，我如获至宝，读下去，证实也频已被捕了，他是在苏维埃代表大会准备会的机关中被捕的。他的口供是随朋友去看朋友，他要我们安心，要我转告组织，他是决不会投降的。他现住在老闸捕房。我紧紧握着这张纸，我能怎样呢，我向从文说："我要设法救他，我一定要把他救出来！"我才明白我实在不能没有他，我的孩子也不能没有爸爸。

下午李达和王会悟把我接到他们家里去住，我不得不离开了万宜坊。第二天沈从文带了二百元给我，是郑振铎借给我的稿费，并且由郑振铎和陈望道署名写了一封信给邵力子，要我去找他。我只有一颗要救也频的心，也没有什么办法，也没有什么可商量的地方，我就决定去南京找邵力子。不知什么人介绍了一个可以出钱买的办法，我也去做，托了人去买。我又找了老闸捕房的律师，律师打听了向我说人已转到公安局，我又去找公安局律师，回信又说人已转在龙华司令部。上海从十八号就雨雪霏霏，我因生产后缺乏调理，身体很坏，但一天到晚在马路上奔走，这里找人，那里找人，脚上长了冻疮，我很怕留在家里，觉得人在跑着，希望也像多一点似的。跑了几天，毫没有跑出一个头绪来，但也频的信又来了。我还附了一个回信去，告诉他，我们很好，正在设法营救他。在第二天我又去龙华司令部看他。

天气很冷，飘着小小的雪花，我请了沈从文陪我去看他，我们在那里等了一上午，答应把送去的被子、换洗衣服交进去，人不准见。我们想了半天，又请求送十元钱进去，并要求能得到一张收条。这时铁门前看望的人都走完了，只剩下我们两人。看守答应了，一会，我们听到里面有一阵人声，在两重铁条门里的院子里走过了几个人，我什么也没看清楚，从文却看见了一个熟识的影子，我们断定是也频出来领东西，写收条，我们聚精会神地等着，果然，我看见他了，我大声喊起来："频！频！我在这里！"也频也调过头来，他也看见我了，他正要喊时，巡警又把他推走了。我对从文说："你看他那样子多有精神呵！"他还穿那件海虎绒袍子，手放在衣叉子里，像把袍子撩起来，免得沾着泥一样，后来我才明白他手为什么是那样，因为他为着走路方便，是提着镣走的。他们一进去就都带着镣。也频也曾要我送两条单裤、一条棉裤给他，要求从裤腿到裤裆都用扣子，我那时一点知识也没有，不懂得为什么他要这样式样的裤子。

从牢里送一封信出来，要三元钱，如又带一封回信去，就要五元钱，也频寄了几封信出来，从信上情绪看来，都同他走路样子差不多，很有精神。他只怕我难受，倒常常安慰我。如果我只从他的来信来感觉，我会乐观些的，但我因为在外边，我所走的援救他的路，都告诉我要援救他是很困难的。邵力子说他是不能为力的，他写了一封信给张群，要我去找这位上海市长，可是他又悄悄告诉旁人，说找张群也不会有什么用，他说要找陈立夫。那位说可以设法买的人也回绝了，说这事很难。龙华司令部的律师谢绝了，他告诉我这案子很重，二三十个人都上了脚镣手铐，不是重犯不是这样的。我又去看胡也频，还是没有见到，只送了钱进去，这次连影子也没有见到。天老是不断地下雨、下雪，人的心情也一天紧似一天，永远有一朵灰色的云压在心上。这日子真太长呵！

　　二月七号的夜晚，我和沈从文又搭夜车回来，沈从文是不懂政治的，他并不懂得陈立夫就是刽子手，他幻想国民党的宣传部长（那时是宣传部长）也许看他作家的面上，帮助另一个作家。我也太幼稚。也不懂得陈立夫在国民党内究居何等位置，沈从文回来告诉我，说陈立夫把这案情看得非常重大，但他说如果胡也频能答应他出来以后住在南京或许可以想想办法。当时我虽不懂得这是假话，是圈套，但我从心里不爱听这句话，我说："这是办不到的。也频决不会同意。他宁肯坐牢，死，也不会在有条件底下得到自由。我也不愿意他这样。"我很后悔沈从文去见他，尤其是后来，对国民党更明白些后，觉得那时真愚昧，为什么在敌人的屠刀下，希望他的伸援！从文他们看见我的态度也就不再说话，我呢，似乎倒更安定了。以一种更为镇静的态度催促从文回上海。我感觉到事情快明白了，快确定了。既然是坏的，就让我多明白些，少去希望吧。我已经不做再有什么希望的打算。到上海时，天已放晴。看见了李达和王会悟，只惨笑了一下。我又去龙华，龙华不给见，我约了一个送信的看守人，我在小茶棚子里等了一下午，他借故不来见我。我又明白了些。我猜想，也频或者已经不在人世了。但他究竟怎样死的呢？我总得弄明白。

　　沈从文去找了邵洵美，把我又带了去，看见了一个像片册子，那里有也频，还有柔石，也频穿的海虎绒袍子，没带眼镜，是被捕后的照像，谁也没说什么，我更明白了，我回家就睡了。这天夜晚十二点的时候，沈从文又来了，他告诉了我确实消息，是二月七号晚上牺牲的，就在龙华。我说："嗯！你回家休息去吧。我想睡了。"

　　十号下午，那个送信的看守人来了，他送了一封信给我。我很镇静地接待了他，我问也频现在哪里，他说去南京了，我问他带了铺盖没有？他有些狼狈。我说："请你告诉我真情实况，我老早已经知道了。"他赶紧说，也频走时，他并未值班，他看出了我的神情，他慌忙道："你知道吧！"他不等我给钱他就朝外跑，我跟着追他，也追不到了。我回到房后，打开了也频最后给我的一封信。——这封信已经在我被捕时遗失了，但其中的大意我是永远也记得的。

　　信的前面写上："年轻的妈妈"，跟着他告诉我牢狱的生活并不枯燥和苦痛，有许多同志都在一道，这些同志都有着很丰富的生活经验，他天天听他们讲故事，他觉得他有很大的写作欲望，他相信他可以写出更好的作品。他要我多寄些稿纸给他，他要写，他还可以记载许多材料寄出来给我。他说他估计他既不会投降，那么他总得有二三年的徒刑，坐二三年牢，他是不怕的，他还很年青。他也不会让他的青春就在牢中白白过去。他希望我把孩子送回湖南给妈妈，这样免得妨碍我的创作，孩子送走了，自然会寂寞些，但能创作，会更感到充实些。他要我不要脱离左联，应该靠紧他们，他勉励我，鼓起我的勇气，担当一时的困难日子，并指出方向，他的署名，也是"年轻的爸爸"。

他这封信是二月七日白天写好的。他的生命还那样美好，那样健康，那样充满了希望，可是就在那夜晚，统治者的魔手就把那美丽的理想、年青的生命给掐死了！当他写这封信时，他还一点也不知道黑暗已笼罩着他，一点也不知道他生命的危殆，一点也不知道他已经只能留下这一缕高贵的感情给那年轻的妈妈了！我从这封信回溯他的一生，想到他的勇猛、他的坚强、他的热情、他的忘我，他是充满了力量的人呵！他找了一生，冲撞了一生，他受过多少艰难，好容易他找到了真理，他成了一个共产党员，他走上了光明大道，可是从暗处伸来了压迫，他们不准他走下去，他们不准他活。我实在为他伤心，为这样年青有为的人伤心，我不能自己地痛哭了！疯狂地痛哭了！从他被捕后，我第一次流下了眼泪，也无法停止这眼泪。李达先生站在我床头，不断地说："你是有理智的，你是一个倔强的人，为什么要哭呀！"我说："你不懂得我的心，我实在太可怜他了，以前我一点都不懂得他。现在我懂得了，他是一个很伟大的人，但是他太可怜了！……"李达先生说："你明白么？这一切哭泣都没有用处！"我失神地望着他，"没有用处？……"我要怎样呢，是的，悲痛有什么用，我要复仇，为了可怜的也频，为了和他一道死难的烈士。我擦干了泪，立了起来，不知做什么事好，就走到窗前去望天，天上是蓝粉粉的，有白云在飞逝。

后来又有人来告诉我，他们是被机关枪扫射的，他身上有三个洞，同他一道被捕的冯铿有十三个，但这些话都无动于我了。问题横竖是一样的。总之，他一生就这样结束了，他用他的笔、他的血替我们铺下了到光明去的路，我们将沿着他的血迹前进。这样的人，永远值得我纪念，永远为后代的模范。二十年来，我没有一时忘记他过，我的事业就是他的事业。他人是死了，但他的理想活着，他的理想就是人民的理想，他的事业就是人民的革命事业，而这事业是胜利了呵！如果也频活着，眼看着这胜利，他该是多么得愉快，如果也频还活着，他该对人民有多少贡献呵！

也频死去已经快满二十年，尸骨成灰，据说今年上海已将他们二十四个人的骸骨发现刨出，安葬。我曾去信询问，直到现在还没结果。但我相信会有结果的。

文化部决定要出也频遗作选集。最能代表他后期思想的作品是《到莫斯科去》与《光明在我们的前面》，从这两书中看得出他的生活的实感还不够多，但热情澎湃，尤其是《光明在我们的前面》的后几段，我以二十年后的对生活、对革命、对文艺的水平来读它，仍觉得心怦怦然，惊叹他在写作时的气魄与情感。他的诗的确是写得好的，他的气质更接近于诗的，我现在还不敢多读它，在那诗里面，他对于社会与人生是那样地诅咒，我曾想，我们那时代真是太艰难了呵！现在我还不打算选它，等到将来比较空闲时，我将重新整理，少数的、哀而不伤的、较深刻的诗篇，是可以选出一本来的。他的短篇，我以为大半都不太好，有几篇比较完整些，也比较有思想些，如放在这集里，从体裁、从作用看都不大适合，所以我没有选用。

经过再三思考，决定先出这一本，包括两篇就够了。并附了一篇张秀中同志的批评文章，可以看出当时对也频作品的一般看法。

时间虽说过了二十年，但当我写他生平时，感情仍不免有所激动，因为我不易平伏这种感情，所以不免啰唆，不切要点，但总算完成了一件工作，即使是完成得不够好，愿我更努力工作来填满许多不易填满的遗憾。

　　　　　　　　　　　　　　　一九五零，十一，十五，北京。

目 次

到莫斯科去

序

一

在过去——一九二八年以前——的革命底运动中，我们的"文学家"大半都站在超阶级以及超世界的立场上，把现代底十分膨胀的社会诸问题当做无所关心的事件，完全忽视这阶级斗争底社会的现实。这概念的错误，是暴露了受了资本主义影响及封建残馀的艺术观，以为文学家是超乎一切，而这思想，是资产阶级所特有的个人主义底生活的产物。所以，充满于文坛上的大量产物，本质地，都是单纯地表现着资产阶级底意识的东西，这意识，便成为我们过去的文坛上底一个显著的，共通的，最大的缺陷。甚至于，经过暴风雨的大革命时期之后，而这缺陷还在文坛上继续地暴露着。

在一切新文学的作品之中，能够代表这斗争底时代的，竟是如此之少。这是什么缘故呢？基本的原因，便是我们的"文学家"虽然眼看着时代的新开展，却没有胆量跨出他们的资产阶级或小资产阶级，也就是，他们一面创造新文学的作品，一面贪恋地照样过着个人主义底生活的。这样，我们的真正的新文学的产生，怎么能够呢。

这里，对于我自己底以前的作品，也是深切地感到不满的。

二

要使我们的文坛开展一种新局面，第一，我们不根本地改变过去生活，是没有希望的。换句话说，如果献身为新文学工作的我们，不完全弃掉资产所级和小资产阶级的意识，要创造新文学是不行的。再显明地说，如果我们不着实地抓住这斗争底时代的现实，也就是如果我们不深入于无产阶级的社会而经历他们的生活和体验他们的意识，那我们的新文学是无从产生的。

我自己，我希望我将来的作品能够作为这种主张的实践。

三

至于我现在的这一本《到莫斯科去》（作于去年四月间），虽然我认为比起我以前的东西在思想上虽较为进步，但是，如果用严格的马克思主义的批判而指示出错误的地方，还是很多。不过，这本书，能够作为我将来作品底转变的一个预兆，便使我十分感到满足的。所以，我极盼望批评家给我严格的批评和读者给我忠实的意见。

四

我们的无产者出现于我们的文坛。这是超于我对于我自己期望底一个热诚的期望！

一九三零，五，十九，上海。胡也频。

一

电灯的光把房子充满着美丽的辉煌。那印着希腊图案的壁纸闪着金光和玫瑰的颜色。许多影子，人的和物件的，交错地掩映在这眩目的纸上，如同在一片灿烂的天边浮着一些薄云。香烟和雪茄烟的烟气不断地升起来，飘着，分散着。那放射着强度光芒的电灯，三条银色的链子一直从天花板上把它吊得高高的，宛如半个月球的样子。灯罩是白种人用机器制造的一种美术的磁器，那上面，淡淡的印着——不如说是素描着希拉西士与水中的仙女，是半裸体的在水池中露着七个女人和一个男人。在壁台上，放着一尊石刻的委娜司，和一只黑色古瓶上插着一些白色的花，好像这爱神要吻着这初开的花朵。壁炉上的火是不住地轰腾着，熊熊的火光，像极了初升的朝阳映在汹涌的海浪上。一幅伊卡洛士之死，便从这火光中现着伟大的翅膀，以及几个仙女对于伊卡洛士的爱惜。斜对着这一幅图画，是一个非常分明地，半身女人的影子，年青和美，这是一张素裳女士最近的相片，也就是她作为这一个生日的纪念品。这张相片，便是这一家宅成为热闹的缘由。许多人都为了她的生日才如此地聚集着。这时的男客和女客们，大家都喝过了酒，多少都带着点白兰地或意大利红酒的气味，而且为了一个庆祝素裳女士的生日，大家都非常快乐地与兴奋着。虽然是分开地，在有弹力的，绣着金线的印度缎的沙发上，各人舒服地坐着，躺着，但彼此之间都发生着交谈和笑谑的关系，带着半醉态的自由的情感。这客厅里，自从许多人影在辉煌的灯光中摇晃着，是不曾间断地响着谈话和笑声，正如这空间也不断地流荡着几盆梅花的芬香一样。

这时的女客们中，许多人又重新赞美了女主人的相片，有的说光线好，有的说姿态好，有的说像极了，有的又说还不如本人好看。于是蔡吟冰女士便承认照相是一种艺术，她向着她的朋友沈晓芝女士说：

"如果拍影机更进步，以后一定没有人学写生了。"

可是沈晓芝只答应了一句，便偏过脸去，听一些人谈论着柯伦泰夫人的三代恋爱问题。

夏克英女士正在大声地说：

"……性的完全解放……"

另一个女士便应和说：

"对了，只有女人总同情女人。"

有几个男客静悄悄地说：

"这是打倒我们的时候了。"

夏克英又继续地说，但她一眼看见女主人进来了，便站起来拉着她连声地问：

"素裳，你对于柯伦泰的三代恋爱觉得怎样？我非常想听你的意见。"

素裳把眼睛向这客厅里一看；徐大齐和许多政界党界要人正在高谈着政局的变化和党务的纠纷。那个任刚旅长显得英气勃勃地叙述他的光荣历史——第一次打败张作霖的国奉战争。两三个教育界的中坚分子便互相交换着北大风潮的意见。什么人都很有精神地说笑着。只有叶平一个人孤孤独独地不说话，坐在壁炉边，弯着半身低垂着头，不自觉地把火铲打着炉中的煤块，好像他深思着什么，一点也不知道这周围是流荡着复杂的人声和浓郁的空气。于是她坐下来，一面回答说：

"我没有什么意见。"

"为什么呢？"

"……"

夏克英接着问：

"你不想说么？"

素裳便笑着低声向她说：

"你还问做什么呢？你自己不是早就实行了么？也许你已经做过第四代的——所以柯伦泰的三代恋爱在你是不成问题了。"

夏克英便做了一个怪脸，把眼睛半闪了一下，又说：

"我没有力量反抗你这一个天才的嘴。但是，我问你的是问题上的意见，并不是个人——"

素裳只好说：

"谁愿意怎样就怎样。在恋爱和性交的观念上，就是一个人，也常常有变更的：最好是自己觉得是对的便做去好了。"

蔡吟冰和沈晓芝便非常同意了这几句话；夏克英也转过脸去，又和一些男人辩论去了。

素裳便站起来，向着壁炉走去，那桃花色的火光映着她身体，从黑色的绸衣上闪着紫色的光，她走到叶平的身边，说：

"怎么？你都不说话，想些什么？"

"什么都没有想"，他仍然拿着火铲，一面抬起头来回答，"我只想着我的一个朋友快来了。"

"是谁？"

"和我最好的一个朋友，大学时代的同学，我们从前是住在一间房子里。我常常把他的衣服拿到当铺去。今夜十二点他就要来到了，来北平完全是来看我，因为他不久就要到欧洲去。"

"想不到你还有这么一个好朋友。一个好朋友多么不容易！现代的人是只讲着利害的。"

"对了。现在得一个好朋友恐怕比得一个情人还难。"叶平看了手表便接下说："我现在就到东车站接他去。"于是他站了起来，向大家告别了。

素裳又坐到夏克英旁边，她带着感想地看着壁炉中的火。不久男客和女客都走了。徐大齐便打着呵欠地走过来，挽着她，一面告诉她，说他明天八点钟就得起来，因为市政府有一个特别会议。

二

伟大的火车站沉默着。吊在站顶上的电灯都非常暗淡了。每一个售票的小门都关得紧紧的。许多等着夜车的搭客——多半是乡下人之类——大家守着行李、寂寂寞寞地打着呵欠，有的挨在铺卷上半眯着眼睛，都现出一种非常疲倦的模样。搬夫们也各自躲开了，许多都躲到车站外的一家小面馆里推着牌九。停在车站门口的洋车是零零落落的，洋车夫都颤抖地蹲在车踏上，这是一些还等待着最后一趟火车的洋车夫。这车站里的景象真显得凄凉了。只有值班的站警还背着枪，现着怕冷的神气，很无聊地在车站里走着，而且走得非常得沉重，这也许恐怕他的脚要冻僵的缘故。此外，那夜里北风的叫声响了进来，这就是这车站里的一切了。

这时叶平从洋车上下来，走进了车站，一面擦着冰凉的鼻子，一面觉得两个小脚趾已经麻木了。他重新把大氅的领子包着脸颊，却并不感到獭皮领的暖和。他呵着手看着墙上的大钟，那上面的短针已走到 12 和 1 之间，他以为火车已经来过了。但在"火车开到时间表"上，他看到了这一趟慢车是一点钟才到的，便慢步地在车站上徘徊起来。

不久，这车站的搬夫一个两个地进来了，接着有一个售票的小门也打开了，许多昏昏欲睡的搭客便忽然警觉起来，醒了瞌睡，大家争先地挤到了木栏边，于是火车头的汽笛也叫起来了。大家都向着站台走去，叶平也买了一张月台票跟在这人群里。

站台上更冷了。吹得会使人裂开皮肤的冷风,强有力地在空中咆哮着,时时横扫到站台上,还挟来了一些小沙子和积雪。许多人的脸都收藏到围巾、毡帽、大氅以及衣领里面。差不多每个人都微微地打颤着。

当开往天津的特别慢车开走之后,那另一辆特别慢车便乏力地开到了。从旧的,完全透风的车厢中,零零落落地走下了一些人。叶平的眼睛便紧紧地望着下车的人,他看见了他的朋友。

"哦……洵白!"于是他跑上去,握着手了。

"这么冷,"这是一个钢琴似的有弹力的声音,"我想你不必来接。"

但是叶平却只问他旅途上的事情:

"这一次风浪怎么样?晕船么?"

"还好,风浪并不大。"

他们亲热地说着话,走出车站,雇了一辆马车。

接着他们的谈话又开始了,这是一番非常真挚的话旧。叶平问了他的朋友在南方的生活情况,又问了他的工作,以及那一次广东共产党事变的情形。他的朋友完全告诉他,并且问了他的近况。

"和从前一样,"他微微地笑着回答,"不同的只是胡子多些了。"

"还吸烟吗?"

"有时吸。"

"当铺呢？"

"也常常发生点关系。"

于是他的朋友便用力地握一下他的手，并且带着无限友爱地说他的皮箱里还留着一张当票。这当票是已经满期到五年多了。然而这当票上却蕴蓄着赤裸裸的，纯洁而且包含着一个故事的情谊。并且，在这时，这一张当票成为代表他们人生意义的一部分，也就是不能再得的纪念品了。当洵白说到这当票的时候，在他的脸上，从疲惫于旅途的脸上，隐隐地浮泛着最天真的表情。叶平便诧愕地随着问：

"是哪一张？"

"就是你硬要从我身上脱下来，只当了六元的皮袍。"

叶平不自禁地响起两声哈哈了。他想着不知为什么，他从前那么喜欢当当，甚至于把被单都送到当铺去。他觉得他的穷是使他进当铺的一个原因，然而到后来，简直连有钱的时候也想把衣服拿去当。他认为这习惯也许是一种遗传，因为他父亲的一生差不多和当铺都发生着关系的，他联想到他父亲没有力量使他受完大学的教育，而他能得到学士的学位完全是他的这一个朋友的帮助。然而洵白也并不是富商或阔人的子弟，他的帮助他，却是把一个人的普通费用分散两个人用的。那时，洵白之所以要到饭厅去吃饭，只因为吃饱之后还可以悄悄地把两块馒头带回来给他。他是如此地把愁人的学士年限念完的。这时他想到这一张当票上便拍着洵白的肩膀说：

"好像我从前很压迫你。"

他的朋友却自然地笑着回答：

"我只觉得我从前有点怕你。"

于是这两个朋友又谈到别后的种种生活上。

叶平问他：

"我一听说，或者看见什么地方抓了共产党，我就非常替你担心，你遇过危险么？"

可是淘白的嘴角上却浮着毫不在乎的微笑，说：

"我自己倒不觉得，也许是天天都在危险中的缘故。"

叶平想了一想，带着一种倾心和赞叹的神气说：

"你们的精神真可佩服。"

"不过牺牲的真多。"

"这是必然的。"

"我们的朋友也死得不少。张萃我，凌明，还有杨一之，他们都牺牲了。还有，从前和我们住在一个寝室的瞿少强，听说是关在牢里的，也许这时已经枪毙了。"

叶平沉了声音说：

"真惨呵！"

然而淘白却改正地回了他一句：

"牺牲本不算什么。"

叶平于是接着说：

"无论如何——的确是——无论如何，在第三者的眼中，这种牺牲总是太怕人了。虽然我不了解马克思——不，我可以说简直没有读过他的书，但是我认为观在的社会是已经到根本动摇的时代了，应该有一种思想把它变一个新局面。"

淘白微笑地听，一面问：

"你现在看不看社会科学的书?"

"有时看一点,不过并不是系统的。"

"你最近还作诗么?"

"不作了,诗这东西根本就没有用处。"

"那么作些什么呢?你的来信总不说到这些。"

"编讲义,上课,拿薪水——就作这些事。"

"你的性格真的还没有改。"

"我不是已对你说过么,我仍然是从前的我,所不同的只是多长几根胡子罢了。"

他的朋友注意地看了他的脸,便笑着说:

"你把胡子留起来倒不错。"

"为什么?"

"更尊严一点。"

"不过,一留起胡子便不能谈恋爱了,中国的女人是只喜欢小白脸的。"

他的朋友笑着而且带点滑稽地问:

"你不是反对恋爱的么?"

"我并不想恋爱——对于恋爱我还是坚持我从前的主张:恋爱多麻烦!尤其是结果是生儿子,更没有趣味!"说了便问他的朋友:"你呢?"

"我没有想到,因为我的工作太忙了。"

"你们同志中,我想恋爱的观念是更其解放的。"

"在理论方面是不错的。然而在实际上,为了受整个社会限制的关系,谁也不能是最理想的。"

"我觉得男女都是独身好——因为独身比同居自由得多。"

但他的朋友不继续谈恋爱问题，只问他编讲义和上课之后还作些什么事，是不是还像从前那样地一个人跑到陶然亭去，或者公主坟。

"都不去。"

"未必一个人老呆在屋子里？"

"没有事的时候，"这是带着深思的笑意说，"我常常到西城去。"

"为什么？"

"到一个朋友那里闲谈。"

"是谁？"

叶平便愉快地笑着告诉他，说他在三个月以前，在人的社会中发现了一个奇迹——一个小说中的人物，一个戏剧中的主人公，就是在现代新妇女中的一个特色女人。她完全是一个未来新女性的典型。她的性格充满着生命的力。她的情感非常热烈，但又十分细致。她的聪明是惊人的，却不表现在过分的动作上。她有一种使人看见她便不想就和她分离的力量，她给人的刺激是美感的。她对于各方面的思想都有相当的认识。她很喜欢文学，她并且对于艺术也很了解。她常常批评法国的文学太轻浮了，不如德国的沉毅和俄国的有力。可惜她只懂得英文。她常常说她如果能直接看俄文的书，她必定更喜欢俄国的作品。她有一句极其有趣的比喻：人应该把未来主义当作父亲，和文学亲嘴。她的确非常懂得做人而且非常懂得生活的。如果看见她，听了她的谈话——只管所谈的是一件顶琐碎顶不重要的事，而不想到她是一个不凡的女人是没有的。她能够使初见面的人不知为什么缘故就和她非常了解了。

他的朋友忽然开玩笑的样子打断他的话：

"那么你的恋爱观念要动摇了。"

"不会的，"他郑重地说，"她给我的印象完全不是女人的印象。我只觉得她是一种典型。我除了表示惊讶的敬意之外没有别的。我并且——"他停顿一下又接着说他不愿意任何人把她当作一个普通的爱人，所以他对于她的丈夫——帝国大学的法律博士，目下党国的要人，市政府的重要角色——就是那个曾称呼他"拜伦"的徐大齐先生表示了反感。

他攻讦地说："他不配了解她，因为他从前只知道'根据法律第几条'，现在也不过多懂了一点'三民主义'，他在会场中念'遗嘱'是特别大声的。"

他的朋友带点笑意地听着他说，在心里却觉得他未免太崇拜这个女人了。

这时马车已穿过了一道厚厚的红墙，并且拐了弯，从一道石桥转到河沿上，一直顺着一排光着枝的柳树跑去。许多黑影和小小暗淡的街灯从车篷边晃着过去，有时北风带着残雪打到车篷上发响，并且特别明亮的一个桃形的电灯也浮鸥似的一闪就往后去了。叶平便忙伸出头来去向车夫说：

"到了。那里——"

车夫便立刻收紧了缰带，马车便退走了两步，在一个朱红漆大门口，在一盏印着"大明公寓"的电灯下，停住了。

他拉着他的朋友一直往里去。

"这公寓很阔。"

"并且，"他微笑着回答，"我的房间比从前的寝室也'贵族'多了。"

三

一清早，徐大齐先生到市政府开会议去了，到十二点半钟还不曾回来，素裳女士便一人吃了午饭，在餐桌边，她不自觉地又觉得寂寞起来。她觉得在一间如此高大的餐厅里，在如此多样的菜肴前，只一个人吃着饭真是太孤单而且太贵族了。于是她的那一种近来才有的感想便接着发生了。近来，在餐桌边的寂寞中，她常常感觉得吃饭真是一件讨厌的事。真的，如果人不必吃饭那是怎样的快乐。她认为既然人必需吃饭，那么便应该有点趣味，至少不变成日常的苦恼功课。如果人只是为肚子需要东西才吃饭，这实在太无味，太苦，太机械了。她常常觉得自己的吃饭，几几乎和壁炉中添上煤块的意义没有两样的。因此她近来减食了，她一拿上筷子就有点厌烦。她差不多一眼也不看那桌上排满的各样菜，只是赶忙地爬了半碗饭就走开了。甚至于因为这样的吃饭竟使她感着长久的不快活，所以她离开了餐桌之后还在想：

"多么腻人呵，那每餐必备的红烧蹄膀！"

这时候她是斜身地躺在她的床上，手腕压着两个鸭绒枕头，眼睛发呆地看着杏黄色的墙上，因了吃饭的缘故而联想了许多的事情。她开始很理性地分析她对于吃饭生着反感的原因。然而这分析的结果却使她有点伤感了。她觉得徐大齐离开她的辰光实在太多了。他常常从早上出去一直到半夜才回来的，而且一回来就躺在床上打鼾。他真的有这样多的公务？他不应该为她的寂寞而拒绝一些应酬？他总是一天到晚的忙。真的，他想念着她的辰光简直少极了，他差不多把整个的心思和时间都耗费在他的勾心斗角的政治活动上。他居然在生活中把她的爱情看做不什么重要了。……但是她又想着如果她不是住在这阔气的洋楼中，如果她是服务于社会的事业上，如果她的时间是支配在工作中，她一定不会感到这种寂寞，和发生了这种种浅薄的感想。于是她微微叹息地想着：

"我应该有一点工作，无论什么工作都行。"

然而她一想妇女在这社会中的生活地位，便不得不承认几乎是全部的女人还靠着男人而度过一生的。并且就是在托福于"三民主义"的革命成功中，所谓妇女运动得了优越的结果，也不过在许多官僚中添上女官僚罢了。或者在男同志中选上一个很好的丈夫便放弃了工作的。似乎女人全不想这社会的各种责任是也应该负在自己肩上，至少不要由男人的领导而干着妇女运动的。然而中国的女人不仍然遗传着根性的懦弱，虚荣，懒惰么？女人在社会上失去各种生活的地位，从女人自己来看，是应该自己负责的。因此她自己想："除了当教员……"想着她又觉得这只是一种毫无生气的躲避的职业。于是她想她在这社会上的意义也和其他的女人一样等于零了。她不禁地有点感慨起来。但不久她觉得这些空空的感想是无用的。于是为平静起见，便顺手拿了一本小说《马丹波娃利》。

这一本福罗倍尔的名著，在三年前她曾经看过的，但是她好像从前是忽略了许多，所以她便用心地看了起来。

当她看完了这本书，静静地思索了，她便非常遗憾这法国的一个出色的文豪却写出如此一个女人。这马丹波娃利，实在并不是一个能使人敬重甚至于能使人同情的，因为这女人除了羡慕富华生活之外没有别的思想，并且所需要的恋爱也只是为满足虚荣的欲望而且发展到变态的了。虽然福罗倍尔并不对于她表示同情，但也没有加以攻击，因此她非常怀疑这成为法国十九世纪文学权威的作家为什么要耗费二十多万字写出这么一个医生的妻子。于是她认为在这本《马丹波娃利》书中，福罗倍尔的文字精致和描写深入的艺术是成功，但在文学的创造上他是完全失败了，所以他只是十九世纪的法国作家，不能成为这人类中一个永恒不朽的领导着人生的伟人。因此她想到了许多欧洲的名著，而这些名盛一时的作家所写出的女人差不多都是极其平凡而且使人轻视和厌恶的，一直至于法郎士的心目中的女人也不能超过德海司的典型。于是她觉得，如果她也写小说，如果她小说中有一个女主人公，她一定把这女人写成非常了不起，非常能使人尊重和敬爱的……

她想着，她觉得很有创造出一个不凡女人的勇气。末了，她从床上起来，忽然在一面纤尘不染的衣镜中，看见她自己的脸上发着因思想兴奋的一种绯红，她用手心摸了一下，那皮肤有点烧热了。

她喝了一杯白开水，坐到挨近一盆腊梅的大椅上，继续地想着她的创造，她完全沉思了。

但她刚刚想好了一个还不十分妥贴的题目，她的旧同学沈晓芝便一下推开门，气色蓬勃地进来了。

"我算定你在家。"她嚷着，一面把骆驼毛的领子翻下去，脱了手套。

素裳在一眼中，看出她的这一个同学今天一定遇了可喜的事，否则她不会如此发疯似的快活，因为她平素为人是非常稳重的，她甚至于因为恐怕生小孩子便不敢和她的爱人同居。

"你一定又接了两封情书。"

"别开玩笑。"沈晓芝正经地笑着说："他今天没有来信。我也不要他来信。"

"又闹些什么？"

"他近来的信写得肉麻死了。"

素裳对于这一个同学的中庸主义的恋爱是很反对的，她常常都在进着忠告，主张既然恋爱着便应该懂得恋爱的味，纵然是苦味也应当尝一尝，否则便不必恋爱，如果两个人相好，又为了怕生小孩子的缘故而分离着，这是反乎本能的。然而她的同学却没有这种勇气，虽然觉得每天两个人跑来跑去是很麻烦的。所以素裳这时又向她说：

"一同居便不会写信了。"

但是沈晓芝不回答，只笑着，并且重新兴奋地大声说：

"我们看美术展览会去！"

"在哪里？"

"中山公园。去不去？我是特别来邀你的！"

"去，"她回答说，"为了你近来对于美术的兴趣也得去的。"

沈晓芝便欢欢喜喜地替她开了衣柜，取一件黑貂皮的大氅披到她身上，等着她套上鞋套子。这两个女朋友看一下镜子里的影，便走了。

外面充满着冷风。天是阴阴的，马上就要沉下来的样子。那密布的冻云中，似乎已隐隐地落下雪花来。一到公园里面，空中便纷纷地飘着白色的小点，而且轻轻积在许多枯枝上。

那美术展览会里也充满着寒冷的空气。看画的人少极了。展览着国画的地方竟连一个人也没有，所以一幅胭脂般的牡丹花更显得红艳了。看了这一些鸟呀花呀孔雀呀的红红绿绿的国画之后，素裳便向着她的同伴问：

"好么？"

沈晓芝含笑地摇了头，说：

"大约我也画得出来。"虽然她很知道她自己刚刚学了三个月的水彩画。

"对了，这些画只是一些颜色。"说着便拐一个弯去看西洋画。

陈列着画的地方好多了。看画的人也有好几个，作品是比国画要多到三倍的。然而这些名为印象派，象征派，写实派，……这些各有来源的西洋画，也不能使素裳感到比较的满意。虽然她的同伴曾指着一幅涂着非常之厚的油画，说："这一幅好！"她也仍然觉得这只是一些油膏，并不是画，因为那上面的"乞丐"，一点也找不出属于乞丐的种种。在这些西洋画中，几乎可以代表西洋画的倾向，便是最引人注意的赤裸裸的女体画。

但这些女体画不但都不美，简直没有使人引起美感的地方。虽然有一个作家很大胆地在两条精光的腿中间画了一团黑，可是这表现，似乎反把女体的美糟蹋了。其次在西洋画中也占有势力的是写生画——房子，树，树，房子，无论这些画标题得怎样优雅，都和那些女体画一样，除了在作家自己成为奇货之外是一点意义也没有的。素裳对于其馀的画像等等便不想看了。她说：

"走吧。"

沈晓芝正观赏着一个猴子吊在柳树上。

于是她们又拐了弯，这是古画陈列的地方了。

素裳第一眼便看见了叶平在一幅八大山人的山水画前面，低声地向着他身旁的一个人说话。那个人比他高一点，也强健一点，穿着黑灰色的西装大氅，并且旧到有点破烂了。于是她走上去，刚刚走到他身边，他便警觉地转过身，笑着脸说：

"哦……你也来了。"

"因为你在这里。"素裳笑着说。

叶平便忙着介绍：

"这是素裳女士！这是沈晓芝女士！这是施洵白先生！"他的脸上便现出十分愉快的笑意。

素裳便向这一个生人点了头，且问：

"昨夜才到的，是么？"

"也可以说今天，因为是一点钟——"

于是她忽然无意地，发现洵白在说话中有一种吸人注意的神气，一种至少是属于沉静的美。她并且觉得他的眼睛是一双充满着思想和智慧的眼睛；他的脸的轮廓也是很不凡的……好像从他身上的任何部分都隐现着一种高尚的人格。这时她听见了清晰而又稳重的声音：

"来看了好久？"

"才来；不过差不多都看够了。"

洵白便会意地笑了。

沈晓芝接着向叶平问：

"你喜欢看古画么，站在这里？"

"看不懂。"他带点讽刺地说："标价一千元，想来大约总是好的。你呢，你是学画的，觉得怎样呢？"

她便老老实实地回答：

"我是刚学的。我也不懂。我觉得还是西洋画比国画好点。"

于是她们和他们便走出这美术展览会，并且在公园中走了两个圈，素裳和洵白都彼此感到愉快地谈了好些话。在分别的时候，她特别向他说：

"如果高兴，你明天就和叶平一路来……"

他笑着点着头而且看着她的后影，并且看着她的车子由红墙的洞中穿出去了。

于是在路上他便一半沉思地向他的朋友说：

"你的话大约不错，至少我还没有遇见过——"

四

这是一个星期日。因了照例的一个星期日的聚会，在下午一点钟，徐大齐先生的洋房子门口，便排了两辆一九二九年的新式汽车，一辆英国式的高篷马车，和三五辆北方特有的装着棉蓝布篷子的洋车。这些车夫们，趁着自己的主人还有许多时候在客厅里，便大家躲在门房的炕上赌钱，堆着大牌九，于是让那一头蒙古种的棕色马不耐烦地在一株大树下扫着尾巴，常常把身子颠着，踢着蹄子……使许多行人都注意到这一家新贵的住宅中正满着阔人呢。

的确，客厅里真热闹极了。壁炉中的火是兴旺地烧着。各种各样的梅花都吐着芬香。温暖的空气使得人的脸上泛溢着蒸发的红晕。许多客人都脱去外衣，有的还把中国的长袍脱去，只穿着短衣露着长裤脚，其中有一个教育界要人还把一大节水红色绸腰带飘在花蓝丝葛的棉裤上。一缕缕三炮台和雪茄的烟气，飘袅着，散漫在淡淡的阳光里。在一张小圆桌上，汽水的瓶子排满着，许多玻璃杯闪着水光，两个穿着白色号衣的仆人在谨慎地忙着送汽水。这一些阔人，一面在如此暖和的房子中，一面喝着凉东西，嗅着花香，吸着烟，劈开腿，坐在或躺在软软的沙发上。而且——这些阔人，每个人还常常打着响亮的哈哈，似乎这声音才更加把客厅显得有声色了。大家正在高谈阔论呢。

那个穿着中山服的王耀勋又根据《建国大纲》来发挥他的

党见。这个先生在学校里是背榜的脚色，但在"三民主义"下却成为一个很锋芒的健将了，因此他曾做过四十天的一个省党部的宣传部部长。这时他洋洋大声地说：

"党政之所以腐败皆缘于多数人之不能奉行《建国大纲》，因此在转入训政时期还彼此意见纷歧，此真乃党国之不幸！"

说了便有一个声音反响过来：

"我以为，投机分子和腐化分子太多是一个缘故。"说这话的是方大愈先生，他现在不做什么事了，却把他自己归纳到某某派中去的。

于是有点某某会议派嫌疑的万秉先生便代表了市政府方面，带点意气地说："不过，投机分子和腐化分子现在没有活动的馀地了。"这话真对于在野的人含不少的讽刺，因为他现在是市政府最得力的秘书。

他的话便惹怒了几个失意的人，其中翟炳成便针锋相对地大声说："自然，现在在党国服务的都是三民主义者，但是我们不要忘记，其中显贵的人也免不了有幸运造成的——这的确不是国民党和国民政府的光荣。"

接着黄大泉先生，他在一个月以前刚登过"大泉因身体失健，此后概不参加任何工作，且将赴欧洲求学，以备将来为党国效劳"这么一则启事的，所以他也发言了：

"现在不操着党权和政权的并不是一种羞辱，正如现在操着党权和政权的也不是一种骄傲。我们的工作应该看最后的努力！"这两句话在一方面便发生了影响，差不多在野的人都认为是一种又光明又紧练又磊落的言论，并且大家同意地，赞成地，快乐地响应着。

这时把万秉先生可弄得焦心了。他用力地放下玻璃杯，汽水在杯中便起了波浪，眼睛发热地望着反对者，耸一耸肩膀，声音几乎是恼怒的了：

"如果忠实于三民主义，应该把我们的工作来证明我们的信仰，不应该隔岸观火而且说着风凉话。我们现在应该纠正的，便是自己不工作而又毁谤努力于工作的人的这一种思想。"说了便好像已报复了什么，而且在烧热的嘴唇上浮着胜利的微笑，庆祝似的喝了一大口汽水。

于是相反的话又响起来了。然而这一个客厅的主人便从容地解决了这一个辩论：

"听我说，如果你们不反对我的这种意见：我认为你们所争执的并不是一个问题。我觉得我们对于党国的效劳，现在都不能算为最后的尽力，所以我们应该互相——至少是对于自己的勉励，因为我们以后工作的成绩是不可预知的。"

徐大齐先生的这几句简单的意见，的确是非常委婉而且动听，不但并不袒护任何方面，还轻轻地调解了两方的纠纷，于是这客厅里的人都钦佩他的口才，认为只有他才不失为主席的资格。

那个从日本军官学校一毕业就做了旅长的任刚先生便拍着手称赞他说：

"你真行!"

他便按着电铃，对仆人说：

"Red Wine!"

　　于是红色的酒便装在放亮的玻璃杯中，在许多手上晃来晃去地荡漾，而且响着玻璃杯相碰的声音。这客厅的局面便完全变了样子了，大家毫无成见地彼此祝福着，豪饮着，甚至于黄大泉干了杯向万秉说：

　　"祝你的爱情万岁！"因为这一位秘书正倾心着他的一个女书记。并且年轻的旅长，忽然抱起那留着八字胡子的教育界要人跳起舞来了。客厅里便重新充满了哈哈和各种杂乱的响动，酒气便代替了烟气在空间流荡着。正在这客厅里特别变成一个疯狂社会的时候，叶平便和他的朋友走到了这两层楼的楼梯边。他的朋友便向他低声说：

　　"如果你不先说这是素裳女士的家，我一定会疑心是一个戏馆了。"叶平这才想到今天是徐大齐先生的星期日聚会，于是不走向客厅，向着素裳的书房走去。

　　听着脚步的声音，素裳便把房门开了，笑着迎了他们。这时，在淘白的第一个印象中，他非常诧异地觉得这书房和客厅简直是两个世界。这书房显得这样超凡的安静。空气是平均的，温温的。炉火也缓缓地飘着红色的光。墙壁是白的，白的纸上又印着一些银色图案画，两个书架也是白色的，那上面又非常美观地闪着许多金字的书。并且书架的上面排着一盆天冬草，草已经长得有三尺多长，像香藤似的垂了下来，绿色的小叶子便隐隐地把一些书遮掩着。在精致的写字台上，放着几本英文书，一个大理石的墨水盒，一个小小玲珑的月份牌，和一张 Watts 的《希望》镶在一个银灰色的铜框里。这些装饰和情调，是分明地显出这书房中的主人对于一切趣味都是非常之高的，于是在洵白的眼中，他看出——似乎他又深一层地了解了素裳，但同时又觉得她未免太带着贵族的色彩了。他脱下帽子便听见一种微笑的声音：

"我以为你们不来了。"

"为什么不来？"叶平带点玩笑地说："世界上没有比这里更好的地方！"一面脱去围巾和大氅，在一张摇椅上坐着了。洵白也坐到临近书架的沙发上，他第一眼便看见了英译的《托尔斯泰全集》，和许多俄国作品。

于是这一间书房里便不断地响着他们三人的谈话，洵白一个人尤其说得多。他的声音，他的态度，他的精神，他的在每种事件中发挥的理论和见解，便给了素裳一个异乎平常的印象。并且从其中，她知道了这个初识的朋友，是一个非常彻底的"康敏尼斯特"，而且他对于文学的见解正像他的思想，是一样卓越的。所以她极其愉快地注意着他的谈话。

当谈着小说的时候，洵白问她，在各种名著中，她所最喜欢的是哪一个女人，她便回答说：

"没有一个新女性的典型。并且存在于小说中的女人差不多都是缺憾的。我觉得我还喜欢《夜未央》中的安娜，但是也只是她的一部分。"

"最不喜欢的呢？"

"马丹波娃利。"

洵白对于她的见解是同意的。于是他们的谈话转到了托尔斯泰的作品上。她说：

"我不很喜欢，因为宗教的色彩太浓厚了。我读他的小说，常常所得到的不是文学的意旨，却是他的教义。"

接着他们便谈到了苏俄现代的文坛，以及新进的几个无产阶级的作家。最后他们又谈到了一些琐事上。于是电灯亮了。洵白忽然发觉在对着他的那墙上，挂着一张放大的小女孩相片，虽然是一个乡下姑娘的装束，却显露着城市中所缺少的天然风度，而且大眼，长眉，小嘴，这之间又含着天真和聪明。他觉得如果他没有看错，这相片一定就是素裳从前的影子，想着她便看了她，觉得她的眼睛和那小孩子的眼睛是一样的，便笑着向她说：

"很像。"

素裳迟疑了一下便回答：

"还像么？我觉得我是她的老母亲了。"

"不，"叶平带笑地说，"我觉得你只是她的小姊姊。"说了便向她告别，并且就要去拿他的大氅。

然而素裳又把他们留下了。

这时房门上响着叩门声，接着门开了，徐大齐便昂然地走了进来，嘴上还含着雪茄烟。素裳便特别敬重地介绍说：

"施洵白先生！叶平的最好朋友！前夜才到……"

徐大齐立刻伸出手，拿下雪茄烟，亲热地说："呵，荣幸得很！"接着便说他因为和几个朋友在客厅里，不知道他来到，非常抱歉，并且非常诚意地请他再到客厅里去坐，去喝一点意大利的最新红酒。可是素裳却打断他的意思，说："就在这里好了。"

他已经转过脸去，向叶平问：

"听说贵校正闹着先生和学生的恋爱风潮，真的么？"

"我已经两天没有去了。"

于是这一个善于辞令的政治家，便充分地表现了他的才能，神色飞扬地说了许多交际话，并且随意引来了一些政治的小问题，高谈着，到了仆人来请用饭的时候。

当徐大齐挽着素裳走到饭厅里去，洵白便感想地想着这一对影子，并且客观地，在心里暗暗地分析说：

"这完全是两个社会的两种人物……"

五

叶平等着他的朋友回来吃夜饭，一直等了一个多钟头，终于自己把饭吃了。吃过饭之后，他又照例地坐到桌前去，编着《欧洲文学史》的讲义。刚刚下笔不久，写到"十八世纪的南欧与北欧"时候，一个最信仰于他的学生便来找他了。这学生带给他一个消息，便是那全校哄然的恋爱风潮。在这恋爱风潮中，他说他完全是一个局外，但他很同情于被反对者。他并且非常愤慨地认为这一次风潮完全是学生方面的耻辱，而且是一般青年人暴露了个人主义和封建时代的思想。他极端觉得遗憾的是社会对于这风潮没有公正的评判。他尤其怀疑学校当局的中立态度。最后他希望这一位先生给他一点意见。

叶平便问："到底是怎么一回事？"

于是这学生便忍耐着激动，慢慢地告诉他，说是中国文学系二年级女生，他的同班，何韵清，从前和英文学系的学生陈仲平恋爱，有的说他们俩已发生了别的关系。但是前几天陈仲平便发觉她有不忠实于他的行为，并且找到了证据，就是何韵清和预科一年级法文教员又发生恋爱关系。陈仲平认为何韵清既然爱他，就不应当同时又爱别一人，因此他认何韵清的这种行为是暧昧的行为，而且成为他恋爱的耻辱。他为惩罚何韵清起见，便过甚其辞地把这个事实公布了。于是全校的学生都哄了起来。大家都觉得何韵清的行为是不对的。他们都同情陈仲平的不幸。并且他们都认为一个女人在同一时候不能再爱另一个男人，并且认为如果一个女人在同时爱了这个又爱那个是侵犯了神圣的恋爱。因此大家对何韵清都极端恶意地攻击，甚至于有人提倡她当野鸡去，还有许多人开了私人的会议便呈请教务处开除何韵清的学籍。另一部分人便写信警告何韵清和法文教员，还有许多不安分的人便到处说着极难听的下流话。法文教员连课也不敢上了。何韵清简直更不能见人，见了人，大家都作着种种怪难看的丑脸，而且吹着哨子，大家说着不负责的痞话。为了这个风潮，差不多什么人都无心上课了。虽然学校还照常有功课，但实际上已等于停课了，或者因此竟闹成了罢课也说不定呢。接着这学生便感着痛心地，诚诚恳恳地说出他对于这事件的见解，他负责地说他认为何韵清是对的，她的同时爱两个人是可能的，至少她的这种恋爱不是什么暧昧的行为。并且他认为何韵清爱法文教员也决不是陈仲平的耻辱。他觉得一个女人——或者男人——在同时爱上两个人是很自然的，因为一个人原来有爱许多人的本能。并且他觉得恋爱是完全自由的，旁人更没有干涉的权利。最后他又向着他的先生问：

"叶先生觉得怎样呢？"

他的先生便给了他许多意见，这学生感着满意地走了。叶平却沉思起来，他想了许久他的"恋爱否认论"。

这时他燃上一枝香烟，却发觉已经八点十分了。然而洵白还没有回来，他想不出他不回来的缘故，因为他只说到东安市场去买点东西，并且他没有别的朋友，他揣想了许多，便有点担心起来，他很害怕他被什么人认出来了，那是非常危险的。因此他愈觉得不安了，疑惑地忧愁着，讲义也编不成了。

一直到了九点三十五分钟，这一个使人焦急的朋友，却安然地挟着一本书，推进房门，脸上浮满了快乐和得意的微笑。

"你到哪里去的？"叶平直率的，带点气样地问。

洵白想了一想，终于回答说：

"不到什么地方；只到素裳那里去。"

"那末晚饭已经吃过了？"

"吃过了。"

"徐大齐在家么？"

"没有，"说了又补充一句，"临走时他才回来。"

"你要留心点。这个人对于异己者是极端残酷的。"

"我不会和他说什么。"

于是他坐在一张藤椅上，打开书——英译屠格涅夫的《春潮》——微笑地看着，眼睛发光。叶平也继续编着他的讲义。但到了十二点多钟，当叶平觉得疲倦而打着呵欠，同时要洵白也去休息的时候，他忽然发现到这一个朋友的一件奇怪的事情：看书看了三点多钟，那充满着愉快的发光的眼睛，还凝神在九十二页上，竟是连一页也没有看完。

六

这一天素裳起来得特别早，她从没有像这样早过，差不多比平常早了三个钟头。她下床时候，徐大齐还在打鼾呢。她披上一件薄绒大氅，便匆匆忙忙地跑到她的书房去。

壁炉还没有生火。梅花又新开了好些。空间充满着清冷的空气和花香的气味。她一个人坐在写字台前，一双手按在脸颊上，一动也不动。她的眼睛异样放光的。她的脸上浮泛着一种新的感想正在激动的绯红。她的头脑中还不断地飘忽着夜间梦见的一些幻影。她在她的惊异，疑惑，以及有点害怕，但同时又觉得非常的喜悦之中，她默默地沉思了长久的时候。最后她吃惊地抬起头，毫无目的地看着窗外的灰色的天，一大群喜鹊正歌唱着从瓦上飞过去，似乎天的一边已隐然映出一点太阳的红光了。于是她开了屉子，从一只紫色的皮包中拿出一册极其精致的袖珍日记本，并且用一枝蓝色的自来水笔写了这两句："奇怪的幻影，然而把我的心变成更美了！"

写了便看着，悄悄地念了几遍才合拢去，又放到皮包里。于是又沉思着。

当她第二次又抬起头，她便无意地看到了左边书架的上一列，在那许多俄国作品之中空着一本书的地位，因此她的眼前忽然晃起那个借书人的影子，尤其显然的是一双充满着思想和智慧的眼睛，以及……这一些都是淘白的。

接着她悄悄地想："奇怪……不。那是很自然的！"在这种心情中，经过了一会，她便快乐地给她的母亲写一封信。她开头便说她今天是她的一个重要日子，比母亲生她的日子还要重要。她并且说她从没有像今天这样的欢乐，说不定这欢乐将伴着她一生，而且留在这世界。她说了许多许多。她又说——这是经过一番思考之后——告诉她母亲说她在三天前，她认识了一个朋友，一个思想和聪明一样新一样丰富的人。最后她祝福她自己而且向她的母亲说：

"妈妈，为了你女儿的快活，你向你自己祝福吧！"

她便微笑地写着信封。这时她的女朋友夏克英跑来了，这位女士的脚步总是像打鼓似的。她叠着信纸，一面向叩门的人说：

"进来！"

夏克英一跳便到了她身边，喜气洋洋的。

"什么事，大清早就这样的快活？"

"给你看一件宝贝，"夏克英吃吃的笑着说，一面浪漫地把一只狐狸从颈项上解下来，往椅子上一丢，"真笑死人呢。"说了便从衣袋中，拿出了一封信，并且展开来，嘲笑地念着第一句：

"我最亲爱最梦想的安琪儿！"念了又吃吃地笑着，站到素裳身旁去，头挨头地，看着这封信，看到中间，又嘲笑地大声念道：

"因为你，我差不多想作诗了！"

看完信，素裳便说：

"这完全是封建时代的人物。"

"谁说不是呢？他还找着我，可不是见他的鬼了？"接着这一个在恋爱中最能解放的夏克英，便轻浮地说着这一件故事。她第一句便说这个男人是傻子！说他的眼睛简直是瞎，认不清人。又说他如果想恋爱，至少要换一个清白的头脑。否则，如果他须要恋受，便应该早生二十年。最后她讽刺地说：

"也许这个人倒是一个'佳人'的好配偶呢！"说了便把那封署名"情愿为你的奴隶"的信收起来了，并且拿了狐狸。

"急什么？"

"我还要给晓芝她们看去。"夏克英说着便动身了，走到门口时又转过脸来向素裳说：

"告诉你，昨夜是我和第八个——也许是第九个男人发生关系啊。"接着那楼梯上的脚步声音，沉重地直响了一阵。

素裳便又坐到写字台前。她对于这一个性欲完全解放的女朋友，是完全同情的。但是她自己没有实行的缘故，便是她看不起一般男人，因为常常都觉得男人给她的刺激太薄弱了，纵然在性的方面也不能给她一点鼓励和兴趣。她认为这是她的趣味异于普通人。这时她又为她的女朋友而生了这种感想：

"男人永远是恋爱的落伍者，至少中国的男人是这样的。"

然而这一些浅浅的感想，一会儿便消灭了。她又重新看了给她母亲的信，并且在头脑中又重新飘忽了那种种幻影。她一直到将要吃午饭的时候才走到洗澡间去的。

当她只穿着水红色丝绒衣走进饭厅里，徐大齐已经在等着她了。他向她笑着说：

"今天真是一个纪念日——你起得特别早。"接着他告诉她说："叶平刚才打电话来，说明天早上请我们逛西山去——前两天西山的雪落得很大。"

她忽然突兀地问："你呢，你去不去？"

"我也想去。"

于是她默默地吃着饭，心里却荡漾着波浪，并且懊恼地想：

"为什么，明天，市政府单单没有会议？"

七

冬天天亮得很迟，刚亮不久的八点钟，他们便来邀她了；但她已经等待了许久。这时她对于逛西山是完全欢喜的，因为昨天从南京来了一个要人，徐大齐一清早便拜访去了，他不能和她一路去。

她对叶平说："不要等他，说不定他到晚上才回来的。"接着便问："为什么忽然想逛西山？"

叶平便告诉她，说他并没有想，而且他今天是功课特别多，想逛西山完全是洵白提议的，于是她看了洵白一眼，她和他的眼光便不期然接触着，她觉得他的眼光中含着不少意义，这意义是不分明的，而其中有着一种支配于感情的懦怯。

他却辩护似的说："西山我还没有去过。从前有几次想去都没有钱去。我想这一次如果再不去，说不定以后都没有去的机会了，因为过了两天我就要离开这里……"

这最后的一句便立刻给了素裳一个意外的惊愕。她没有想到这一个朋友会刚刚来便要走的。她完全不想这时便听见他这样说。她觉得这短促的晤谈简直是给她一个遗憾。她忽然感到惆怅了。她差不多沉思起来……她只仿仿佛佛地听见叶平在向她说："我们走吧！"而且问她：

"你吃过东西没有？"

"并不饿。"

"好的，到西山吃野餐去。"

三个人便下着楼梯，汽车夫已经预备开车了。

叶平让她坐在车位当中。汽车开走了。他们便谈话起来。但在许多闲谈中间，她时时都觉得洵白的身子有意地偏过一边，紧挨到车窗，似乎深怕挨着她而躲避她的样子。

汽车驶出了西直门，渐渐的，两旁便舒展着野景。他们的闲谈便中止了，各人把眼睛看到野外去。那大的，无涯的一片，几乎都平铺着洁白的雪。回忆中的绿色的田，这时变成充满着白浪的海了。间或有一两个农夫弯腰在残缺的菜园里，似乎在挖着剩馀的白菜。一匹黄牛，远远地蜷卧在一家茅屋前，熟睡似的一动也不动。在光着枝条的树下，常常有几个古国遗风的京兆人，拖着发辫子，骑在小驴上。并且常常有一队响着铃声的骆驼，慢慢地走着，使人联想到忠厚的，朴实的，但是极其懒惰和古旧的满洲民族。这许多，都异乎近代城市的情调，因此洵白忽然转回脸来说：

"北平的乡下也和别的乡下不同：我们那里的乡下是非常

勤苦的，田园里都是工作。"

"大约是气候不同，"叶平说，一面还看着颓了半扇红墙的古寺。

"然而，"洵白又接下说，"在寒带地方的人应该能够耐苦的，北欧的民族便非常勤劳于艰难的工作。"

叶平不回答，他注意到远处的一座古墓。

"我也觉得，"素裳便同意地说，接着她和洵白便谈了南欧和北欧以及东亚的民族，各民族的特性和各地的风俗，她从他的口中听到了别人所没有的意见。这些谈话，又使她感到非常得喜悦，甚至于她觉得她好像变成很需要听他的谈话了。当他说到古代的恋爱时候，她尤其觉得在他的嘴唇边有一种使人分析不清的趣味，这也许是因为他用现代的思想谈着古代的事情吧。

"听……泉水！"叶平忽然叫。

他们的眼睛便随了这声音又看到野外去。汽车转着弯驶过一道石桥。景象有点不同了。这里是一座山，一个高高的，瘦瘦的，尖形的塔耸立在山顶上。山上满着银色的树。树之间有一两个房子，古庙吧，也许是洋房子。有着不少喜鹊之类的鸟在飞翔着。

叶平便指道似的说：

"玉泉山！"

那流泉的清脆声音，响在这山脚下。原来凭着山脚的轮廓，有一条仄仄的小溪，水声便是从溪中发散出来的。溪两旁长着一些草，可是都已经枯萎了。但在结着一层层的薄冰中，还能够看见一道清明的泉水，在那里缓缓地流着。

叶平便又开口说：

"如果在春天夏天，只要不结冰的时候，这溪中的水清到见底，底下有一层层的水草平伏着，而且在太阳光中，随着泉水的流动，便可以看见十分美丽的闪着金色辉煌的一层层波浪。并且洋车夫常常喝着这里面的水。"

"不长鱼么？"素裳大意地问。

"不知道。虾子大约总有的。"

"那么，"洵白便想象地说："一定有人坐在溪旁钓虾了。"

叶平想了一想便笑了。素裳接着说：

"只有北平才有这种遗民风度。"

于是他们说了一些话又看着野景。汽车便非常之快地驶向一条平坦大路，五分钟之后便停在香山的大门口了。

许多小驴子装饰着红红绿绿的布带，颈项上挂着念珠似的一圈铜铃，显出头长脚小的可笑可怜模样。这时就有一个穿西装的男人和一个穿旗袍的女人，一对嘻嘻哈哈地打着驴子跑过去了。于是驴夫们便围拢来，争着把那可怜的小畜牲牵过去，一面拍着驴子的背一面讲价：

"一块大洋，随您坐多久。"

轿夫们也上前了，抬着空溜溜的只有一张藤椅子的轿。

驴夫抢着说：

"骑驴子上山好玩。"

轿夫也嚷着：

"坐轿子舒服。"

　　然而这三个客人却步行地走了。他们走过了这个山门，顺着一道平平地高上去的山路，慢慢地走，走到了缨络岩。这里松柏多极了。并且在松柏围抱之中，现着一块平地，地上有三张石桌和几只鼓形的椅子。各种鸟声非常细碎地响着。许多因泉流而结成的冰筷，高高地在大石上。他们在这里逗留了一会，便继续往上走，一路闲谈，一路浏览，一直走到半山亭才休息下来。从这亭子上向下望去，看见满山的树枝都覆着柔白的雪，而且望到远处，那一片，茫茫的，看不清的，似乎并不是城市的街，却像是白浪滔滔的海面了。叶平离开他的游伴，一个人跑到亭子的栏杆上，不动地站着，如同石像的模样，看着而且沉思着什么。素裳和洵白便坐在石阶上，彼此说些山景，雪景，并且慢慢地谈到了一些别的。最后他们谈到小孩子。因此联谈到他的幼年。于是洵白便坦坦白白地告诉她，说他的家庭现在已和他没有关系了，原因是他不能作官，他父亲把他当作不肖的儿子，至于极其盛怒地把他的名字从宗谱上去掉。但是他并不恨他的父亲，他只觉得可怜而且可笑的，因此他父亲常常穷不过时还是向他要钱，他也不得不寄一点钱去。接着他便说他从前是一个布店的徒弟，因为在他十三岁时候，他父亲卖去最后一担田之后，便把他送到一家布店去，为的可以使家里省一口饭。他当时虽然不愿意，然而没有法，终于放下《英文初阶》，去学打算盘。他在这一家布店里，一直做了三年的学徒，这三年中所受到的种种磨难，差不多把他整个人生——至少使他倾向于马克思主义是有点关系的。因为在那布店中，老板固然不把他看作一个人，先生们对于他也非常得酷刻，甚至于比他高一级的师兄也时时压迫他做一些不是他分内的事，并且有一天还陷害他，说是一丈二尺爱国布是他偷去的。这一切，当初，他是没有法子去避免，更没有法子去抵抗，因此他都忍耐了。但是，到最后，终使他不顾一切地下了逃走的决心，那是因为有一夜——很冷的一夜，那个比他大十几岁的每月已经赚到五元的先生，忽然跑到他床上来（他的床是扇门板），掀开他的旧棉被，并且——当他猛然惊醒的时候，他忽然发觉一只手摸着他的脸，另一双手悄悄地在解他的裤带，他便立刻——不自禁地，害怕地，喊起来了。于是那个先生才放手，却非常之重地打了他一个耳巴，并且恶狠狠地威吓他，说这一次便宜了他，如果明天晚上他还敢——那他一定不怕死了。这样，他第二天便带着九元钱逃走了。于是他飘泊到上海，在一个医院里当小使。过了一年便到天津去，在一个中学里当书记。又过两年他考进北京大学。那时候他的一个表叔忽然阔起来，把他父亲介绍到督军署当一等科员，因此他父亲认为他以后可以作官的，便接济他的学费，并且把他弄一个省官费送到日本去。最后他带点回忆的悲哀的微笑，沉着声音说：

"这就是我的小学教育！"

素裳不作声，她在很久以前就默着，沉思着，带着感慨地，同时惭愧地想着她自己的幼年是一个纯粹的黄金时代，因为她的家境很好，她的父母爱着她，使她很平安地受到了完全的教育。她是没有经过磨难的。因此她对于洵白的幼年，觉得非常的同情而且感动了。她长时间都只想着洵白的生活苦和他的可敬的精神。而且，当她看见洵白的眼睛中闪着一种热情的光，她几乎只想一手抱住他，给他许多友谊的吻。其实，她的手，已不知在什么时候，很自由地和他的手握着了。接着她听见洵白类乎宽慰地向她说：

"如果我幼年是一个公子哥儿，我现在也许吸上鸦片烟都说不定……"

素裳却不知觉地笑了。但她立刻想到她自己，便低了声音向他说：

"但是，我从前是一个小姐……我们是两个阶级的。"

洵白惊诧地看了她一眼，接着便感到愉快地微笑起来，并且空空看着她回答说：

"那么，我们的相遇，我希望是算为你的幸运。"

他们的手便紧了一下，放开了。这时叶平还站在栏杆上远眺而且沉思，素裳便大声地叫了他：

"怎么，想着诗么？诗人！"

叶平便转过脸，跳了下来，一面说："哪里！我只想着城市和山中的生活……"

三个人便又踏着积雪的石阶，一直望上走。走到了一个最高的山峰之后，才移步下来，又经过了许多阔人的别墅，便返到山门口，在石狮子前上了汽车。

于是在落日反照的薄暮中，在汽车急驶的回家的路上，那野景，便朦胧起来了。广大的田畴变成一片片迷蒙的淡白的颜色……

叶平还继续着他的对于生活的沉思。素裳和洵白又攀谈起来。谈到了苏俄的时候，她带着失望地说：

"我不懂俄文，因此许多书籍我都没有权利看到。"

洵白便对她说：

"日本文的译本，差不多把苏俄以及旧俄罗斯的文化全部都翻译过来了。"

"我也不懂日文。"她说了便忽然想起洵白是懂得日文的，便对他说："你肯教我么？"

"当然肯，不过——"他蹙起眉头停了一会才接着说："我恐怕在这里不很久。"

这时她忽然又想起他就要和她分别了，在心里立刻便惆怅起来，默了许久，才轻轻地说：

"真的就要走么？不能多留几天么？"

洵白看着她，很勉强地笑着。

"好的，"她又接着说，"你教我一天也行，教我两天也行。"

洵白便答应她，并且说学日文很容易，只要努力学一个星期就可以自修了，他一定教她到能够自修之后再走。素裳便几次地伸过手去和他很用力地握了一下。"那么你明天就来教我，"她说，于是她的心完全充满着欢乐，并且这心情使她得到幸福似的，一直到了那个骄傲地横在许多矮房子之中的洋楼。

她非常快乐地跑上楼梯，徐大齐便挽着她走进卧房里，一面说："西山的雪大不大？"

接着便沉重地吻了她。但是在这一个吻中，在她感觉到硬的髭须刺到她嘴唇上的时候，她忽然——这是从来所没有过的——非常厌烦地觉得不舒服。

"我太倦了！"她摆脱地说。

于是她长久地躺在床上想着。

八

易于刮风的北平的天气，在空中，又充满着野兽哮吼的声音了。天是灰黄的，暗暗的，混沌而且沉滞。所有的尘土，沙粒，以及人的和兽的干粪，都飞了起来，在没有太阳光彩的空间弥漫着。许多纸片，许多枯叶，许多积雪，许多秽坑里的小物件，彼此混合着像各种鸟类模样，飞来飞去，在各家的瓦檐上打圈。那赤裸裸的，至多只挂着一些残叶的树枝，便藤鞭似的飞舞了，又像是鞭着空气中的什么似的，在马路上一切行人都低着头，掩着脸，上身向前屁股向后地弯着腰，困难地走路。拉着人的洋车，虽然车子轮子是转动的，却好像不会前进的样子。一切卖馒头烙饼的布篷子都不见了，只剩那些长方形的木板子和板凳歪倒在地上。并且连一只野狗也没有。汽车喇叭的声音也少极了。似乎这时并不是人类的世界。一切都是狂风的权威和尘灰的武力。

这时素裳一个人站在窗子前，拉着白色的窗帘，从玻璃中望着马路。她很寂寞地望了许久，随后她看见在一家北方式的铺子前，风把它的一块木牌刮下来了，这木牌是金底黑字的，她认出那是白天常常看见过的永盛祥布店的招牌。因此她想起昨天才听见的，那完全出她意外的淘白的布店学徒生活。对于他的这样的幼年，她是同情的，并且觉得可敬。她想象他幼年的模样，在她眼前便模糊地现出一个穿短衣的小徒弟的影子，她忽然觉得这影子可爱了。接着她又想起他现在的样子，那穿着一身旧洋服，沉静而使人尊敬的样子，却又显得是一个怎样有思想，有智慧，有人格的"康敏尼斯特"，于是她想到他的充满着毅力的精神。他的使人不敢轻视的气概，他的诚恳自然的态度，以及他的别有见解的言谈，他的声音……最后她想到他就要离开她，便惘然了。

一阵狂风又挟着许多小沙子打到玻璃窗来，发出可厌的响声，并且一大团灰尘从她的眼前飞过去，接着许多脱光了叶的柳枝便特别飞舞了。她沉重地呼吸一下，玻璃上便蒙蒙地铺上白的蒸气，显得这窗子以外的东西是怎样冻着呵。

她想，"这风又要刮几天了！"便又联想到在这样冻死人的天气里，恐怕连一般穷人——只要有几块窝窝头过日子的穷人，也躲在房子里烧着枯树枝和稻草，烘着暖和的炕吧。如果不是为着要活下去，而不得不到处寻求一点劣等食物的叫化子，谁还愿意在这样冷得透骨，灰尘会塞满肚子的刮风天，大声地叫喊呢？因此她想到在三个月前，她要她丈夫在市政府第九次特别会议席上，提议为贫民的永远计划，开办一个工厂，而她的丈夫当时便反对她，说是与其让以后的工人罢工，倒不如现在组织一个"冬季难民救济所"，因为这名义还可以捐到许多款项，并且过了冬天便可以取消了。她是没有在一切政治上发表意见的资格，她只好默着了。虽然她知道那冬季难民救济所已捐到很不少的钱，但是一直到夜深都还听见叫化子在满街上响着惨厉的叫喊和哭声的。这时她想到昨夜的情景了，那是一个怎样寂寞的夜。听过了清朗的壁钟打了三下之后，她完全不能睡着了，徐大齐的鼾声不能引起她的瞌睡。她是张着眼看着有点月色的天花板，一切都是静静的，她觉得她的心正和这个夜一样，一点搅扰的声音也没有了。在心里，只淡淡地萦回着逛西山所馀剩的兴味，以及一种不分明的情绪使她模糊地想着——那过了夜便要和她见面的洵白的一切。这些想象和这些感觉，她是非常觉得喜悦的，她便愉快地保留着，如同一个诗人保留着一首最美的诗，并且不自觉地带到睡眠中去了，而且是那样睡得甜香的。她一点也不知道刮起风，以及一点也没有想到今天是一个如此可怕的天气。于是——她用一个含愁的眼光，看着混沌的天空，几乎出声地向她自己说：

"这样冷，一定，他不会来了！"

但她忽然听见房门上响着声音，心便一跳，急转过身子，却看见那差不多天天都把朋友们的新闻和消息送到这里来的蔡吟冰女士，一面拿着放光的俄国绒的大氅，一面笑着进来了。

她只好向这个朋友说：

"刮这么大的风，你还到处跑！"

"值得跑的。"蔡吟冰便一下把身子躺在大椅上，穿着漆皮鞋的脚晃了两道闪光，笑着说："刮风怕什么，我今天是坐人家的汽车……"

素裳便想到她的这个朋友，太天真了，并且太不懂得男人了。她常常都因为一种举动，固然这举动在她的心中是坦白

的，毫无用意的，可是别人却得了许多误会去。其实她根本就
没有男女之间的心事，一切男人的好的和坏的用意都在她疏忽
之中的。就是对于天天把汽车送过来给她坐的任刚，她也和对
于其馀的男朋友一样，以为是一种普通的友谊罢了。然而在任
刚——虽然这一个旅长，曾知道她是已经和别一个人同居了一
年多，却也不肯放松地时时都追随着她。她今天又坐他的汽车
了。对于她的这行为，素裳曾说过许多意见的。这时又向
她说：

"那么你今天又和任刚见面了。说了些什么？"

"什么都没有说。"

"不过你要知道，在你是并没有给与他什么东西，在他却
好像得了许多新礼物去。一个女人的毫不在意的一举一动，常
常在男人心中会记着一辈子的。"

蔡吟冰不回答，只活动着两只仄小的脚，过了一会才重新
嘻笑着说她带来的新闻，似乎这新闻又使她觉得快活了。

"我说值得跑来的便是这一件事，"她差不多摇着全身说，
"你听了就会觉得这一辆汽车并不冤枉坐。"接着她便说她在昨
天下午，当夏克英吃着梨子的时候，她忽然发觉到——那个抱
着不同居的恋爱的沈晓芝，在她的腰间，现着可疑的痕迹。尤
其是当她不小心地站起来的时候，那痕迹，更可疑了。她悄悄
地看了半天。最后，她决定了。她相信她自己的观察决不会
错。她把这发现告诉了夏克英，两个人便同意了。于是她们抓
着沈晓芝，硬要她说出实情来，并且告诉她这并不是永远可以
隐瞒的事。沈晓芝开头不承认，很坚决而且赌咒说没有这回事

情。然而到最后，她们硬要试验她，而且决不肯放松的时候，她扭不过才把实情说出来了。呀，多么可笑！她说的是什么？这个不同居的恋爱主义者，她，虽然她因为害怕生小孩的缘故和她的爱人分居着，却不知在什么时候，悄悄的，悄悄的……于是这一个传达新闻的人便向着素裳问：

"你不觉得么，她的肚皮慢慢地大起来了？"

"我没有注意。"

她的朋友便又吃吃地笑着说：

"我劝她马上同居，否则小孩便要出来了。我预备送她一件结婚的礼物，你说小孩子的摇篮好么？"

素裳觉得好笑地回答："好的！"

于是又说了一些别的新闻，这一天真的朋友便走了，她说她就要买摇篮去，素裳便坐在椅上沉思起来。她对于沈晓芝的新闻得了许多感想。她结果觉得沈晓芝的这回事并不可笑。可笑的只是把这事情认为可笑的那些人。她很奇怪，为什么在粉呀香水呀之中很能够用些心思的女人们，单单在极其切身的恋爱问题却不研究，不批评，不引导，只用一种享乐的嘲笑。随后她认为纵然沈晓芝把小孩子生下来，也不过证明许多方法终不能压制本能的表现罢了，那决不是道德的问题——和任何道德都没有关系的；至少道德的观念是跟着思想而转变，没有一个人的行为能从古至今只加以一个道德的判断。历史永远是陈旧的，新的生活不能把历史为根据，这正如一种新的爱情不能和旧的爱情一样。比喻到爱情，她联想起来了——这也是使她觉得奇怪的：许多新思想的人一碰上恋爱便作出旧道德的事来了。她相信一个人的信仰只应该有一个的，不该有许多，而且许多意念杂在一块决不能成为一种信仰。于是她对于那些人物，那些把新思想只能实行于理论上，甚至于只能写在文章里的人物，从根性上生了怀疑了。可是她相信——极其诚实的相信，理论和行为的一致，在这一点上面表现出新的思想和伟大人格的，只有一个人——一切都没有一点可怀疑的洵白了。想到他，便立刻把眼睛又望到窗外去，那天空，依样是混沌着，可厌而且闷人。

于是她又想，"一定不会来了！"并且长久都坠在这思想里。末了，她忽然觉得这房里的空气冷了起来，一看，那壁炉火光已经是快要熄灭的模样，便赶快添了一些煤。不久，从许多小黑块之中飘上了蓝色的火苗，炉火慢慢地燃上来了，房子里又重新充满着暖气。她的身子也逐渐地发热起来。这时她的思想转了方向，带点希望地想着：

"也许……那可说不定的！"

可是这一种属于可爱的思想又被打断了，因为徐大齐出她不意地走了进来，一双手拿着貂皮领的黑色大氅，大踏步走到她身边，而且坐下了，慰藉似的问：

"闷么？"左手便放在她肩膀上，接着说："天气可冷极了。刮风真使人讨厌，还好你们是昨天到西山去，如果是今天，可逛不成了。"

"对了，刮风真讨厌！"她回答。此外便不说什么话。并且从一双大的巴掌上发出来的热，使她身上有点不自在起来。她装着要喝茶的样子跑到茶几边。

"劳驾你，也倒一杯给我。"

"喝不得，"她心中含点恼怒地撒谎说，"这茶是昨天泡的。"

徐大齐又要她坐到这一张长椅上，并且得意洋洋地告诉她，说他刚才和那个南京要人在车站里握别的时候，彼此的手都握得很用力，而且他们私谈了很久，淡得很投洽。因此他认为他以后决可以选上中央委员，至少他有这种机会。他又告诉她，说他对于将来中央委员的选举上，他已经开始准备了。他说他先从北平方面造成基本的势力，这一点，他现在已经有很充分的把握了，因为只有他一个人能调和各派的意见，而各派的人物都推崇他，他极其自信地说着他的政治手腕。他并且说他现在将采取一种政策，一种使各派都同意他而且钦佩他的才能。最后他意气高昂地向她说：

"如果，那时候，我们在西湖盖一座别墅，我常常请假和你住在一块。"

素裳笑了，一种反动的感情使她发出这变态的笑声，并且惊诧地瞥了他一眼，那脸上，还浮着"政治家"得意的笑容。她自己觉得苦恼了。

于是到了吃午饭的时候。

在她吃了饭沉思在失望和许多情感之中的时候，她忽然听见一种稳重的脚步，一声声响在楼梯上，她便从椅子上一直跳了起来，跑到楼梯边去。

"哦……"她心跳着，同时在精神上得着一种解放似的，叫了这声音。她的眼睛不动地看着一个灰色的帽边，一个黑色的影子，一个……为她想念了大半天的洵白来到了。她欢喜地向他笑着，并且当着徐大齐，坦然地，大胆地把手伸过去，又紧又用力地握着，握了许久。她完全快乐地站着，看着他和徐大齐说话，一直到瞧见《日语速成自修读本》时候，这才想起了，便赶紧向徐大齐说：

"我想学日文——从前我不是要你教我么？我现在请施先生给我一点指导。"

"好极了。"徐大齐立刻回答，"日文中有许多有价值的书。可惜我太忙，不能直接教你——"便又向着洵白说："应该谢谢你，因为你代了我的劳……你现在喝一点红酒好么？"

洵白说他不会喝酒。于是谈了几句话，这一个"政治家"便看了一看表，说他有点事，走了。临走时，他非常注意地看了她一眼。

素裳便低声地问：

"这样大的风，你不怕么？"

洵白微笑着，过了半晌才轻轻地，似乎发颤地响了一声：

"不……不怕。"

九

下午一点钟，吃过午饭之后要吸烟的习惯，徐大齐还没有改，这时一枝精致地印着一个皇后的脸的雪茄，便含在他的口里，吐着浓烈的香气，飘着灰白色的烟丝，身子是斜靠在软软的沙发上，受用地想着，似乎在他的心中是盘旋着可操胜利的一种政策，脸对着素裳。

素裳坐在一张摇椅上，正在不动地看着莫泊桑的《人心》，当她看到五十四页上面的时候，听见徐大齐向她说话的声音：

"裳！可以换衣服了吧？"

她想起了，这是他要她同他去赴一个宴会的，便放下书，回答说：

"我想我不去了。"

徐大齐便诧异地问：

"为什么？你身体不舒服么？"

"不为什么，只因我不想去。我这几天太倦了。"

徐大齐用力地吸了一下雪茄烟，想了一想又向她说：

"如果你可以去，还是换衣服去吧。"接着他告诉她，说这个宴会不是平常的宴会，是一个很重要的，因为在这个宴会上，他一个人将得到许多好处，至少对于他将来的中央委员是有些利益的。他认为这是一个不可失掉的机会。并且他要求她，希望她不要呆在家里，要给他一点帮助，因为这宴会中，有一个先烈的夫人，那是须要她去联络的。末了他叹息似的说：

"我现在是骑在虎背上了，不干下去是不行的。如果那许多拥护我的人能够原谅我，如果那许多反对者能够不向我做出轻视和羞辱的举动，如果我以后的生活能够永远脱离政治的关系，那么——那么我早就下台了。"接着他又谄媚似的说："那末，至少我们俩相聚的时间要多到许多了。我们俩现在真离得太多了，不是么？"

她不禁地便笑了起来。她没有想到这一个常常以活动能力和运动手段称雄的政治家，却说出如此使人觉得可怜的话。她的眼睛便异样地望着他。他又低着声音说：

"为我，换衣服去，好么？"接着又说了好些。

"好的。"她终于回答，因为是被逼不过，在心里便带点恼怒地站起来，一直跑到卧房里，换了衣服，并且写一封信留给洵白，说她希望他今天不会来，如果真来了，那她是怎样觉得懊恼和抱歉，因为她必得伴着徐大齐去赴一个宴会。她把这封信交给一个仆人，并且慎重地吩咐说：

"记着。施先生来了，把这封信给他！"

于是她和徐大齐一同走了。

当她在晚上十点钟回到了家里，她知道洵白已把她的信拿走了，但是他不留下一个字，甚至于什么话也没有说。她一个人跑到书房里，躺在大椅上，便心绪复杂的沉思起来。她对于这一个宴会又生起反感了。其实在许多灯光之下，在许多香水和烟气中间，在许多绸衣的闪光里面，在许多晃着人影和充满着笑声的宴会场上，她已经感到厌恶和苦闷，并且好像她自己也成为那些小姐呀太太呀之中的人物了。她承认她实在不能和时髦的女人交际的，尤其她不能听她们说着皇后牌的雪花膏类的话。那些太太们，那些托福于丈夫而俨然可骄傲于侪辈中的女"同志"，那些专心诱惑男人去追求的以为是解放的女子，那些并不懂得而又高谈着妇女问题的新女性，那些……她们所给她的印象确确实实使她这辈子都没有再看见她们的勇气，至少从这些印象中，她深深悔恨到她自己也居然被许多人目为女

人的。她觉得如果人间的女人只是像她们这样子，如果她们都
是没有一点灵魂的身体——那样专门为男人拥抱而养成的瘦弱
身体，实实在在须要一番根本的改造，因为那些女人只是玩
物——至少她不能承认是人类中和男人对等的妇女。女人在人
类的生活中应该有她们重要的生活意义，并不是对于擦粉的心
得和对于生育的承受之外便没有其他责任，一切女人是应该负
着社会上的一切义务的。于是……她忽然反省地想到了她自
己。她觉得她自己现在的生活是贵族的，而同时也就是一种毫
无意义的，逍遥度日的生活。她每日曾做了些什么？寂寞，闲
暇，无聊，虽然有许多时候都在看书，而这样的看书，也不过
是消极的抵抗，无聊的表现罢了。并且在无聊中看书只是个人
主义的消遣，不能算是一种工作。接着她又分析她自己——她
觉得她自己的思想，和她现在的生活和所处的地位是完全相反
的。难道她的生命就如此地在资产阶级的物质享受中消灭下去
么？不能的！她很久以前就对于她的环境——这充满着旧思想
的新人物的环境，生起极端的厌恶了。她始终都坚强地认为她
不能像无数可怜的妇女一样也牺牲于太太的生活中的。她常常
意识着——甚至于希求着在她的生命中应该有一种新的意义。
她对于历史上的，文学上的，现社会上的，那种种妇女都感到
并不能使她生起敬爱的心。在她虽然没有把她自己算为不凡于
一切妇女的女人，但她是奢望着这人间——至少在现在——是
应该有一个为一切妇女模范的新女性的典型。为什么呢？这是
一个独立于空间的特殊时代！因此她放弃了对于文学的倾心，
开始看许多唯物思想的书籍；当她看到普哈宁的《社会主义入

门》时候，她对于这思想便有了相当的敬意和信仰了。所以她对于她自己的完全资产阶级的享乐——甚至于闲暇——的生活越生起反感，她差不多时时都对于这座大洋楼以及阔气的装饰感到厌恶的。而且徐大齐的政客生活，也使她逐渐地对于他失去了从前的爱意。她只想跳出她的周围而投身到另一个与她相宜的新的境地。那是怎样的世界？她是觉悟的——那是，如果她的生命开始活跃，她一定要趋向于唯物主义的路，而且实际的工作，做一个最彻底的"康敏尼斯特"，这才能够使她的生存中有了意义呵。她对于她自己的人生是如此肯定了的！所以当她看见了洵白，她立刻受了鼓励似的，仿佛她的新使命要使她开始工作了。的确，她看见他，是她的一件重要事情，她认为他是暗示她去发现她的真理的一个使者。但……同时他的一切又使她心动着。

她又经过了以上的许多感想也是为他的——因了宴会，她失了一个见他的机会，虽然他明天将继续着来，但这一项究竟是一个损失。所以在她的沉思里，她越对于那些政客呀志士呀太太呀等等生着反感，一面便越觉得和洵白亲近了。她是很需要他来的，需要他站在她面前，需要他和她谈话，需要他给她力量，至于他的一切都是她所需要的，而且这一切又都成为她的希望了，她终于又叹息似的想着：

"他明天下午四点钟才来，明天下午四点钟！"

这时她的脸上发着烧，嘴唇焦着，口有点渴。她觉得她自己太兴奋了。她便拿了一本《马克思的经济学说》，一面看着一面想平静那些感想。

她听见了好几次徐大齐在门外喊她：

"睡去吧，不早呢！"

最后徐大齐走进来，说是夜深时看书很伤眼睛，便强着挽起她，走进睡房去。

这一夜她好像没有睡着。

然而徐大齐却被她惊醒了，他的手臂被她用力地抓着，并且听见她说着梦话，可是他只听清了一句：

"……吻……我……"

十

风已经慢慢地平息下去，可是太阳并不放出灿烂的光，却落着大雪了。那白的，白百合似的，一朵朵地落着的雪花，在被风刮净的空中飘着，纷纷的，又把那树枝，墙顶，瓦上，重新铺上了一层白，一层如同是白色的绒毛似的。这雪景，尤其在刮风之后，会使人不意地得着一种警觉的。

素裳便因了这雪景才醒了起来。那一片白茫茫的光，掩映到她的床前，在淡黄色的粉壁上现着一团水影似的色彩，这使她在朦胧的状态中，诧异地，用力地睁开了还在惺忪的睡眼，并且一知道是落雪的天气，立刻便下床了。

从混沌的，充满着灰尘的刮风天变成了静悄悄的，柔软的，满空中都缤纷着洁白的雪，似乎这宇宙是另一个宇宙了，一切都是和平的。

她拉着窗帘望着这样的天空，心里便感想着：

"风的力量是可惊的,使人兴奋的。雪花给人的刺激只是美感而已!"接着她想到落雪之后的刮风,而刮风之后又落着大雪,这天气,恐怕更冷了。一切都冻得紧紧的。不怕是顽皮的鸟,也应该抖着翅膀不能歌唱了。马路上的行人也许比刮风时候多,但他们的鼻子却冻得越红了。没有一块土不冻得坚硬的。善于喝白干的京兆人不是更要喝而且剥着花生米了么?那些遗老和风雅之流大约又吟诗或者联句了——这时想好七绝而等待着落雪时候的人还不少呢。清道夫却累了。骆驼的队伍一定更多了,它们是专门为人们的御寒才走进城市里来的,那山峰一样的背上负着沉重的煤块。那些……最后她又想到洵白了。

她觉得这落雪的天气真太冷了,冷得使她不希望洵白从东城跑到西城来,因为他的大氅是又旧又薄,一身的衣料都是哔叽的,完全是只宜于在南方过冬的服装。

"但是,"她想,"他一定会来的,他决不因为落雪……"在她的想象中,便好像一个影子现到了她的眼前,一个在大雪中快步走着的影子。她便又担心又愉快地笑着。她的眼光亲切地看到那一本《日语速成自修读本》和那一本练习簿。这簿子上,写着日文字母和符号,以及洵白微笑地写着"スイシヤウ"。

于是她坐到椅子上,拿着这一本练习簿看着,如同看着使她受到刺激的思想和艺术品一样,完全入神地看,看了许久之后才低声地念起"アイウエオ"和"キヤキユキヨ"的拼音。

在她正想着这些字母和拼音已不必再练习的时候,徐大齐穿着洗澡衣走进来了，第一句便向她道歉似的说：

"昨天你一定太累了，我也没有想到那宴会会延长那样久的时间。"说了便舒服地躺到沙发上，现着不就走的样子，并且继续说：

"也许你因为太累了，所以——这是你从没有过的——在半夜里说着梦话，并且——"他指着他左边的手臂上——"这里还被你抓得有点痛……"

这出她意外的消息，立刻使她惊疑着了。她是完全不知道她曾说了什么梦话的，而且这梦话还为他所听见。但她一知道徐大齐并没有得到一点秘密去，她的心里便暗暗地欢喜着，至于笑着说：

"其实我没有做梦。"

"对了，"徐大齐证明地说，"这到不限定是因为做梦的缘故。常常因为太疲倦了，便会说起梦话的。"

她也就含含糊糊地同意说：

"对了。"

其实她已经细细地揣想着她的梦话去了。她整个的思想只充满了这一种揣想。她知道她并没有做过什么梦。可是梦话呢？这自然有它的根据，她觉得梦话是一种心的秘密的显露，是许多意象从潜在意识中的表现，那么她所说的梦话是怎样的语言呢？照她这近来的思想和心理，那梦话，只是各种对于洵白的怀念，这反映，是毫无疑义的，证明了一种她对于他的倾向。虽然她并没有揣想出她究竟说了怎样的梦话，但她从理性上分析的结果，似乎已不必否认她已经开始了新的爱情，在她的情感中便流荡着欢喜而同时又带点害怕了，因为她不知道那个"康敏尼斯特"是不是也把恋爱认为人生许多意义中的另一种意义。这时，既然她自己承认了这一种变动，接着她便反复去搜寻她和徐大齐之间的存在，到结果，她觉得他在三年前种在她心中的爱情之火，不知在什么时候已经熄灭了，她和他应该从两性的共同生活上解除关系，而现在还同居着，这是毫无意义而且是极其不能够的。于是她认为应该就把她的这种在最近才发觉的事体公布出去，无论先告诉徐大齐，或者先告诉洵白。

但这时她已经很倦了，这也许是因为昨夜睡得不安宁和今天起得太早的缘故，所以她连打了两个呵欠，伸了腰，眼泪水挤到眼角来了。她看看徐大齐，他是闭着眼睛，似乎在舒服中已经朦胧的样子。她便又站到窗前去。雪花仍然缤纷地落着。地上和瓦上都没有一点空隙了。马路上的行人被四周的雪花遮蔽着，隐约地现出一个活动的影子，却不像是一个走路的人。不见有一只鸟儿在空中飞翔着。真的，雪花把一切都掩没了。

"雪虽然柔软，可是大起来，却也有它的力量。"她一面想着，一面就觉得她的心空荡起来。这是奇怪的！她从没有像这样地感到渺茫过。尤其在她信仰唯物主义以后，她对于一切的观念都是乐观的，有为的，差不多她全部的哲学便是一种积极的信念。她是极端鄙视那意志的动摇，和一种懦弱的情感使精神趋向颓废的。可是她这时却感到有点哀伤的情绪了，这感觉，是由于她想到她自己以后的生活，并且是由于她不知道而且无从揣想她以后是怎样的生活而起的。虽然她很早就对于现在的生活生着反感，至于觉得必须去开始一个新的生活，但这样新的生活究竟是怎样的呢？未必她爱了淘白甚至于和他同居便算是新的生活么？她很清白地认为她所奢望的新生活并不是这样的狭义。她的新生活是应该包含着更大意义的范围。那她毫无疑义的，唯一的，便是实践她的思想而去实际的工作了。然而她对于这实际的工作没有一点经验，并且也没有人指导她，难道她只能去做一些拿着粉笔到处在墙上写着"打倒帝国主义"的工作么？她的思想——至少她的志愿要她做一些与社会有较大的意义的工作。她已经把这种工作肯定了她此后的一生的。她现在是向着这工作而起首彷徨了，同时她热望着一个从这种彷徨中把她救援出来，使她走向那路上去的人。

最后她忽然遗忘似的想起了。

"呀，淘白是可以的！他是——"一想起来，她的意志便立刻坚强起来，似乎她的精神，她的生命，又重新有了发展的地方，她的刚刚带点哀伤的心又充满着一团跳跃的欢喜了。于是她忘了落雪天气的冷，只一意地希望着他来了。她望着街上，那里只有一辆洋车，可是这车子似乎是拉进雪的深处去的。她转过脸一看，炉火是兴旺的，红的火焰正在飞腾着，在这暖气中徐大齐已响出一点鼾声了。

她看到那本日文读本，便想：

"六个月，无论如何，我非把日文学好，非能看社会科学的书不可。"

她又坐到椅子上，又默想了一遍拼音，一面在想念：

"他下午四点钟才得来的！"

　　然而当壁钟清亮地响了十下之后，大约还不到十点十分的时候，一个人影子忽然到房门旁，使她猛然吃了一惊。

　　"哦……"她欢喜地叫，站了起来，和洵白握着手。"我怎么没有听见你的脚步声音？"

　　徐大齐被她的声浪扰醒了，擦一下眼睛，便翻身起来，也伸手和洵白的手握了一下，看着他的身上说：

　　"好大的雪……"的确，在洵白的呢帽上和大氅上，还积留着一层厚的雪花，虽然有一部分正因了这房里的暖气而溶化着。

　　他一面抖着帽子一面随便地说：

　　"对了，今天的雪下得不小。"

　　素裳便要他坐到火炉边去，因为当她和他握手的时候，她简直感到他的全身都要冻坏了。

　　徐大齐又接下说：

　　"北方只有雪是顶美的了。如同变幻不测的云是南方的特色。"

　　洵白也只好说：

　　"是的。徐先生喜欢雪呢，还是南方的云？"

　　"各有各的好处。我差不多都喜欢。只有灰尘才使人讨厌的。"

　　"不，"素裳故意地搭讪说，"我觉得灰尘也有它的好处。"因为她不欢喜徐大齐的多谈，她只想和洵白单独在一块的。

　　徐大齐却做出诧异的样子问：

　　"为什么？"

"不为什么。"

"总有一点缘故。"

"没有。"

徐大齐便笑了起来，他觉得她好像生了气，成心和他捣乱似的。他又接着和洵白谈话下去了。他又轻轻地找上了一个问题，问：

"施先生在北平还有些时候吧？"

洵白烤着火回答：

"不久就要走了。"

"又回到上海去么？"

"预备到欧洲去。"

徐大齐又得了谈话的机会似的接下问：

"到英国？到美国？……"

"想是到美国。"

"很好，"徐大齐称赞似的说，"可以看一看美国的拜金主义。"接着他从这拜金主义说到美国的社会生活，美国的经济状况，美国的外交政策，美国的国际地位，美国和中国的种种关系，似乎他是一个研究美国的各种学者。洵白呢，他对于这一个雄谈的政治家的言论是听得太多了，他怀疑他是有意把那些谈话作为空闲的消遣，否则他不能如此地说了又说，像一条缺口的河流，不息地流着水。

最后从第九旅旅部来了电话，这才把徐大齐的谈话打断了，但他站起来却又保留了这个权利：

"好的，回头再谈吧。"

素裳便立刻大声地说：

"我马上就要学日文呢。"

徐大齐走去之后她便问：

"你喜欢和他谈话么？"

"谈谈也很好的。"洵白回答说，并且站起来，离开了壁炉前。"从他的谈话中，可以更知道一些现政治的情形。"接着便微笑地问："你呢，把拼音学会了没有？"

"教得太少了。"她说："并且昨天缺了课，我自己非常不愿意。"徐大齐又进来了，在手指间挟着一枝雪茄烟。素裳便赶紧拿了日文读本，做出就要上课的模样。"我不扰你。"他接着又向洵白说："就在这里吃午饭，不要客气。"一面吸着烟，吐着烟丝，走到他的换衣室去了。

这一个书房里，便只剩下两个人了。他们就又非常愉快地谈了起来。一直谈到一点多钟之后，素裳才翻开日文读本，听着洵白教她一些短句。

并且在这一天下午，因为徐大齐和那个任刚旅长出去了，素裳便留住洵白，两个人又同时坐在壁炉前，不间断地说着话。

当洵白回到西城去的时候，在纷纷的雪花中，天色已经薄暮了。马路上没有一个行人，也没有一辆洋车，只是静悄悄地现着一片白茫茫的。在一个黑的影子从这雪地上慢慢地隐没之后，素裳还倚着向街的窗台上，沉思着：

"冷啊！"

最后她觉到壁炉中的火要熄去了，便去添了煤，在心里却不住地想：

"我应该把这些情形告诉他……"

十一

雪已经停了。天气是一个清明的天气。太阳光灿烂地洒到素裳的身上，使她生了春天似的温柔的感觉，似乎连炉火也不必生了。

她坐在她的写字台前，拿着日文读本，练习了几遍之后便丢开了，她不自觉地又回想着她昨夜里所做的梦。这个梦已经无须分析了，那是极其明显的，她不能不承认是因为她怀念着洵白的缘故。虽然开始做梦的时间，和洵白回到西城的时候距离并不很远，但是她的怀念是超过这时间的。在洵白的影子刚刚从雪地上远了去，不见了，她便觉得彼此之间的隔绝是很久了，以致她一上床，一睡着，便看见了他，并且在他的两个眸子中闪着她的影子，还把一只手握着她，最后是猛然把她抱着，似乎她的灵魂就在那有力的臂膊中跳跃着而至于溶化了。

在她正沉思于这个梦的浓烈和心动的所在，她忽然听见楼梯上响起又快又重，纷飞的脚步，以及一些尖利的笑声。接着她的房门被推开了，她先看见了夏克英，其次是蔡吟冰，最末了是沈晓芝。这三个朋友的手上都提着一双溜冰鞋，差不多脸上也都现着溜冰的喜色，夏克英跑上去一下就抱着她的肩膀，嘻嘻哈哈地说：

"你看，"她指着沈晓芝的肚子，"有点不同没有？"

素裳已经看见了她所忽略的那肚子，至少是怀妊三个月的模样。她便向晓芝笑着说：

"怎么样？不听我的话？我不是对你说过，本能的要求终久要达到满足的，你不信。现在你看——到底还同居不同居？"

夏克英和蔡吟冰又重新笑起来了。

沈晓芝便装作坦然地说：

"算是我的失败……不过我还是不想同居。"

"以后呢？"蔡吟冰开玩笑地说："未必每次吃药？"

"生小孩子，生就是的。"沈晓芝忽然变成勇敢了。

接着夏克英便告诉素裳，说今天北海开化装溜冰大会，她们特来邀她去，并且马上就走。

"你的溜冰鞋呢？"蔡吟冰焦急地说，把眼睛到处去望。

素裳不想去，并且她不愿意溜冰，她所需要的只是一种安静，在这安静中沉思着她的一切。所以她回答："你们去好了。"

"为什么你不去？"夏克英诧异地问。

"我要学日文。"

"你从什么时候学起？"沈晓芝也接着惊讶了。

"才学两天。"

蔡吟冰便得意地叫了起来：

"呵，这不是一个重要理由！"

这三个朋友便又同力地邀她，说，如果她不去，她们也不想去了，并且因年纪小些的缘故，还放懒似的把一件大氅硬披到她身上。沈晓芝又将手套给她。蔡吟冰便跑去告诉汽车夫预备开车，这辆汽车又是追随着她的那个任刚旅长送过来的。素裳被迫不过地说：

"好的，陪你们去，小孩子！不过我到三点钟非回来不可的。"

于是她和她们到了北海。

北海的门前已扎着一个彩牌了。数不清的汽车，马车，洋车，挤满了三座门的马路上。一进门，那一片白的，亮晶晶的雪景，真美得使人眩目了。太阳从雪上闪出一点点的，细小的银色的闪光，好像这大地上的一切都装饰着小星点。许多鸟儿高鸣着，各种清脆的声音流荡在澄清的空间。天是蓝到透顶了，似乎没有一种颜色能比它更蓝的。从那些红色屋檐边，积雪的柳枝上，滴下来的雪水的细点，如同珍珠似的在阳光中眩耀着。白色大理石的桥栏上挂着一些红色的灯，在微风中飘摇着。满地上都印着宽底皮鞋和高底皮鞋的脚印，每一个游人的鞋底上都带着一些雪。有一个小孩子天真地把他的脸在雪地上印了一个模型。在假山上，几个小姑娘摊着雪游戏。一切大大小小的游人都现着高兴的脸。这雪景把公园变成热闹了。

素裳和她的朋友们走到漪澜堂，这里的游人更显得拥挤不开了，几乎一眼看过去都只见帽子的。围着石栏边的茶桌已没有一个空位了。大家在看着别人溜冰。那一片广阔的，在夏天开满着荷花的池子上，平平地结着冰，冰上面插着各样各式的小旗子，许多男人和女人就在这红红绿绿的周围中跑着，做出各种溜冰的姿态。其中一个女人跌了一脚的时候，掌声和笑声便哄然了。

"我们下去吧。"夏克英说。

"好的。"沈晓芝和蔡吟冰同意了。

素裳便一个人站在一个石阶上。她看着夏克英虽然还不如沈晓芝懂得溜冰，但是她的胆子最大，她不怕跌死地拼命地溜，溜得又快，又常常突然地打了回旋。沈晓芝却慢慢地溜，把两只长手臂前后分开着，很美地做出像一只蝴蝶的姿态。蔡吟冰是刚学的，她穿着溜冰鞋还不很自由，似乎在光溜溜的冰上有点害怕，常常溜了几步便又坐到椅子上，所以当一个男人故意急躁地从她身边一脚溜过去，便把她吓了一跳而几乎跌倒了，夏克英便远远地向她作一个嘲笑的样子。

在这个溜冰场中，自从夏克英参加以后，空气便变样了，一切在休息的男人又开始跑着，而且只追随着她一人，似乎她一人领导着这许多溜冰群众。在她得意地绊倒了一个男人，笑声和掌声便响了许久。最后她休息了，于是这活动着人体的溜冰场上便立刻现出寂寞来，因为许多男人也都擦着汗坐到椅子上了。

素裳看着她得意的笑脸，说：

"你真风头……"

"玩一玩罢了，至多只是我自己快活。"

这时沈晓芝扶着蔡吟冰又跑去，她们用一条花手巾向素裳告别似的飘着。隔了一会夏克英也站起来跑去了。这一次在她又有意地绊倒了两个男人之后，其中的一个在手肘上流出了一些血，这才满足地穿上那高跟黑皮鞋，跑上石阶来。素裳便说：

"这里人太多，我们到五龙亭去，走一会我就要回去了。"

当她们走出漪澜堂，转了一个弯，正要穿过濠濮的时候，夏克英便指着手大声地叫：

"叶平！"

在许多树从中，叶平已看到她们了，正微笑着走向这边来。于是在素裳眼中，她忽然看见了一个出她意外的，而使她感到无限欣悦的影子，在叶平身旁现着洵白。

叶平走近来便说：

"你们也来溜冰么？"

"你呢？"沈晓芝问。

"我来看你们溜。"

"我们不是溜给你们看的。"夏克英立刻回答。

叶平便接着问她：

"你是化装之后才溜是不是？你装一个西班牙牧人么？"

"我装你。"

"我不值得装。"接着又问沈晓芝："你呢，你预备装什么呢，装一个三民主义的女同志？"

"怎么，你今天老喜欢开玩笑？"沈晓芝说。

蔡吟冰便告诉他，说：

"我们已经溜过了。"

在叶平和她们谈话之中，素裳便握着洵白的手说了许多话，然后她向她们介绍说：

"施洵白先生！"说着时，好像这几个字很给她感动似的。

于是这些人便一路走了。

当看见那五个亭子时候，素裳便提议说：

"我们分开走好了，一点钟之后在第三个亭子上相会。"

夏克英便首先赞成，因为她单独地走，她至少可以玩一玩男人的。然而各自分开之后，素裳便走上一个满着积雪的山坡去，在那里，她和洵白见面了。似乎他是有意等着她在。这时她的心感到一种波动的喜悦。她好像在长久的憋闷中吸着流畅的空气。她的手又和他的手相握着，她几乎只想这握手永远都不要放开，永远让她知道他的手心的热。但这握手终于不知为什么而分开了。于是她望着他，她看见他微笑着，看着远处，好像他的眼光有意躲避她的眼光似的。她想到他在暮色中地走回去的影子，便问：

"昨天雇到车么？"

洵白摇了头说：

"没有。"

"一直走回去？"

"对了，在雪地上走路很有趣味。"她便接着说：

"还可以使人暖和，是不是？有时在脚步中还可以想到一些事情？"

洵白便看了她一眼，笑着问：

"你以为在雪地上最宜于想起什么事情？"

"爱情吧。"

"在刮风时候呢？"

"想着最苦恼的事。"

"那么你喜欢下雪——普通人对于刮风都感到讨厌的。"

“不，都一样；如果人的心境是一样的。”

这时从山坡下走上了几个大学生，大家用异样的眼光看着他们两个，便知趣地走到别处去了，她和他又谈了起来。她差不多把她近来的生活情形完全告诉给他了。又问了他这几天来曾生了什么感想。他回答的是：

“我想我就要离开北平了。”

这句话在另一面的意思上使她有点感到不满了。她觉得他好像都不关心她。她认为如果他曾观察到——至少感觉到她的言语和举动上，那么他一定会看出——至少是猜出她的心是怎样的倾向。未必她近来的一切，他一一都忽略过去么？但她又自信地承认他并不这样的冷淡。无论如何，在他的种种上，至少在他的眼睛和微笑中，他曾给了她好些——好些说不出的意义。想到他每次回到西城去都带点留恋的样子，她感到幸福似的便向他问：

“什么时候离开呢？明天么，或者后天？”

“说不定。”洵白低了头说。

“未必连自己的行期都不知道？”揉着她又故意地问：“有什么事情还没有办妥么？”

洵白忽然笑了起来，看着她，眼光充满着喜悦的。

“有点事情。”他回答说：“不过这一种事情还不知怎样。”

“什么事情呢？可不可对人说？”

“当然可以。”

“对我说呢？”

洵白又望着她，眼睛不动地望，望了许久，又把头微微低下了。他的脚便下意识地在积雪上轻轻地扫着。

素裳也沉思了。她的脸已经发烧起来。她的心动摇着。并且，她幻觉着她的灵魂闪着光，如同十五夜的明月一样。她经过几次情感的大波动之后便开口了，似乎是一切热情组成了这样发颤的声音：

"洵……白……！"

洵白很艰难似的转过脸，看了她一眼又低下头，现着压制着情感的样子。

接着素裳又说：

"或者在你的眼中已经看出来，我近来的生活……"

这时在她的耳边忽然响起了她意外的声音：

"呀……你们在这里！"夏克英一面喊着一面跑上来。沈晓芝也跟着走上来说：

"怎么，你说一点钟之后到第三个亭子去相会，你自己倒忘记了？现在已经快到四点了。"

蔡吟冰也夹着说：

"躲在这里，害我们找得好苦！"

叶平也走到了，他说他急着回去编讲义，并且问洵白：

"你呢，你回去不回去？你的朋友不是要我来找你么？"

洵白踌躇了一会回答说："就回去。"同时他看了素裳一眼，很重的一眼，似乎从这眼光中给了她一些什么。

素裳默着不作声，她好像非常疲倦的样子，和她们一路走出去了。走到大门口，各人要分别的时候，她难过地握了洵白的手，并且低声向他说：

"早点来。"

她忽然觉得她的心是曾经一次爆裂了。

十二

化装溜冰大会开始了。

月光皎洁地平铺着。冰上映着鳞片的光。红红绿绿的灯在夜风中飘荡。许多奇形怪状的影子纷飞着，晃来晃去，长长短短地射在月光中，射在放光的冰上面。游人是多极了，多到几乎是人挨人。大家都伸直颈项，昂着头，向着冰场上。溜冰的人正在勇敢地跑着。没有一个溜冰者不做出特别的姿态。许多女人都化装做男人了：有的化装做一个将军，有的化装做一个乞丐，有的又化装做一个英国的绅士。男人呢，却又女性化了：有的化装做一个老太婆，有的化装做一个舞女，有的化装做一个法国式的时髦女士，有的化装做旧式的中年太太。还有许多人对于别种动物和植物也感到趣味的，所以有纸糊的一株柳树，一个老虎，一只鸽子，一匹牝鹿，也混合在人们中飞跑着。

这时在一层层的游人中，淘白也夹在里面。他是吃过晚饭便来到北海的，但至今还没有遇见素裳。他希望从人群中会看见到她，但一切女人都不是她的模样。他以为她也许溜冰去了，但所有化装的样子，又使他觉得都不是素裳，因为他认为素裳的化装一定是不凡的，至少要带点艺术的或美术的意味，而这些冰场上的化装者都是鄙俗的。他曾想她或者不在这热闹的地方，但他走到别处去，却除了一片静寂之外，连一个人影也没有。终于他又跑到这人群里面来，是希望着在溜冰会场停止之后，会看见到她的。所以他一直忍耐着喝采和掌声，以及那完全为浅薄的娱乐而现着得意的那许多脸。

然而溜冰大会却不即散。并且越溜越有劲了。那化装的男男女女，在一种遮掩了真面目的情景中，便渐渐地浪漫起来，至于成心放荡地抱着吻着，好像借这一个机会来达到彼此倾向于肉感的嗜好。这疯狂，却引起了更宏大的掌声和喝采了，而这些也由于肉感的声音，却增加了局中人的趣味，于是更加有劲起来，大家乱跑着，好像永远不停止的样子。

对于如此的溜冰，洵白本来是无须乎看的，何况这游戏，还只属于少数人的浪费和快乐，还使他有了强烈的反感而觉得厌恶的。所以他慢慢地便心焦起来了。

这一直到了十二点多钟，洵白觉得在这人群中，实在不能再忍耐下去了，便挤了出来，这时候他忽然看见徐大齐和他的许多朋友，高高地坐在漪澜堂最好的楼沿上，在灿烂的灯光中谈笑着。他没有看见到素裳。于是他疑心了，想着素裳也许没有来，本来她并没有告诉他说她会来的，他来这里只是他自己的想念和希望罢了。他便决定她是在家里的。接着他便为她感想起来了，他觉得她这时一个人在那座大洋楼中该是怎样的寂寞，而且，她该是怎样的在怀念他。他只想去——因为他自己也需要和她见面和谈话的，但一想，觉得时候太晚了，便怅惘着走回西城去。

在路上，他的情绪是复杂的，想着——他的工作和他最近所发生的事，最后他认为爱情有帮助他工作的可能，他觉得幸福了。

回到了大明公寓，叶平还在低着头极其辛苦地编他的讲义，在一字都不许其苟且地写着，显得这是一个好教授。他看见洵白便惊奇地问：

"怎么，到什么地方去？"

洵白想了一想才回答：

"到北海去。"接着便问他："你怎么还不睡？"

"快了，这几个字写完就完了。"便又动着笔。

洵白从桌头上拿了一本《哈代诗集》，坐在火炉旁，翻着，却并不看，他的心里只想念着素裳，并且盘旋着这几个音波："或者……我近来的生活……"

编完了"最近的英国诗坛"这一节讲义之后，叶平便打了一个呵欠，同时向他说：

"别看了，睡去吧。"

"你先睡。"

"火也快灭了。"

于是叶平便先上床去了。当他第二天起来时候，洵白还没有睡醒，火炉中还燃着很红的火，显见他的朋友昨夜是很晚才睡去的，并且在火炉旁边，散着一些扯碎的纸条子，其中有一小条现着这几个字：

"我是一个沉静的人，但是因为你，我的理智完全——"

叶平便猛然惊讶地觉得洵白有一个爱情的秘密了。

十三

　　徐大齐嘘着雪茄烟的烟丝，一面叙述而且描写着化装溜冰的情景，并且对于素裳的不参加——甚至于连看也不去看，深深地觉得是一个遗憾，因为他认为如果她昨夜是化装溜冰者的一个，今天的各报上将发现了赞扬她而同时于他有光荣的文字。他知道那些记者是时时刻刻都在等待着和设想着去投他的嗜好的，至少他们对于素裳的化装溜冰比得了中央第几次会议的专电还要重要！所以他这时带点可惜的意思说：

　　"只要你愿意，我就用我的名义再组织一个化装溜冰大会，恐怕比这一次更要热闹呢。那时我装一个拿坡伦；你可以装一个英国的公主……"

　　素裳在沉思里便忽然回答他：

　　"说一点别的好了。"

　　徐大齐皱一下眉，心里暗暗地奇怪——为什么她今天忽然变成这样性躁？却又说：

　　"你不喜欢就算了。其实你从前对于溜冰很感到兴味的。"

　　素裳横了他一眼便问：

　　"未必对于一种游戏非始终觉得有兴味不可么？"

　　"我不是这种意思，"徐大齐觉得她的话有点可气的回答说，"如果你现在不喜欢溜冰，自然我也不希望，并且我也没有和你溜冰的需要……"

　　素裳便只想立刻告诉他："我早已不爱你了！"但她没有

说，这因为她正在沉思着一个幻景，一个可能的——或者不久就要实现的事实，她不愿和徐大齐口角而扰乱了这些想象，所以她默着。

徐大齐也不说话了，他觉得无须乎和她辩白，并且他还关心于清室的档案，其中有一张经过雍正皇帝御笔圈点的历代状元的名册，据说这就是全世界万世不朽的古董。所以他很自在地斜躺着，时时嘘着烟丝，而且看着这烟丝慢慢地在空间袅着，又慢慢地飘散了。

素裳也不去管他，似乎这房子中并没有他这样一个人似的。她只沉思着她所愿望的种种了。她并且又非常分明地看见了北海的雪景，她和洵白站在那积雪的山坡上，许多鸟儿都围绕她高鸣着，好像唱着一些恋爱的歌曲。接着她的心便经过那种波浪，而且，这回想中的情感，仿佛更使她觉得感动。她时时都记着"早点来！"这一句，她觉得这三个字使她的生活又添上一些意义了。随后她接连地想：

"他快来了，他总会来的！"

最后他果然来了，单单脚步声就使她心动着。

徐大齐便站起来和他照例握了手，说：

"昨天你没有来，到北海看化装溜冰去么？"

"没有去。"洵白回答说，一面拿下帽子来和素裳点了头。

徐大齐又问他："叶平呢？他这几天老不来……有什么事？"

"课很忙。"素裳便不能忍耐地走过来握了他的手，脸上充满着情感激动的表情，笑着说：

"你为什么不去看化装溜冰？"

洵白惊讶地望了她，反问：

"你呢，你们去看么？"

"我没有去。"素裳带点嘲讽地说："我尤其不喜欢看那些把怪样子供男人娱乐的女人！"

徐大齐便又向洵白说起话来了。

"你呢，你对于溜冰感到兴味么？"他又重新燃了一枝雪茄烟。

"我不懂得溜，"洵白又勉强地回答说，"大约会溜的人是有兴味的。"

"看别人溜呢？"

"也许只是好玩——"

"我倒很赞成溜冰，"徐大齐吐了烟丝说，"因为在冬天，这是一种北方特有的游戏，同时也是一种天然的，很好的运动。"

素裳便有意反对说：

"我倒觉得这种运动很麻烦：又得买一双溜冰鞋，又得入溜冰会，又得到北海去，又得走许多路，又得买门票，所以，没有钱的人恐怕溜不成。"

徐大齐便带着更正的口吻说：

"生活不平等，自然游戏也不能一律。"

洵白便不表示意见地微笑着。素裳也不再说，因为她愿意这无谓的闲谈早点停止，而她是极其需要就和洵白在一块说话的。

可是徐大齐又找着洵白说下去了。

"你平常喜欢哪种运动？打弹子喜欢么？"

"打弹子恐怕只能算是娱乐。"

"也可以这样解释，"徐大齐又接着辩护地说，"不过打弹子的确也是一种运动，一种很文明的运动，正如丢沙袋是一种野蛮的运动一样。"

洵白也不想再说什么，他的心是只念着素裳的。

然而这一个称为雄谈的政治家却发了谈兴了，似乎他今天非一直谈到夜深不可，所以他接着又问了许多，而且把谈锋一转到政治上，他的意见越多了。他差不多独白似的发着他的议论：

"武力虽然是一个前锋，但是在结果的胜利上，则不能不借重于政治上的手腕，和对于外交上的政策。中国每次的战争，在表面上，虽然是炮火打败了敌方，但在内幕中，都不能脱离第三或第四方面的联络，权利上的互惠，利害上的权衡，以及名位和金钱的种种作用，总之是完全属于非武力的能力。所以，单靠雄厚的武力而没有政治上的手腕和外交上的政策，结果是失败的。从前奉军的失败就是一个例证。"接着他还要继续说下去的时候，素裳便打断他的话，说：

"你今天不是还要出去么？"

徐大齐想了一想便说；

"不出去了。"

"我还要学日文呢。"

"好的，我在这里旁观。"

这一句答话真给了素裳不少的厌恶，但是她没有使他离开这一间书房的另一个理由，因为她不愿明显地向他说"我不能让你旁观"，所以她的心里是满着苦恼而且愤怒的。于是她默着，想了一会，便决计让他再高谈阔论下去了。当洵白要走的时候，她拿了那本《苏俄的无产阶级文学》给他，并且含意地说：

"这本书给你看一看。"

洵白便告别了。他走出了这一座大洋楼的门口，一到马路上便急不过地，带点恐慌地翻开书，他看见一小块纸角，上面写着：

"下午两点钟在北海等我！"

十四

北海大门口的彩牌，还在充足的阳光中现着红红绿绿的颜色，那许多打着牡丹花的带子，随风飘着。汽车，马车，洋车，少极了，这景象，就使人想到今天的北海公园已不是开溜冰大会的热闹，是已经恢复了原来以静寂为特色的公园了。进去的游人是寥寥的，出来的游人也不见多，收门票的警察便怠惰了，弯着腰和同伙们说着过去的热闹。单单在这大门口上便显出这公园的整个寂寞来了。

洵白的心境正和这公园一样。他来到这公园的门口，是一点钟以前的事，却依然不见他所想见的人。他最初是抱着热腾腾的希望来的，随后从这希望中便焦心了。刚刚焦心的时候还有点忍耐，不久便急躁起来，至于使他感觉到每一秒钟差不多都成为一个很长久的世纪了，接着他又生了疑虑——这心情，似乎还带着一些苦恼，因为他想不出她还不来的缘故。他看着表，那是一分钟一分钟地过去了，这时已经是两点半钟。他常常都觉得一盆烈火就要从他的心坎里爆发出来的。他一趟又一趟地在石桥旁走着，隔了许久才看见来了一两个游人。于是他的希望便渐渐地冷了下去，他在徘徊中感到寂寞了。

在他带点无聊的感觉而想着回去，同时又被另一种情形挽留着的时候，他忽然听见一种声音：

"洵白！"

他抬起头一看，这一个站在他身旁叫他的人，使他吃了一惊，同时他的心便紧张着而且开放着，仿佛像一朵花似的怒发了。他想了半晌才说：

"我等了你半天……"

素裳现着异常欢喜的，却又不自然的微笑，和他握了手，才回答：

"我倒愿意我先来等你。"

说着两个人便一同进去了。

"我们到白塔去，"素裳一面走着一面说，"那里人少些。"

"好的。"接着洵白便告诉她，说他昨夜又到这里，因为他揣想她一定来玩，谁知他完全想错了。他又对她说：

"我昨夜还写了一封信给你。"

"信呢？"素裳一半欢喜一半惊讶地问。

"全扯了。"

"为什么？"

"总写不好。"

素裳想了一想便问：

"可以说么？"

"不必说了。"

"为什么呢？"

"现在没有说的必要。"

他们上着石阶，走到了白塔。这里一个人影也没有。积雪有些已经溶化了，留着一些未干的雪水。许多屋顶露着黄黄绿绿的瓦，瓦上闪光。天空是碧色的，稀稀地点缀着黑色的小鸟儿。远处的阔马路只成为一道小径了。车马是小到如同一只小猫，那小小的黑点——大约是行人吧了。这里的地势几乎比一切都高的。

两个人走到了最上的一层，并排地站在铁栏杆边。素裳将一只手放在栏杆上，身微微地俯着，望着远处，她在想她应该开始那话题了。但是她不知道怎样开始才好。她的心是跳跃的，燃烧的，血在奔流着，而且一直冲上头脑去；她的情绪又复杂又纷乱起来了。她暗暗地瞥了洵白一眼，希望洵白能给她一些力量，但她只看见洵白发红的脸和等待她说话的眼光，她觉得她自己的心是又不安地动着了。她想了许久，结果却完全违反本意地说：

"看，那边，一只冰船溜过来了……"

洵白只给她一个默默的会意的微笑，此外又是那等待她说话的眼光。

她又低下头，望到远处了：一阵鸟儿正横着飞过去，许多屋顶还在放光，阳光是那样的可爱而吻着洁白的雪……

过了一会，她才焦急地，心跳地，响了发颤的声音：

"昨天，你回去……"

洵白又微笑地看了她一眼。

她接着说："你回去之后，你曾想了什么呢？"

"想我今天来到这里——"

"不觉得这行为可笑么？"

"不！"

洵白把手伸过去，用力地握着她的手。两个人又默着了。又过了许久的静寂，素裳像下了一个决心，偏过脸来，把她所有的情形和一切的经过都对他说了。最后，她的声音又战颤地问：

"你不会觉得这使你有什么不好么？"

洵白的脸上完全被热情烧红了，心也乱动着，眼睛发光又发呆地看着她，几次都只想一下把她抱拢来，沉重地吻着她，但他又压制着，仿佛自白似的说：

"不过我是一个 C. P. 。我时时都有危险的可能。我已经把所有都献给社会了的——我有的只是我的思想和我的信仰。"

素裳便立刻回答他，说：

"我知道。这有什么要紧呢？你把我看成一个贵族么？"

"我没有这样想，并且——"

素裳又接着说：

"我对于现在的生活是完全反感——我已经厌恶这种生活

了。我只想从这生活中解放出来的，至少我的思想要我走进唯物主义的路。我是早就决定了的。所以，这时是我开始新生活的时候了。我并且需要你指导我。"

"不过那种工作很苦的，至少在工作的支配之下没有个人的自由。"

"你以为我怕受苦么？……那享乐和闲暇的生活已把我磨炼到消沉的，死的境地了，我实在需要一种劳动的工作。"她停了一下又接着说："对于无产阶级方面的痛苦也许我比别人知道得少，但是从资产阶级中所感到的坏处，我相信会比别人多些。我不相信对于贵族式的生活感到厌恶的人也不能从事于'康敏尼斯特'的工作。你以为一切女人都只能做太太的么？"

洵白隔了一会便诚恳地说：

"我……我很了解你。我并不怀疑你什么。你对于思想方面也许比我更彻底，不过在实际的经验上我却比你多些，所以我应该把情形告诉你。"

素裳便坚决地，却颤着声音说：

"你以为我和你的生活不能一致么？"

"不，我从没有这样想过。"

"事实上呢？"

洵白便正式地看着她，于是他把一切都承认了。他第一句说他相信她，而且认她是一个很使他有光荣的同志。接着他说他是从许多痛苦中——这痛苦是她在无形中给与他的——他发觉他是爱了她，好像彼此的生命起了共鸣了。当叶平在马车上对他极端称誉她，那时，他对于她简直不怀好意，因为他不相信这人间有这么一个女人。但这种轻视观念，在一看见她时便打破了，因为她给他第一个印象，就使他吃惊着，而且永远不能忘记。他又说，当他不看见她的时候，他就觉得生活很寂寞很烦闷的，他差不多每一秒钟都觉得需要和她见面……他把所有的情绪都归纳到这一句话中：

"我希望给你的是幸福……"

素裳的手便软软地献给他，他吻着了。

这时两个人的心里都在响着："我爱你！"

接着这两个身体便本能地移拢来，于是，洵白抱住她，她感动地把脸颊放在他的头发上：他们俩的生命沉醉着而且溶成一块了。

在他们的周围，太阳光灿烂地平展着，积雪眩耀着细小的闪光，一大群鸟儿在蔚蓝的天空中飞翔，无数树枝和微风调和着响出隐隐的音波。一切都是和平的，美的。

十五

从北海回来，到现在，已经九个钟头了，几乎这整个的时间，素裳都在沉思着那些情景，那些使她兴奋而又沉迷的，简直像一个梦似的。这时，她又一个人躲到她的书房中了，斜躺在椅子上，又连续地想着在白塔的铁栏上，她向他表示，想着他猛然抱住她，想着不知多少时候她的脸颊都紧紧地贴在他的头发上。这回想可爱的，动心的，如同把嘴唇吻着芳醇一样，使人感到醺醺地；一种醉意的。并且，这时的夜已很深了，一切都安安静静的，一点声音也没有，这空间，虽然还泻着月光，却显得熟睡的样子。没有什么响动来扰乱她。她好像在这大地上是独立的，自己是为着洵白而生存的。而洵白也只是为她，才发现到这世界来的。所以她这时头脑更清醒了，她的心更热烈了，她的眼睛更发光了，因为她能够如画地，毫不遗失毫不模糊地想着那有意义的，等于使她复活的，那种种——声音的发颤，血的奔跃，灵魂的摇动，一直到把两个生命成为一种意义的说着"我爱你啊！"为了这一种回想，她便去翻开她的日记，那上面，娟娟的，有些又非常潦草地写着她在最近所发生的事故，所扰起的情感，所想象以及所希望的种种憧憬，这一切，都仿佛酒的刺激似的，使她慢慢地觉得迷惑了。于是那从前——那刚刚经过的各种心上的戏剧，又重演一次了，这是很甜蜜的。她几乎在这本子上整个地神往着，看了又看，随后还沉重地给了一个吻，留上了一个嘴唇模型的湿的痕迹。接着她便翻开到白页上，提起笔写道：

"今天是我的一生中的一个最大——也是唯一——的转变时期，也就是，我把旧的一切完全弃掉了。我的新的一切就从此开始了。也应该算是我的最有意义的日子！然而这日子是洵白给我的，因为如果没有他，这日子不会有的，纵然有，也许还离我很远吧。我是极其需要脱离旧的，充满着酒肉气味的环境，而同时，我是热望着一个新的世界使我的生命不至于浪费的。现在我达到了这目的，一切都如愿了。我应当感谢谁呢？没有人承得起这感谢的——除了他——那个引导我走向光明去的人！从此，我的生活是有意义的，我的工作将成为不朽的工作，我的生存是一个有代价的生存了，至少我活着我并不辜负了我自己。我是肯定了的，如同一个伟大的文学家肯定了某一部书中的某人物的命运，我把我自己献给淘白和痛苦的同胞们了。在这时代中，这是应该努力的工作，除了资产阶级的人们张着眼睛做梦——做那享乐和闲暇的梦之外，一切人——不必是身受几重压迫的人，都应该踏着血路——也就是充满着牺牲者的路——来完成吃人社会的破坏。这才是人生有意义的努力！世界上，找不出另一种事情，能比这努力更为光荣的，虽然这光荣并没有一点骄傲，我现在——我马上就要向着这路上前进了，这目标，如果我终于不会达到而就牺牲了，那也不是什么损失，因为我至少是向着这路上走去的。现在一切都好了——我自己和我处于同等地位的人，我们将要彼此接近起来，彼此握着手，彼此把热情，思想，信仰，毅力，互相勉励着，交汇着，走进社会最深的一面，在那里，我们将发现一种光明照耀着一切生命，这也就是对于全人类最伟大的创造。呵，我是肯定了的！并且，我再说一句什么人都应该努力于这一条路上的。"

看了一遍她又接着写了：

"所以我今天是完全快活的，生来的第二个快活，自然这情感中免不了有爱情的成分。的确，我这时所有的只是我将要开始的工作和正在享受的爱情了，除了这两种以外我没有什么，我也不想有。我以后将从工作的辛苦中得到爱情的鼓励，我相信爱情可以使我更加有勇气。在工作中也许会把爱情暂时忘记的，但是疲倦和困难的时候一定会想到爱情，而且从爱情中又重新兴奋了。这是我的信念：爱情在我的工作里面！至少在我想念着洵白的时候，我是要加倍努力的。这就是一个证明：我看见洵白之后我的工作就等于开始了。我诚心地把这个经验敬献给青年朋友，如果你们在工作中还不曾有一个爱人。至于我这时所感得的种种快乐，我是没有法子向你们说出来的，譬喻我发现到托尔斯泰艺术时的心悦，譬喻我领略到沙士比亚悲剧时的感动，这也不够我的百分之一的形容呢。如果你们也像我这样地经过一次，那你们就会懂得我这时的种种了。"

接着她便用力地写道：

"祝我的新生活万岁！"

最后，在她的许多想象中，她急欲看见她自己穿着平民衣服，杂在工农民众的游行队伍中间，拿着旗子，喊着，歌唱着，和他们一起，向人生的光明前进！

十六

大洋楼的门口又接连地排满着汽车马车包车了。那客厅里，在软软的沙发上，又躺着许多阔人。穿白衣的仆人又忙乱着。壁炉中的火又飞着红色的光焰。玻璃杯又重新闪光了。酒的，烟的，以及花的气味又混合在空间流荡。阔人们又高谈阔论着，间或杂一些要人趣事，窑子新闻，至于部属下的女职员容貌等等的比较观……

当素裳经过这客厅门口的时候，她听见徐大齐正在大声地说：

"……完成一种革命，正像征服一个异性似的……"以及许多拍掌和哗笑的声音。

她便皱起眉头，带点轻蔑地想："这一般新贵人！"一面走下楼梯去。

汽车夫阿贵便赶快跑去预备开车。

"不用。"她向他说，便自己雇了一辆洋车，到南河沿去。

当她走进大明公寓的第三号房间，她看见洵白一个人在那里，正朝着一面镜子打领结。

这两个人一见面，便相互拥抱着了，他吻着她的头发，她又吻着他的眼睛……过了一会，她才清醒似的在他耳边说：

"你，你昨夜睡得好么？"

"还好。"洵白也问她："你呢？"

"我没有做梦。"

洵白便笑着和她很用力地握了手，于是他和她各坐在一张藤椅上。

素裳又看着他说：

"你刚起来？……"

"对了。我正想到你那里……"

"在路上我还恐怕你已经去了。"

接着她和他便相议了许多事情。每一件事都经过一番精细的商量。最后把一切问题都解决了。洵白便决定他不到美国去，并且觉得到美国去对于工作上并没有什么益处，因为这时并不是考察美国工业社会的时候，至少有许多工作比这个更为重要。他便决定去要求把他派到美国去的工作改到莫斯科去，而且能运动和她一路去——如果这希望能成为事实，那么，在那里，她既然可以受实际的训练，而他自己也更多一些阅历，并且还可以和她常常在一块。于是他们便说好后天就动身。洵白便写一封信给程勉己，要他在上海为他们预备住处。他并且介绍地说：

"在信仰上和在工作上，能够同我一样努力的只有他一个。我常常从他那里得到许多勇气和教训。并且他为人极其诚恳。他也很爱好文学。所以他是我的朋友，同志，先生。你一定也很欢喜他的。"

随后他们又兴奋着，互相庆祝了一番，这才离开了。

"我是幸福的。"素裳想着一面斜着脸看着洵白站在大门口笑着。当车子拐弯时，她看见叶平挟着一个黑皮包在柳树旁走着，忽然站住向她问：

"到哪里去？"

"从你那里回去。"车子便拉远了。

"她到我那里去么？"叶平想，"她从没有到我这里来过。"便疑惑地走了回来。

一进门，他看见洵白现着异样快乐的脸，微笑着，知道他进来也不向他说一句话。他问：

"素裳说她来过这里，是不是？"

洵白便迟疑地回答说：

"是的。"

叶平把黑皮包打开，从里面拿出讲义来，一面想着他的这朋友的特别欢喜，和素裳来这里的缘故，并且他联想起近来洵白的情形，以及那一块扯碎的纸条子……他觉得这是一种秘密了。

"哼，"他生气地想，"连我都骗着。"便把那讲义放到屉子里。

这时洵白忽然叫了他，又说：

"我决定后天走……"

"那么，素裳的日文已能够自修了？"

"这没有关系。"洵白停了一会又接下说："她，她大约和我一块走。"

叶平便诧异地看着他的朋友，急迫地问：

"什么，她同你一路走？为什么？你同她？……"

洵白便握着他的手，把一切情形都告诉给他了。但叶平却反对地说：

"我不赞成！"

"为什么呢？"

"恋爱的结局总是悲剧的多。"

"不，我相信不。因为我和她极其了解。我们的爱情是建筑在彼此的思想，工作，以及人格上。我认为你可以放心。……"

"许多人都为爱情把工作弛怠了。"

"我相信我不会。唯一的原因就是她的思想比我更彻底，她只会使我更前进的。我正应该需要这样一个人……"

叶平便沉默着了。过了许久他才拍着洵白的肩膀，声音发颤地说：

"好的。我不为我的主张而反对你们。在我的意见，我是不赞成任何人——自然徐大齐更不配——和素裳发生恋爱的，因为我认为她不是这人间的普通人。但是——现在我为你们祝福好了。不过，你和她走了之后，我不久也必须到南方去了，因为我在这里一个朋友也没有，我完全孤单了。"

淘白便站起来抱住他，一面抱着一面说：

"说不定什么时候我们又见面了……至少这世界上有两个人会时时想着你。"

十七

客厅里的阔人已经散了。仆人都躲在矮屋里喝着馀剩的酒。当素裳回来时候，这一座洋楼显得怎样的静寂，每一个房间都是黑暗的。

她开了那书房里的电灯，开始检拾她自己的物件。那种种，那属于贵族的，属于徐大齐的，她完全不要了，尤其对于那一件貂皮大氅投了一个鄙视的眼光。她觉得真正属于她自己的只有一些书和稿子，此外便是她自己的相片了。

她从墙上把她的那张小时的相片取下来，放到屉子里。第一眼她便看见那一本日记，她觉得有点奇怪起来，因为她记得这日记是压在许多稿子中间，而这时忽然发现在一切稿子上面了。但她又觉得这也许是她自己记错的，于是她又去检拾一些她母亲以及她朋友寄给她的信，这信札，她约略看了一看，留下几封，其馀的便撕碎了，丢开了。

做完了一切，她安安静静等待着徐大齐回来，因为她要把这许多事情都告诉他，并且要对他说明天她就和洵白一路走了。

但徐大齐到了夜深还不见回来。并且第二天她睡醒了，那床上，也不见有徐大齐的影子。这使她很觉得诧异，因为她和他同居了三年，从没有一个晚上他留宿在外面的。如果情形是发生在两个星期以前，那她一定要恨起他来，而且她自己是很痛苦的。但这时，纵然徐大齐是睡在窑子窝里，也不关她的事了。

她只想，如果他到十点钟还不回来，她只好写一封信留给他了。她一面想着一面提了一只小皮箱，走到书房去，把那些书，那些稿子，那些相片，以及另外一些不值价的却是属于她自己的东西，一件一件地放到这皮箱里。

这时她是快乐的，她的脸上一直浮着微笑。她觉得再过两点钟，她就和这一个环境完全脱离关系了，尤其对于离开这一座大洋楼，更使她感到许多像报复了什么的愉快。并且，有一朵灿烂的红花，在每一秒钟都仿佛地闪在她的眼前，似乎那就是她新生活的象征，又引她沉思到一种光明的，幸福的，如同春天气象的思想里。

她时时都觉得，她现在的一切都是满足的。

"奇怪，似乎我现在没有什么欲望了！"

她正在这样想，她忽然听见门铃沉重地响了起来，接着那楼梯上，便响起极其急骤的脚步声音，于是她的房门猛然地被推开了。她看见进来的是叶平。

她立刻完全吃惊了。这一个朋友，显然比任何时候都异

样：脸是苍白的，眼睛满着泪光，现着惊惶失措和悲苦的样
子。他一进门便突然跑上来抓住她的手臂，并且眼泪纷纷地落
下来了。

她的心便一上一下地波动着，但她想不出这一个朋友的激
动，这完全反乎原来的神气和行为，究竟是一回怎样的事，所
以她连声地问："什么事，你？为了什么呢？说罢！"

叶平简直要发疯了，只管用力抓住她的手臂，过了一会才
压制着而发了凄惨的声音：

"今……今天——早上——洵白被——被捕了！"

素裳便一直从灵魂中叫出来了：

"什么！你——你说的？"

"他还在床上，"叶平哭着说，"忽然来了武装的——司令
部和公安局的——便立刻把他捆走了！"

素裳的眼前便飞过一阵黑暗了。她觉得她的心痛着而且分
裂了。她所有的血都激烈地暴动了。她的牙齿把嘴唇深深地咬
着。她全身的皮肉都起了痉挛，而且颤抖着，于是她叹了一口
气，软软的，死尸似的，倒下了。

叶平赶紧把她撑着，扶到沙发上，一面发呆地看着她。素
裳把眼睛慢慢张开了，那盈盈的泪水，浸满着，仿佛这眼睛变
成两个小的池子了。她失了意志地哭声说：

"他在什么地方，我要看他去！"

叶平便擦了一擦眼泪说：

"看不见。他们决不让我们知道。"接着他便压制着感情的
说："现在，我们应当想法子营救他。并且，徐大齐就很有这

种力量，他不难把他保释出来的。"素裳便也制住了感情的激动，平心静气地想着挽救他的法子。她也认为徐大齐所处的地位和名望，只要他说一句话，就可以把洵白从子弹中救回来了。

两个人便在这一种惨祸的悲苦中带着一点希望的光，盼着想着徐大齐回来。

每一秒钟，都成为长久的，充满着痛苦的时辰了。

叶平时时叹息着说：

"假使……都是我害了他，因为他完全为着我才来的！"

素裳也带悔恨地说：

"也许，不为我，他早就走了。"

于是，一直到下午三点三十五分，徐大齐才一步一步地上着楼梯，吸着雪茄，安闲地，毫无忧虑的样子。

素裳便悄悄地擦去了眼泪，跑上去抱住他，拉他坐到沙发上，柔声地说：

"你知道么？今天早上洵白被捕了，"她用力压制她的心痛，继续说，"恐怕很危险，因为他们把他当作一个共产党，其实——无论他是不是，只要你——你可以把他救出来。"

徐大齐皱着眉头，轻轻地吹着烟丝。

叶平便接着说：

"他是我最好的朋友。并且他这次来北平完全是我的缘故。我真难过极了。我自己又没有能力。我的朋友中也只有你——大齐——你为我们的友谊给我这个帮助吧，你很有力量把一个临刑的人从死中救活的。"

徐大齐把雪茄烟挟到指头上，问：

"他是不是共产党？"

"我不敢十分断定——"叶平想了一下，接着说："不过我相信，他并不是实际工作的——他就要到美国去的。"

素裳又恳求地说：

"你现在去看看吧。是司令部和公安局把他捕走的。无论如何，你先把他保出来再说，你保他一点也不困难。你先打一电话到司令部和公安局去，好么？"

徐大齐便做出非常同情的样子，但是说：

"不行。因为这时候他们都玩去了，未必我跑去和副兵说话？"

最后，叶平含着眼泪走了。素裳又忍着心痛地向徐大齐说：

"你写两封信叫人送去好了，也许——"

"为什么？"徐大齐打断她的话，怒气地看着她，声音生硬地问："你这样焦急？"

素裳便惊讶地暗想着，然后回答说：

"不为什么。他不是叶平的好朋友么？我们和叶平的友谊都很好。所以我觉得你应该给他帮助，何况你并不吃力，你只要一句话就什么都行了，他们不敢违反你的意旨。"

徐大齐不说话，他一口一口吸着雪茄烟，并且每次把烟丝吹成一个圆圈，像一个宝塔似的，袅袅地飘上去了。

十八

淘白已经是一个多星期没有消息了。在这个短短的——又像是非常长久的日子中，每天叶平都跑到这洋楼上来，并且都含着眼泪水地走回去了。在每次，当素裳看见他的时候，她自己的心便重新创痛起来，但是她常常把刚刚流到眼角的眼泪又咽着，似乎又把这眼泪吞到肚子中去的。甚至于她为了要借重徐大齐去挽救淘白，她把一切事都忍耐着，尤其和淘白的爱情，她不敢对他说，因为她恐怕他一知道，对于淘白性命就更加危险了，至少他不愿去保释他的，所以，在这些悲苦的日子中，一到徐大齐面前，她都装作和他很亲爱的样子。她常常违反自己的做出非常倾心地，抱着他吻着，和他说种种不堪说的甜蜜的话。最后她才听见他答复："放心吧。这算个什么大事情呢？只要我一开口就行了！"

然而一天一天地过去了，而徐大齐给叶平的回答还是："那天被捕的人很多，他们又替我查去了，不过被捕的人都不肯说出真姓名，据他们说在被捕者中并没有淘白这么一个人。"

于是到了这一天：当素裳正在希望徐大齐有好消息带回来，同时对于淘白的处境感着极端的忧虑和愁苦的时候，叶平又慌慌张张地跑来，现着痛苦，愤怒，伤心的样子，进了房门便一下抱着她大声地哭了起来，她的心便立刻紧了一阵，似乎在紧之中又一片片地分裂了。她落着眼泪害怕地问：

"怎样，你，得了什么消息么？"

叶平蹬了一下脚，牙齿互相磨着，气愤和激动地说：

"唉，我们都受骗了。我们都把一个坏人当作好人了。"

素裳便闪着惊骇的眼光看着他。

叶平的两双手握成拳头了。他又气愤和激动地说：

"今天吟冰来告诉我，她说她曾要任刚到司令部去打听（任刚和黄司令是士官学校的同学），据说有这么一个人，但是当天的夜里就在天桥枪毙了，因为这是市政府和市党部的意思，并且提议密捕和即行枪决的人就是徐大齐……"

在素裳眼前，一大块黑暗落下来，并且在这黑暗中现出一个沉静的，有毅力的，有思想的脸，这个脸便立刻像风车似的飞转着，变成了另一个世界，于是，她看见洵白站在这世界最高的地位上向她招手，她的心一动，便跌倒了。

当她清醒时，她看见叶平一只手抱着她，一只手拿着一杯冷水，她的眼泪便落到杯中去，一面想着徐大齐为什么要陷害洵白的缘故。她忽然想起那一本日记，那一本她本来压在稿子中间而发现在稿子上面的日记了。

"一定，"她颤抖着嘴唇说，"他一定偷看了我的日记……"

叶平把头低下了，把袖口擦着眼角。

她又哭声地说：

"是的，都是我，我把他牺牲在贼人手里了！"

于是她伤心着，而且沉沦在她的无可奈何的忏悔里。

叶平便一声声叹着气。

随后，当她又想到徐大齐的毒手时候，她的一种复仇的情感便波动起来，她觉得要亲手把他的血刺出来，要亲手把他的胸膛破开，要亲手把他的心来祭奠洵白的灵魂。这自然是一种应该快意的事！但她立刻便觉悟了，觉得纵然把徐大齐杀死，于她，于洵白，于人类，都没有多大益处，因为像徐大齐这般人，甚至于在等着候补的，是怎样得多啊。她觉得她应该去做整个铲灭这一伙人的工作，否则杀死一个又来一个，这不但劳而无功，也太费手脚了。因此她便更坚固了她的思想，并且使她觉得一个人应该去掉感情，应该用一个万难不屈的意志，去努力重造这社会的伟大工作。接着她决定了，她要继续着洵白的精神，一直走向那已经充满着无数牺牲者的路，红的，血的路。于是她把眼泪擦干，和叶平相议了许多事情，最后她向他说：

"今天，夜里十二点后，我到你那里去，我搭五点钟的车。"

十九

马车从大明公寓的门口出发了。街上是静悄情的。马蹄和轮子的声音响着，这响声，更显得四周寂寞了。天上铺着一些云，没有月亮，只稀稀地露着几颗星儿，吐着凄凉的光，在灰色的云幕中闪着，夜是一个空虚而且惨暗的夜。

随着马车的震荡，素裳和叶平的身体常常动摇着，但他们的脸是痛苦和沉默的。

一直到马车穿了南池子的门洞，素裳才伸过手，放在叶平的肩上说：

"我走了，你最好也离开北平，因为说不定徐大齐也会恨到你的。"

叶平便握着她的手回答说:

"离开是总要离开的。这北平给我的印象太坏了。并且有这样多可悲可惨的回忆也使我不能再呆下去。我不久就要走的,但是我不怕徐大齐陷害我,至少我的同学们会证明我,而且大家都知道我。"

接着素裳又说:

"如果洵白的尸首找得出来,你把他葬了也好;如果实在没有法子找,也罢了。横竖我们并不想有葬身之地。"

叶平激动了,闪着泪光地说:

"好的。这世界终究是你们的。你好好地干去吧!至于我,我是落伍了,至少我的精神是落伍的。我的许多悲剧把我弄成消极的悲观主义者了。我好像没有力量使我的生命再发一次火焰。像我这样的人是应该早就自杀的。但我还活着,并且还要活下去,这是我对于我自己的生命另有一种爱惜,却难免也是一种卑怯的行为。因此,我的生活是没有什么乐趣的,至少在意义上所存在的只是既然活着就活下去吧这一条定则而已。其实,从我的生活上,能让我找出什么意义来呢;每天,除了吃饭,穿衣,睡觉,便是编讲义,上讲堂,拿薪水。如果在我的生活中要找出一件新鲜的事,那就是领了薪水之后,到邮政局去,寄一部分钱养活我的一个残的哥哥和一个只会吵架的小脚嫂嫂……我有什么意义呢;但是我不会自杀,大约这一辈子要编讲义编到最末一天了。"

素裳默想着,过了一会她忽然说:

"我不是你的一个朋友么？"

"对了，"叶平沉着声音说："一个最坦白最能了解的朋友，唉，这也就是我的全生活中唯一意义了。"

素裳便充满着友谊地伸过手给他吻着，同时她也吻着他的手。马车便停下了。

他们走进车站去。这车站的景象，使叶平回想到在三个星期前，当他来接洵白时的情景，他的心又伤起来了。他一面擦着眼角的泪水，一面在三等车的售票门口，买了一张到天津去的和一张月台票。

这时火车快开了。火车头喷着白气！探路的灯照在沉沉的夜色里，现出一大条阔的白光。许多乡下人模样的搭客正在毫无秩序地争先着上车。叶平紧握着素裳的手，带着哭声地说：

"到上海，先去找程勉已去，他是我的同学也是洵白的同志，他可以设法使你到莫斯科去。如果你不至没有写信的时间，你要常常来信。"

"你最好早点离开北平……"她一面说一面上车去。

汽笛叫着，火车便开走了。

在叶平的眼睛中，在那泪水濛濛中，他看见一条白的手巾在车厢外向他飘着，飘着，慢慢地远了去。

于是这火车向旷野猛进着，从愁惨的，暗淡的深夜中，吐出了一线曙光，那灿烂的，使全地球辉煌的，照耀一切的太阳施展出来了。

一九二九年五月七日早上二时作完于上海。

光明在我们的前面

一

一九二五年五月，一天午后三点钟左右，在北京的马神庙街上，有一个二十六岁光景的男子，在那里走着，带点心急的神气，走进北京大学夹道去。他穿着一套不时兴的藏青色西装，而且很旧，旧得好像是从天桥烂货摊上买来的货色，穿在身上不大相称，把裤筒高高地吊在小腿肚上，露出一大节黑色纱袜子。他的身段适中，很健壮。走路很有劲，又快。那一双宽大的黑皮靴便接连地响着，靴底翻起了北京城特有的干土。他走到这狭胡同第三家，便一脚跨进大同公寓的门限，转身到左边的大院子里去了。

院子里有一株柳树，成为被考古家所酷爱的古董，大约有一百多年了，树干大到两抱围，还充满着青春的生命力，发着强枝和茂盛的叶子，宛如一把天然的伞似的，散满绿荫。

他觉得身上一凉快，便脱下帽子，擦去额上的汗，站到第七号房间的门口，弯着手指向门上叩了两下。

里面问：

"谁呀？"

"我。"他立即回答，带点快乐地微笑着。

"找白华么，她不在家。"这是一种江苏女人说北京话的细软声音。

他的笑容敛迹了。但他却听出那说话的人是他的一个朋友，便问：

"是你么，姗君？"一面大胆地，把房门轻轻地推开去。

果然，站在那里的是一位女士。她好像突然从椅子上刚站起来的样子，匆忙地把一双手撑在桌上，半弯着腰肢，虽然带点仓皇，却完全是一种很美观的天然的风致。她穿的是一件在北京才时兴的旗袍，剪裁得特别仄小，差不多是裱在身上，露出了全部的线条。袍子的原料是丝织的，颜色是刺人眼睛的荷花色，这就越把她——本来就很丰满的少女——显得更像是一朵在晨光中才开的玫瑰花了。

他一眼看到她，好生惊讶，觉得这女友是真的和普通人相反，越长越年轻了。

她向他欢喜地笑着：

"哦，希坚。好久都没有看见你了，你都不到我们那里去。"

"是的，有一个月了吧。"刘希坚把帽子放到桌上去，向她笑着。"原因就是我近来变成一架机器，自己不能动。"接着他问："白华呢，你知道她到哪儿去？"

"不知道。她只留个纸条，说她三点钟准回来。现在已经三点了。"

刘希坚拖过两把藤椅让她坐,自己也坐下了。他想起今天早上刚收到她的一张请客片,一张修辞得很有点文学意味的结婚喜帖,便向她笑着。

"贺喜你,"他说,却又更正了,"贺喜你们俩!但是我不知道应该怎样贺喜才好,现在正为难——"心里想着喜帖上的文章:为神圣爱情的结晶而开始过两性的幸福生活……

她的脸上慢慢地泛红了。向他很难为情地闪了一眼,露出一个小小的笑涡,说:

"你也开玩笑么?"

"你觉得是开玩笑么?"他尊重地微笑着说:"我一接到卡片之后便开始想,可是总想不出什么好东西来,而这东西又是美的,又是艺术的,又是永久的,可以成为一个很合式的纪念品。我想这样盼东西应该是有的,大约是我的头脑太不行,想不出来……你可不可以替我想一想?"

"不要送给我什么,"她老实地红着脸说,"只要你——你肯看我们——这就比什么东西都好。"

"那当然。"他接着又微笑地说:"我想,做一首诗给你们也许是很好的,可是我从没有做过诗。"他把眼睛看着她的脸——"你们是文学家,尤其你是诗人,你替我代做一首好不好?你的诗是我最喜欢读的。"

"你简直拿我开心呢。"她装作生气的样子说。同时,她又现着一种不自觉的骄傲和谦逊的神情,因为在一个很著名的文学副刊上,差不多天天登载着她的诗,有一位文坛的宿将曾称赞她是中国的女莎士比亚。

"怎么，你把我看得这样的不诚实么？"

"你想得太特别了。"

"也许是的，"他又笑着望了她一眼，"过分的欢喜会把人的感情弄成变态的。譬如这一次，我就没有理由的，只想给你们一点什么。"

"如果你喜欢诗，"她把话归到正当的题目上，"如果你还喜欢我的诗，"她自然地把声音放低了，"我明天把诗稿送给你……"可是她觉得他的思想和行动都不能证明他是一个嗜好于文学的人，便赶紧把话锋转变了，说：

"不过你喜欢读诗，也许是一时的兴致吧。"

"好的，"他正经地对她说，"我们做了好几年朋友，今天才知道你对我是一切都怀疑。"他从胸袋里拿出烟盒来，抽出一枝香烟，做出很无聊似的放到嘴上去。

姗君顺手将洋火给他，向他很热情地解释说：

"我没有疑心你什么，一点也没有；并且，我也没有疑心你的必要。你自己知道，你以前并没有使我知道你不讨厌文学……"

他奇怪起来了：

"你以为要哪一种人才配喜欢文学呢？"他点燃香烟，沉重地吸了两口，把烟丝吹到空中去。"我从前告诉过你，说我不欢喜读诗么？"

她答不出适当的话，却笑了，很抱歉似的向他望了一下。

"的确有许多人，"过了一会，她想起一个证据来说，"譬如王振伍——他是你们的同志，你不是和他很相熟么？——他就对于文学很仇视。有一次，他居然在大众之中宣布说：文学和贵族的头脑一样的没有用，应该消灭。"

"他说的是贵族文学吧。"他为他的同志解释了。"他不会说是无产阶级文学……"

"不，"她截断他的话，而且坚定地说，"不是的。他的确把'文学'看作一种玩具，看作对于人生没有功效甚至于没有影响的东西。的确，像这样的人很不少呢。"

他把香烟取下来了，一面吐着烟丝一面说：

"我不敢说绝对没有那种人；但是那种人是不能作为代表的。"于是他把普力汗诺夫、卢纳卡尔斯基等人对于文学的观念说了许多。他把他自己的意见也说出来了。他说文学在最低的限度也应该像一把铁锤。

他的见解把这位女诗人吓了一跳。"什么，像一把铁锤？"她暗暗揣摩着想，瞠然向他惊讶着。

"你不喜欢听这样的意见是不是？"他重新点燃一枝香烟，如同吸着空气似的一连吸了四五口。

"你说得太过火了，"她慢慢地说，也好像舒了一口气。

他忽然想起，他的这位玫瑰花似的女朋友，她是一个关在象牙塔里的诗人，虽然她的诗在中国新诗坛也很被人注意，但她只会做《美梦去了》和《再同我接个吻》这一类的诗。所以他觉得他刚才的话都是白说的，而且反把一种很喜悦很生动的空气弄成很拘束了。

"也许是的，"于是他又浮出微笑来说，随着便转了话锋，

"唉，其实，我对于文学完全是门外汉呢。不过无论怎样，我是很喜欢读你的诗。"

她的脸也重新生动了，鲜艳，并且射出默默欢乐着的光彩——这是一种即要和爱人结婚的处女的特色。

"好，"她兴致浓郁地说，又轻轻地闪了他一眼，"如果你真的喜欢，我说过，我可以把诗稿给你……"

"谢谢你。我实在应该读一读诗，因为，我近来实在太机械了，差不多我的头脑只是一只铁轮子。"

她笑着，嘴唇要动不动地，宛如要说出什么俏皮话的样子。这时，那房门突然推开了，砰的一声大响，把整个的房子都震动着。

他们的眼睛便带点惊讶地望到房门口，白华已经跳着进来了。

二

白华一进门便向她的朋友各闪了一个任情的妩媚的眼色；她的样子总是那么快乐的，永远有一种骄傲的笑意隐在眼睛里，证明她的心中是藏了许多得意的幻想。

她带点走得太快的微喘问："你们来了多久了？"接着她转过身去向着刘希坚，"你收到我的信没有？"便和他很用力地握了手。

"我就是给你送钱来的。你又到哪儿去了呢？"

她坐到床上了，说：

"到你不喜欢的那地方去。"说了便故意地看了他一下，一面从她胁胳中拿出一包东西，打开着，是许多影印的克鲁泡特金的木刻的像。

她非常得意地把像片翻着，便拿了一张出来给她的女同学：

"珊君，这给你．你瞧，这个样子是多么表现着伟大的思想和伟大的人格呀……你只瞧他的胡子……"

她的女同学没有答应她，只是新鲜地，惊讶地，凝视着这一位无政府主义的世界领袖。

接着她又拿出一张来，向着刘希坚说：

"这不必给你，因为你现在是不喜欢的。"

他正在发呆似的看住她的脸——用这样眼光去看她已经有一年多了，是当初就被她发觉的，并且也从她那里得到和这眼光同样的感觉，这成为他们俩还不曾解决的秘密。这时他忽然把眼光收转来，急促地回答：

"你怎么知道呢？"

"许多人都在说。"她突然为了她所信仰的主义而现出一点冷淡的神色。"说你把所有安那其的书籍都扯去当草纸用……"

他不禁地笑了。

"他们完全造谣，"他随着尊重地解释说，"无论怎样，我不会干这种无意识的事情。"

"不过你心中只有两个偶像，"她坚执着说，"马克思和列宁……你现在是很轻视，而且很攻击安那其主义了。"接着她又说一句，"你只有马克思和列宁！"于是有点愤然的样子。

他觉得这一点有和她辩驳的必要，便开始说：

"一个人为他自己的思想而处于斗争的地位上是正当的。你不承认么？除非是懦怯者，有人能够在敌人面前不作一声，或者低头么？并且，忠实他自己的信仰，拥护他自己的信仰，这完全没有受人指谪的理由。……"他还想再说下去，忽然觉得他所爱的人的脸色已经变样了，变得有点严重了，便立刻把要说出来的话压住。但他却仍然听到一种近乎急躁的声音：

"那你为什么从前又加入安那其？"

"从前我以为安那其主义可以把我们的社会弄好了。"他差不多用一种音乐上的低音来说，他只想把这争论结束了。

但是那对方的人却向他做出一种特别的表情，仿佛是在鄙夷他的答话，并且逼迫似的说：

"一个人的信仰能够常常动摇的么？"

他觉得这句话是把他完全误解了，而且还不止误解了他的思想，于是他看了她一眼，便不得已地解释说：

"白华，我觉得你这样的说话，是不应该的。我自信我是很忠实于真理的人。因此我并不容易动摇。但是，正因为这样，对于安那其主义，我才从热烈中得到失望，觉得那只是一些很好的理想，不是一条走得通的路。这是有事实可以证明的。更不必说中国的无政府党是怎样的浅薄和糊涂——而这些人是由新村制度而想入非非的，他们甚至于还把抱朴子和陶潜都认为是中国安那其的先觉。"他重新谨慎地望着她——"你自然不是那样的人。因为你对于克鲁泡特金的学说是很了解的，但是我实在不明白你为什么还没有觉得，我们现实社会的

转变决不是靠幻想的，那乌托邦的乐园也许有实现的可能，然
而假使真的实现，也必须经过纯粹的社会主义革命。所以，我
不能不……"最后他望着她的眼睛，几乎是盼望着同情的
样子。

她不满意他的解释，她仍然坚持着她的论调：

"这只是安那其主义比其他主义更高超的缘故。"她非常信
仰地说，声音也同她的态度一样，表示着不愿被人屈服的
刚强。

他不得不又继续着回答：

"那也许是的。"他的声调却越变谦和了。"不过今天的问
题只有共产主义和共产党的组织形式才有用，因为它是根据客
观具体情况，来决定革命道路的。如果不能立刻救社会的垂危
的病，那就无论什么高超的学说都等于空文，因为我们只能把
某种思想去改造社会，不能等待着社会来印证某种思想——"

这时有一种意外的声音忽然在他们之中响起来了，他们都
立刻把眼光转过一边去，射在珊君的身上。接着他们又听着：

"怎么，你们一见面便抬扛？你们把我都忘了。"

白华这才重新笑起来，恢复了她的常态，在她的脸上虽然
有点发烧，又浮泛着快乐的表情，眼睛里又隐着许多笑意……

"真对不住你。"刘希坚也微笑地向她抱歉了。"你觉得我
们的争论太无趣味吧。"

她还没有回答，白华却抢着向她问：

"安那其主义不是最高超的学说么？珊君，你说呢？"显然
她还保存着许多好胜的心理。

　　"我说不出来，"珊君俏声地回答，"因为我没有看过关于它的书。"接着她又补充说："我别的社会主义的书也没有看。"

　　"你看不看？"白华心急地，又极其热心地宣传说："我这里有巴枯宁和克鲁泡特金的书……其实，你顶好看一看……你看么？"好像她立刻就要把那些书堆到她身上去。

　　刘希坚却暗暗地想："她是只想做诗的！"

　　果然她拒绝了，却找出一个很委婉的理由来说：

　　"我是要看的，我一有工夫看便来拿。"

　　"忙些什么呢？"白华刚刚要这样说，忽然想到这位女同学的佳期，便改口了：

　　"我想你现在是很忙的。至少，"特别示意地望了她一下，"你现在是没有心情看书的。"接着几乎开玩笑了，"你现在是只有着'两性的幸福生活'呀……"并且故意把最后的一句说得大声些。

　　珊君的脸又飞上了一片红晕；却又抑制着说：

　　"别拿我开心……"同时她又悄悄地瞥了白华和刘希坚一眼。"我是把你们当作好朋友……"停一下，她就说出她到这里来的缘故了：

　　"密司陈她忽然有事要回家去，"她显然是不好意思地说，"她那天不能做女傧相。所以……我想你和密司王说一说，看她肯不肯？"

　　白华打起哈哈了。刘希坚也暗暗地好笑，联想到有一篇名做《白热的结婚》的小说。

　　"一定要女傧相么？"白华强忍着笑声说："好的，我明天和她说一说……"接着她又戏谑地问："还有什么事情没有？要我替你做些什么呢？"

"不敢劳驾你。不过，如果密司王不肯的话，我想你再去同密司周说，因为我同她们没有你熟。"说了便站起来预备走。

"忙什么？"白华也从床上跳下了。

"好让你们说话呀！"她含蓄地笑着说，仿佛这句话很报复了他们的谑笑一样，同时向他们流盼了一眼，便走了。

白华转过身又坐到床上去，活泼地摇着腿干，一面又去收检那些像片。

刘希坚的眼睛也跟着她的动作而盯着她。他仍然从她身上得到一种愉快——这愉快的成分是很不容易分析的。并且，他今天忽然觉得她简直像一个炭画了，因为她穿的是一身黑，黑夹袄，黑裙，黑袜子，黑皮鞋……但是她比一切画着少女的炭画都美，而且生动。

他下意识地想："爱你，唉，白华！"

白华向他说话了：

"你带了多少钱来？"

他警醒了不少，便回答："十块。"

"还有没有？"

"你的信里只说十块。"

"现在不够了，"她笑着说，"把你所有的钱都给我……"

"好的，"他爽然地，"不过你要对我说，是不是又拿去印那些传单？"一面把皮夹子拿出来，向桌上抖着，一共是十三块和四角辅币。

她把钱拿了。

"你没有干涉我的权利，"她朗声地说，接着她把小零头还给他："这四毛钱留给你买香烟吸……"

他没有作声，呆看着她伸过来的手，只想把嘴唇沉下去吻在那嫩白的纤细的手指上，至于作一些狂乱的事情。但他又呆看着她的手收回去了。因为他不愿意被她看作没有理性的动物。他是只想有一个机会能向她表示他的爱情……

她已经坐到藤椅上了，又把椅子拖拢来，朝着他，和他挨得很近地，差不多可以听到彼此的呼吸，这举动很像她要向他说出什么秘密文件。

"我告诉你。"她的话开始了。并且她看着他，很出神地看，眼睛充满着熠熠迷人的闪光，但这闪光又含蓄着一种纯洁的原素，使人不敢妄想。

"唉，白华！"他制止着想，他的心是惶惑地动摇了。

她接着用快乐的声调说：

"世界上真有许多蠢事情呢。你不是曾认识陈昆藩么？就是那个斜眼睛！谁都知道他在十五年前——在他十四岁时候，他父亲便给他娶了亲的。人家说他的妻子可以抵过两条牛，因为她一天操作到晚都不知道疲倦。他有三个孩子也是谁都知道的。他的大孩子已经会想法子去偷别人的甘蔗。但是他常常都在生人面前说他没有家庭，并且把他自己的年纪减小了八岁。谁相信他只有二十一？也许他自己还以为满年轻呢，他的黄头发总是涂得油腻腻的，那劣等头发水的气味，真使人一嗅了便要呕……"

她把话停住了，却分外地高兴起来，仿佛她的喉咙旁还有许多更觉得可笑的话，使她当做享乐似的开心着。随后她把眼睛望着对面的人，又闪着迷人的妩媚的光彩。

刘希坚有点奇怪她的这一套话，尤其是她的这得意的神气。他觉得她简直不是和他谈话，倒是在向他描画出一个小说中的人物。他忍不住问了：

"你这样说他干什么？"

"干什么？"她笑得仰起来摇了两下头，那黑丝一般的头发便披散到脸上，从其中隐现着脸颊的颜色，就像是一些水红色牡丹花的花瓣。

"我不会为那样的人白费我的时间，"她充满着得意的，又带着天真的快乐的声音继续说，"我现在说他就因为他使我太觉得可笑了。那样的人，斜眼睛，蠢猪，你想他居然做了些什么蠢事？你不知道？当然，谁都想不出。他，瞧那蠢样子，他简直见鬼了，忽然找到我——当我昨天从学校里出来的时候——他开头就说：'我在这里等了两点多钟呢。'便伸过手来想同我握。谁喜欢和他握手？我只问：'你等着你的朋友么？再见。'他忽然蠢蠢地摇一下头，把眼睛瞧着我——斜的，大约是瞧着我吧，一面说：'我只等你呵！''见你的鬼呢！'我这样想，一面给他一个很尊严的脸色，使他知道他的话是错的，不应该和冒昧的，一面冷淡地说：'等我？我们没有什么事情要说呀。好，再见！'说完我就快步地走了。可是他又蠢里蠢气地跟了来。我装作不看见，走了好远，我以为他走开了，回头一看，又看见了那双斜眼睛。我真的冒火了：'密司特陈，你这样跟着我，是不应该的，你知道么？'他却现出一副哭丧的脸，吱吱地回答说：'知道。'并且又蠢蠢地走拢来接着说：'知道。但是——但是——''但是什么呢？'我被他的哭声觉得可笑了。'我有几句话想同你说，'他又吱吱地接下说，'我们到中央公园说去好不好？''谁愿意同你逛公园！'我气愤了。'不是逛公园。只是——只是因为这里不大——不大方便。'他的样子简直蠢极了。我只好冷冷地说：'有什么事，请说吧。'于是他就做出一种特别的蠢气，把斜眼睛呆看着我——又像是呆看着别的地方，开始说——他简直玷污了这一句话——说他爱我！我在他的脸上看一下——那样蠢得可怜——我反乐了。我忍不住笑地说：'你爱我，真的么？''真的——真的——'他仿佛就要跪下来发誓了。'你不爱你的妻子么？'我又笑着问。'不爱，一点也不爱'，他惶恐地说，'真的一点也不爱。我哪里会爱她！''哼！你倒把你自己看得满不凡呢！'我一面想着一面又问：'你的小孩子呢？''也不爱。''把他们怎么办呢？'他以为满有希望似的伸过手来说：'如果——如果你——我都不爱他们。''好极了'，于是我忍不住地便给他一个教训，'你把爱情留着吧，不是前门外有许多窑子么？'说了我跳上一辆洋车了……"

她说完这故事又天真地狂笑起来，同时她的眼睛又流盼着对面的男子，仿佛是在示意："你瞧，他哪配爱我！"

刘希坚不觉得那个蠢人的可笑，只觉得可怜。并且为了她的生动的叙述而沉思着，觉得她很富饶文学天才……

忽然像一种海边的浪似的声音从他的耳边飞过去了：

“你在想什么呀？”

他立刻注视到她的脸：

“想你——你写小说一定写得很好。”

女人的天性总喜欢男子的恭维，而他的这一句话，更像她在睡觉以前吃着橘子水，甜汁汁的非常受用，便不自禁地向他望了一眼，那是又聪明，又含蓄，又柔媚的眼光啊。

他的心又开始动摇了——惶惑地，而且迷路了，但不像什么迷路的鸟儿，却是像一只轮子似的在爱情的火焰里打圈。所以他的眼睛虽然看着白华的脸，而暗中却在想：“假使我向你表示呢？……”于是把她的一句“那我学音乐呢？”的问话也忽略了。

“你觉得怎样？”她接着又问。

他的脑筋才突然警醒地振作一下，便找出很优雅的答话了：

“我在想，”他的态度很从容地，微笑地，“究竟你学文学对于音乐有没有损失呢？结果是：我觉得你很可以在这两方面同时用功……”于是他等着这些话的回响。

自然，她又给他更要迷惑的眼光。但是这意中的报酬却使他难受透了。他想着——考虑着——又决不定——在这种氛围里，在这种情调中，在这个房间内，究竟是不是一个向她表示爱情的最适宜的时机。他觉得有点苦闷了。但他仍然忍着听她的话。

“可是别人都不相信我呢”，她带点骄傲的声音说，“你是第一……”接着又向他柔媚地笑一笑。

他乘机进一步说："是的，那些人只会在纸上看文章。"

她完全接受了他的话。并且向他吐出心腹来了：

"我曾经写过好几篇散文……"她真心地说。

"在哪里？发表过么？"他热情地看住她。

"都扯了。"她低了声音说。

"唉……"他惋惜之后又问，"为什么把它扯了呢？这简直是一个损失。"

"我不相信自己……"

"以后可不要扯——不——的确不应该扯！"

她没有说什么，只现着满意的笑。于是他又极力怂恿她，给了她许多鼓励。

但当他还赞美她的性格可以在舞台上装沙乐美的时候，她就是在他们的情感更融洽的时候，房门上却响起叩门的声音，他和她都现着讨厌的神气把眼睛望到门上去。

"谁？"她更是不高兴地问。

"自由人无我！"门外的人一面报名一面进来了，是一个有心不修边幅的长头发的瘦子，可以在浪漫派的小说中作为"颓废又潇洒"的代表人物。他很冷淡地向刘希坚点一点头，便故意表示亲热地走过去和白华握了手，又说：

"我把新村的图案画好了，拿来给你看一看。"便把一个纸卷摊开了。

显然，白华是不喜欢这位同志（看她只懒懒地和他握手便明白），但她却为那新村的图案而迷惑了，聚精会神地站着看。她也忘了这房子里还有另一个人……

希坚便一个人孤单地坐在一边，他慢慢地感到被人冷视的气愤了，但他又用"天真"的字眼去原谅她——的确她是天真的，她还一点也不懂得世故呢。于是他等着，吸上香烟，却终于想走，但正要动身，又被那位"自由人"的言论留住了。他静静地听着：

"这就是整个新村，"那位"自由人无我"很傲然地，一面又狂热地在纸上划来指去地说，"我们可以名做'无政府新村'，这里分为东西两区域——你不看见么？——东边是男区，全住着男子；西边是女区，全住着女人；东西两区之间是大公园——我们可以名做'恋爱的天堂'——让男女在那里结合，恋爱自由！"

"放屁！"希坚只想从中叫出来了。

这时那位理想家又发出妙论：

"住在村里的人都不行吃饭——自然吃面包也不行，只行吃水果。"接着他说出他的理由——"吃水果可以把身体弄成纯洁的。"

希坚简直耐不住了，他一下跳起来，朝着白华的背影说："我走了！"

她忽然跑过来了（大约有点抱歉的缘故），便亲切地捉住他的手，把脸颊几乎贴在他的肩臂上，眼睛翻着望他，完全用温柔的声音说：

"就走么？好的。吃过晚饭我到你那里来……"并且多情得像一个小孩子。

"好吧。"

希坚短削地回答，便什么都不看，昂然地走了。

三

马路上的阳光已经不见了，只在老柳树的尖梢上还散着金黄的闪烁。北京大学刚刚下课，路上的许多学生们，在臂膀下都夹着讲义和书本，大踏步地走，露着轻松的神情。刘希坚从这些活泼的人群中很忧郁地走出了马神庙。

"先生，洋车!"

他不坐车，只用他自己的脚步，他差不多是完全沉默的，微微地低着头，傍着古旧的皇城根，在景山西街走着，走得非常之慢。

这一条马路是非常僻静的。宽的马路的两旁排列着柳树，绿荫荫地，背后衬着黄瓦和红色的墙，显出一种帝都的特色，也显出一种衰落的气象，路上的行人少极了；树荫中的鸟语却非常繁碎；这地方是适宜于散步的，更适宜于古典诗人的寻思……

但他对于这景色是完全忽略的——美的或者丑的景物都与他无关，一点也不能跑进他的意识。他是因刚才的经过而扰乱着她的全部思想了。

他一面走着 面想起许多很坏的印象——那个"自由人无我"，便是这坏印象之一。"滚你的吧!"他想起那新村的胡说便低声地骂了。但接着——这是非常可惋惜的——他又看见了白华站在那里看图的影子，他不禁地在心里叹息着：

"唉，白华……"

而且，他带点痛苦的意味而想到她的笑态了。这笑态却使他联想到他自己在第三者面前受她的冷视，心头便突突地飘上火焰。但他立刻又把这气愤压制着，并且把许多浮动的感情都制止了，因为他觉得，他对于这些个人感情的事只应该冷静地处理……

于是，第一，他分析了他和她的关系，他认定他自己是爱她的（这个爱在最近更显著），并且她也很爱他——她有许多爱他的证据，但是他和她的爱情之中有一个很大的阻碍，那就是他们的思想——他认为只是她的那些乌托邦的迷梦把他们的结合弄远了。

"不，"这是他分析的结果，"她不会永远这样的，她总有一天会觉醒，因为她有善良的灵魂……"

然而他还是不免有些忧伤，因为他料不出她觉醒的时期。

"我应该帮助她……"他想，于是又想起他和她已经经过的那许多纠纷。当他退出安那其而加入共产党的时候，他和她的冲突便开始了——那时第一个。但是这冲突是接连着第二，第三，一直到现在。他是常常为这冲突而苦恼着的。他也常常都在作着扑灭这冲突的努力。他又常常为这努力而忍耐。为的他不能丢开她以及责备她。因为他是很了解她的：唯一，她只是太天真了。否则，他认为他不会为实际的社会运动反沉溺于乌托邦的迷梦。并且他相信：只要她再进一步去观察现实社会，或者只要她能冷静一点，那她一定会立刻把幻想丢弃了，会慢慢接近于实际。虽说她这时还受那许多糊涂同志的眩惑，也把她原谅了。他的职志只是乘机去帮助她，去把她从歧路的思想中救出来。可是无论在什么时候，只要他说出一点不对她心思的话，她就不管事实，只凭着矜夸的意志，用狂热的感情来和他对抗，于是变成不是理论的辩证，而是无意识的争驳了。这样的结果很使他感到懊恼和痛苦，但没有失望。他是仍然继续着这努力的推行的。一有机会，他就用种种方法去唤醒她……

她呢，每次都是很固执地红着脸的。当他把一切都用唯物论来解释的时候，她总是动着感情说：

"各人信仰各人的。谁也别勉强谁。"便什么都弄僵了。

让步的——其实只是压制的——又是他。因为他不愿他的行动也超出理性的支配。并且他不愿因这样的争执而损伤到他们尚在生长的爱情。所以他们每次的相见，都成为三个转变：开头是欢喜的握手，中间经过争论，随后用戏剧的煞尾。

但今天的情形却不同了。他离开她，完全是被迫的。那时，假使不是突然跑来了那位神经病的理想家，说不定在那种如同被花香所熏着的情调中，他和她的爱情的火花就会爆发起来，更说不定他还可以借爱情的力量使她牺牲执见，使她用客观的眼光来观察这现实的社会，而成为他的——同志……

"的确，"他带点惘然地回想，"今天算是失掉了一个好机会。"因此便想到那个"自由人无我"的划来指去的样子，他几乎要出声了：

"简直是糊涂蛋！"

接着他在心里很沉重地轻蔑地想起某些他过去的朋友，仍

旧戴着一个革命的面幕，实际是躲在时代的后头，躺在幻想的
摇篮里，做着个人享乐的迷梦，简直是无聊之极。

　　"然而——白华，唉！"他重新又惋惜到她了。她的影子便
又浮到眼前来。但他所看见的却是那天真的，任性的，骄纵
的，但又很迷人的，妩媚的，温柔的，她的完全的性格和她的
一切风姿。随后是那双圆圆的，大的黑的，特别充满着女性魅
力的眼睛，又使他感到爽然的一种愉快了。

　　"她是美的——很美的——另外一种特别的美——"他心
悦地想着，便不自觉地向她作了一次冒犯的幻想。但立刻他清
醒了，他自语道：

　　"哈，希坚，你怎么啦！……"

　　这时在他的周围忽然亮起来了。他抬头一看，才觉得他快
走到三座门。那夕阳的馀晖早已消灭了。夹在柳树之间的路灯
刚刚开放了。他想起走时白华对他说的话，便赶紧向路旁的洋
车夫做了一个手式，坐上了，只说：

　　"西单皮库胡同。"

　　一回到三星公寓里，他马上就跑去打电话——东一三
二六。

　　那边的小伙计告诉他："是的，七号，白先生，她出去了。"

　　他只好把耳机挂上，却疑惑地想，认为白华已经向他这里
来了，便带着微笑地走进房间里，悠然把身体斜躺到床上去
（连开来的晚饭也冷掉了），只在淡薄的灯影里，朝着天花板想
一些他认为可能的情景——他和她的爱情以及工作……

　　然而他不久便觉得寂寞起来了。"全公寓的饭都开过了

呀!"他开始这样想。于是时间在他的寂寞中又继续着向前爬——夜也跟着时间安静。他的寂寞却陡长了,并且变成了焦躁的情绪,从他的心底里一直燃烧起来。

公寓里更安静了。隔壁的钟正在有意识地向他响了十下。

他又跑去打电话——

"还没有回来呢。"又是那个小伙计的回答。

他不疑心那小伙计的撒谎——自然,这完全没有疑心的理由,他只是很着恼地又回到房间里,又躺在床上,又看着天花板……最后,他觉得这样子是太无聊了,便开始压制着,坐到书桌旁去,可是刚写了两页讲义又乏味地放下了。

"哼,"他向他自己警告说,"够了,希坚,你今晚扰乱得真凶呢。"

终于真的把什么都克服了,平静地,向书架上抽出一本日文书来——是一本波格达诺夫的《经济科学大纲》,便一直看到了一百二十五页,一种柔软的疲倦便把他很妥帖地带到睡眠里去了。

四

第二天,仍然照着平常的习惯,刘希坚在刚响八点钟的时候便醒了。阳光也照样地正窥视着他的纸窗。他起来了,带着晚眠的倦意和一些扰乱的回味,便动步走到 C 大学去,因为他必须去教授两点钟"近代社会思想概要"。

在路上,浴于美好的清晨之气里,他的精神豁然爽利了许多。他想起昨夜里的烦躁情形，觉得很可笑。

"可不是，"他自己玩笑地想，"你也有点像神经质的人了。"却又愉快地——在心里浮荡着白华的笑脸……他把她的失约已经原谅了。并且，因了那种过分的幻想，他证明他自己是需要她的。这感觉又把他的爱情显得充实了，使他感着幸福的兴质，一直把微笑带到了校门口。

但是在讲台上，他又现着他原有的沉静的态度，不倦地讲着李嘉图的地租论和劳动价值说。

下课之后，他又恢复那暂时被压的心情了。重新散着满身的乐观，夹着黑皮包——如同夹着白华的手腕似的，高兴地往外走，急急地跨着大步。

"刘先生，"走出第二教室不远，一个号房便迎面向着他说，"有人在会客室里等你。"

他皱一下眉问："姓什么？名片呢？"

"她没有给名片。说是姓张……"

他只想告诉听差说他没有来。可是一种很粗大的声音却远远地向他喊出来了："哈，希坚！"

向他走来的——用一种阔步走来的，是他的一位女德哇利斯，被大家公认为可以当一个远东足球队选手的张铁英女士，虽然她还没有踢过足球。他一看见她，就看见那满着红斑点的多肉的脸，但他仍旧对她很和气地招呼了：

"呵……是你。对不起，你等了很久吧。"

"刚刚来。"她说了便欢喜地跨上一步向他握一下手，只一下，便使他感到不是和一位女士，而是和一位拳师似的，觉得他自己的气力小多了。

"我已经去过你的公寓呢。"她接着用力想温柔低声地说，却依旧很粗很大声。

"有什么事么？"他一面走着一面平淡地问。

"没有事。我只想看看你，这是私人关系来的。"

"好的，谢谢你。"

"不过，我知道你是不喜欢我来看你的。"

"我没有这种心理。你来，自然很欢迎……"

"但是你常常都在回避我，并不是怕我的回避，只是不愿意和我相处的回避。"

"你这样觉得？"

"是的，我这样觉得。我很早就觉得。你自己不觉得么？你常常和我刚说几句话便好像说得太多了，就做出不耐烦或者疲倦的样子，不然，你就托词有事情而走开……"

"你太多心了。"

"我一点也不……我自己很知道，我不会使你喜欢的。我知道，我知道那缘故……"最后的一句是充满着许多伤感的调子。

这时已走到了校门口。许多洋车夫便嚷着围拢来。

刘希坚觉得为难了。他本来只一心希望着立刻飞到白华的面前，但现在他的身旁却站着这么一位女士，他只好忍着不跳上洋车，又陪她在马路的边道上走着。

他决意保守着他的静默。可是张铁英也低低地垂着头。许多散课的学生都从背后走过他们的前面去了。正午的太阳正吐着强烈的金光，照着他们而映出两个影子——像两朵浮云似的跟着他们的脚旁。

随后他们走到这条马路的尽头，那里是一个可以往东也可以往西的三叉口，刘希坚的脚步便好像要站住似的迟缓了。他忽然听见一种急的，粗的，被冲动的感情所支配的很不自然的声音，在他的左肩上响着：

"好，你只管走你的吧，你只管往东走吧。"

他偏过脸去，觉得她的眼睛是恨恨地在看着他，她脸上的红斑点显得像一天朝霞。

他觉得有欺骗他自己的必要了，便回答：

"我是回家去吃饭的。"接着他完全违心地问："你也到我那里吃饭好不好？"

她迟疑一下便带点苦笑地向他看着。

"不，不。"她一连拒绝地说。

"为什么？现在该吃饭的时候呢。我的公寓比你的近。"

"我不想吃饭。我现在很不快活了——这是我自己找来的，"她很难过地，同时又很呆板地望着他——"唉，每次刚看见你总是欢喜的，到后来总是这样——我很知道这是什么缘故……"于是她含着妒忌地向他说：

"你只管到大同公寓去吧！"

她连头都不回一次，一直急促地往西走去了。

刘希坚望着她的高大壮硕的背影，一面想着和这体格完全不相称的她的痴情，也就服从他自己的意志而向东走去，并且走不到五步便坐上了洋车了。

　　"北京大学夹道。"他心急地向车夫说。

　　于是他重新把皮包往臂下一夹——如同他真的夹着白华的手腕似的，盘旋着温柔的愉快，浮出微笑来，是一种被幸福所牵引着的微笑。

<h2 style="text-align:center">五</h2>

　　白华正在电话旁吵着：

　　"西五百十四——十四……三星公寓……怎么的？有人打？……老挂不上……什么？西——西五百十四……赫……挂零号……"

　　她生气地拿着耳机，忽然一眼看见刘希坚走进大门来，便不管电话坏不坏，砰的一声挂上了，半跳半跑地向他迎去。

　　"这电话局真可恶，"她还带点脸红地对他说，"打了半天，老打不通！"一面把她自己的手让他握着，和他并列地转到西院去。

　　"昨夜你一定等得我不耐烦呢！"她抱歉地说："你连打三次电话来是不是？"接着她向他的左颊上很柔媚地闪了一眼。

　　"岂止不耐烦呢！"他心想，口里却答应说："没有什么不耐烦。"

　　"我真不想你是这样的……"她一面去开房间的门。

　　"为什么？"他走进去了。

　　"你太把你自己变成一块木头了。"这时她的手才从他的掌心中伸出来，手背上现着几个白的指印。

“木头并不坏呀，”他故意俏皮地说，“木头也有木头的用处呢，譬如你建筑新村的时候，你是需要木头的。”

她笑着坐在他的对面。

“可是我的新村只用崖石，”她也存心开玩笑地说，“我不要木料。”

“器具呢？”

“一概用铁的。”

“烧火呢？”

“用野草。”

“好，”他含蓄地煞尾说，“那么新村的建筑就等于木头的倒运……”说了把眼睛含蓄地望着她。

她装作没有听懂。只说：

“不用担忧呀。我们现在还是需要木头的时候。”

“你需要？”

她不回答。站起来跑到床边去，从枕头底下拿出一个纸包的小东西，很像几块叠着的饼干样子。

“你猜，这是什么？”她天真地问，半弯着腰肢，站在他身边，显然还保留着许多小孩子的趣味。

“这怎么知道。”他只看着她的姿态，觉得这是一种很美的歌剧的表演。

“给你的，你猜？”

他注意起来了：

“袖珍日记……”他猜着说。

“再猜？”

他又注意了一会，于是想起了他自己的嗜好。

"那一定是香烟匣……"

她哈哈地笑起来了。急急地扯开纸，果然露出一个银灰色的很精致的匣子，匣上面还画着一个展着翅膀的小天使，满满地张开弓，危险地要射出那一箭……

"给我么?"他立刻从她手里拿过来了，感着意外的欢喜和特别的意义的，注视着那个小天使和他的箭。

"可不是?"她柔声地说："我特意买来给你的。你看怎么样，还好不?"于是她坦然坐到藤椅的边沿上，她的手臂几几乎要绕着他的肩头。

"好极了。"他侧点身子把脸偏过去，看见她的头发垂着，悬在额头前散下来，发出一些微香——一种为他所不曾嗅过的很特别的香气，绝不是什么头发油和香水的香。

"不但精致，不但美，"他更仰着脸向她说，"而且是——白华（这两个字是特别低声地说），你喜欢那上面的图画么?"还微笑地等着她的回答。

"你为什么这样问呢?"她的声音是又清又柔。

"画的是希腊神话中的故事，是不是?"他又问。

她微笑地凝想着。

"是的吧。"于是她一下跳下来，跑开去，站在桌的那边显露着少女的特别的表情，充实地闪着可爱的眼光。

"你简直不是一个木头!"她过了一会才说出口。

"这是什么意思呢?"他装作不懂地问。

"随你怎么解释。"

"照我的解释是，"他逗着她说，"一块木头也有得到这美丽香烟匣的幸运。"便一下把匣子拿着，看着，微笑着，放到口袋里。又从衣服外面小心地摸一下，如同他是怀着一个宝物。

她凝望着，看他的举动。

随后他觉得他不能再这样保守着"文明的玩笑"了，便感着苦闷地只想向她表白。说出她所给他的种种刺激，以及他需要她，如同他需要一种信仰——一种使他的人生成为完全充实的信仰。于是他驾驶着勇气向她喊：

"白华……"他的声音却带点战颤了。

她呢，她显然有点惊讶了。以前，她完全没有想到他会这样严重地喊出她的名字。因此她惶惑起来，心动着，失了意志似的愕然看着他：他今天的眼睛特别闪着异样的灼热的光彩……

然而纷杂的声音响起来了，东边的院子里起了扰乱，那个小伙计一路跑来，一路喘着喊：

"着火呀！着火呀！"

她突然变色了——是失去爱情情调的变色，惊惶着，跑出房外去。他也被这意外的事变而平静下去了，也跟着她走出去。

院子里满着人了。大家慌慌张张地。东院里正在熊熊地飞着火焰。

"唉，着火呀！"她抓着他的手臂说："怎么办呢？"

"不要紧的。"他原有的沉静便完全恢复了。"我去看一看……"他接着说。

五分钟之后火焰低下去了。刘希坚从东院走回来。

"谁的房间起火？"她仍然站在房门边说。

"厨房，"他一面把眼睛还望着那里的黑烟，"他们真糊涂……尤其是那个小伙计，他慌得把一桶尿也泼上了。"

"唉……"她微微地吐了一口气。

"那么今天不能开饭呢。"接着她想起来了："你也没有吃过吧？"

他点着头，还望着火焰的馀烟，想着这一场火实在是他的——或者连她也在内——一个无法补救的损失……

"我们出去吃好了。"她又说。

他答应了，因为他觉得不能再留在这里了，这里的空气已经使他很不高兴，并且遭火的厨房还是喷着一种奇怪的臭气，使人难当。

他们便走了。离开大门口不远，有许多挑着水桶的救火兵跑向这边来。

他们很简单地在附近的一个本地馆子里吃了一顿炸酱面。

"你下午有事没有？"走出面馆的门口，她问。

"一点也没有。"

"我们到公园去好不好？"

他完全欢喜了，却只用眼光向她表示了同意。他们便坐车到中央公园去。温柔的阳光和初夏的景色装饰着公园。上面配一个广阔的蔚蓝天空。周围充满着鸟儿的歌唱。到处流散着浓郁的，但并不薰人的很香的气味，芍药花正在含苞。牡丹花盛开了。桃树上结着许多小桃子。几对鸳鸯和水鸭在池子里游

戏。那只雄的孔雀和什么争艳似的展开了美丽的尾巴，一切是
喜悦，美丽，调和而且生动的。

她快乐地说：

"这是一幅理想的图画……"

他回答说："但是图画所缺少的而这里都有了。"一面也盯
视着她。并且，很自然地伸过手去把她的手臂挽着，感着新的
欢乐地同她散步，合拍地走，低声地话语，俨然是一对爱
人——一对尚未结婚的爱人的样子，因为结过婚的爱人又比较
大胆了。

他们走到来今雨轩的时候，忽然遇见另一对人，于是停
止了。

"珊君!"白华叫道。

"哦，你们俩也来……"珊君说。接着她向她旁边的人介
绍说：

"你们不认识吧……刘希坚先生……杨仲平。"

杨仲平是个身段不很高大的少年，和珊君恰恰配得上的一
个，带着江南人所富有文雅的气质。他这时赶紧和刘希坚握一
下手，说：

"珊君常常说到你。我很想来拜访你，可是都没有机会。"

"谢谢你。我差不多天天都看到你的文章呢。"他回答，其
实他没有真的看。于是觉得这一个名震北京的小说家，很漂
亮，也许是将要结婚的缘故，修饰得很像一位交际家，一个在
女伴中很可自鸣得意的人物。

"惭愧得很，那些都不像东西。"

同时白华在告诉珊君说：

"我已经同密司王说好了，她已经答应替你当傧相，可是她正在为衣服为难……"

四个人便一路走了。

刘希坚和杨仲平谈起话来。他总是很喜欢去了解一个新认识的人，如同他喜欢去了解某种新兴的学说一样。但结果他对于这位被当代文坛所推崇的小说家很感到失望了，因为他觉得这位小说家简直是一个盲目的创作者，不但不注意时代的潮流，连一点确定的见解也没有，所说的都是躲在象牙塔里的文人所惯说的呓语……

"艺术是独立在空间的！"这就是代表他的艺术观的一句最精彩的话。

于是走到路的转角，他们便彼此分开地走了。刘希坚回顾着那一对人的背影，不自觉地生了一种感想：

"可怜，"他有点阴郁地想——"这两个也是文坛中的好角色……"

白华却伸过手腕来，这一次是她去挽他，并且把一个笑脸朝着他说：

"你看他们俩还需要行一次婚礼，这简直就是一种滑稽……"

他没有回答她，因为他沉思着——满眼是二十世纪的人，纵然在知识分子里，满眼也都是十八世纪的头脑……

"你不觉得么？"她接着问。

他没有注意她所说的，只得冒险地向她微笑着，而指着一团牡丹花来遮掩说：

"你喜欢哪种颜色？"

"我都不喜欢。"她望了一眼说。

"为什么？"

"贵族的样子。"

"对了。"他一面和她穿到社稷坛去。"这种花的样子也不好看！花太大，梗子又短小，叶子又没有劲。"

"出丑，还是国花呢。"

"并且从前的文人还把美人来比花——也许就是这种花吧。"

"其实花哪有人美，"他接着又说，"世界上没有什么东西能够比人体更美的，尤其是——"他把话咽住了，却笑着看她一下。

她默着，感着欢乐地默着。他也就不再说了。他望着那阳光从黄瓦上反射出来的闪光，一面呼吸着带香味的空气，而寻思着这散步所给他的愉快，就更用力地把她挽着。

过一会她也开口说：

"公园实在是社会上一个很大的需要，"她差不多是身体挨着他，声音就发在他的颈项边，"可惜中国只有贵族的公园。"

"我想不久就会把它改作平民的。"

他们又把话停止了。各人怀着自己的思想而默着，走出了这一个已经成为遗迹的偏殿。

这时他又悄然看了她一眼，忽然看出他以前所忽略的东西，就是她的眉毛是特别得长，而且有力地弯在眼睛上，仿佛便是一篇她的个性的描写。并且他觉得她的黑眼珠凝聚着熠熠

的光彩，是一种美的而同时又是庄严的——他想不出宇宙间有
什么东西来和它形容，甚至于——他这样认为——深夜里的两
颗明星并不足奇的，那实在太平常了。

于是他重新用力地挽拢了她，几乎要停了脚步地说：

"华！"他下意识地把她的"白"字去掉了。"我们像这样
散步还是第一次呢。"

她立刻偏过脸来。

"你忘了以前的么？"她有点诧异地问。

"以前的不同，"他微笑着回答，"这一次才真的使我——"
他望着她沉思的脸。"你未必没有一种感觉么？"

她懂了他的意思。

"自然，"她柔和地说，"新的散步自然有一种新的感觉。"
一面把眼中的光彩射过来，如同从太阳光中散下来许多欢乐。

"那么你感觉的是什么呢？"

"你的呢？"她反问。

他几乎挨着她的耳朵说：

"我感觉以后不能一个人散步了，无论哪样的散步都必须
和你……"

她出声地笑起来了——这种笑声是真实的，是从本能中开
放出来的，也就是被过分的欢喜和爱情的骄傲所激动的笑声。

"现在，我听你的。"他等她笑声止了之后又说。

"随你怎样想都好，"她的脸颊泛上红晕地说，"我是知道
你的。随你怎样想……"

"那么同我的一样。"他觉得这句话并不是一个探险。

"你这样想？"她思索着问。

"是的，"他有点沉着声音说："倒不如说是我的信念，并且我不能把这种信念推翻了。"

"我知道，"她的脸发着烧了，"我完全知道，"接着她又看着他说，"我很早以前就知道了。"于是垂下头，一直默着。

他也一直注视着她。随后，他觉得他的感情——同时连理性也在鼓励他，命令他，如同他的信仰指挥他去战斗一样，他不能不让那一种血仿佛电流似的通过他的全身……

"华……"他的声音是颤着，而又动人。

但是她突然像发疯一样地昂起头来了。

"我们，"她闪光的眼睛上布了一些阴影，"我们之间有阻碍呢！"

他仿佛站在战线的前锋上受了一击，却又不能把他的力量去报复那击他的人，便完全忍耐地沉下头去，显然有点心伤。

"我们不能打破么？"他瞬即鼓起勇气来说，而且想到他从前的愿望，便立刻增壮了许多精神。

"你能够丢开你的信仰？"她显然不相信这种改变。

"当然不——"他想一想便决定了："我所希望的是你。"

她奇怪起来。

"如果不是你，"随着她正经地说，"我简直要承认这一句话是我的羞辱呢。"

于是他照着他自己的方略去向她解释。他完全把自己处于战斗者的地位，现在他整个的性格和机智，大胆地，理智地向她解释，并且他觉得这是一个最好的时期，而胜败是应该在此一决的……

这一次他和她的思想交绥算是他第一次没有为爱情而让步，但是他也没有得到胜利。

她最后只说："我不会受人劝诱的，更不会受人屈服的。我也许明天就丢开安那其，也许我永远信仰它。这都是我自己的事情。"

她是刚强而且严肃的。

"好。"他觉得不必再向她进攻了。"我们不说这些吧。我希望你有一天会——好的，我为尊重你不说下去了。"他期待着以后的机会。

争论的结果，便这样的使他们沉默了许多时。

末了，他先开口——这时已向着公园的大门口走去了。

"想不到挽着手展开一次激烈的战争！……"他已经恢复了沉静的态度而微笑着说.

"对了，"她回答，显然那兴奋的感情也平静下去了，又从眼睛里露着柔媚的闪光，"倒像是一幕戏剧似的……你说呢?"

"是爱情的? 还是战争的?"他带点俏皮地问。

她变得很可爱了。

"我只承认是爱情的。"她坦然悄声地回答。接着她讥刺地玩笑说："不过在这里面不是表示爱情的好地点。"她的眼光像一条魔人的鞭似的打在他脸上。

"你觉得应该在哪儿呢?"他不受窘。

"至少，"她带点自负的神情说，"什么人都是在公园里，实在是太俗气的。"接着问："你不觉得俗气么?"

他点了头。在心里，却想起他那时要发狂的情态，便也说——只暗暗地向他自己说：

"接吻——这也太陈旧了。那么应该怎样呢？"

他们走出大门了。彼此握了一下手——这一下握手是含着新的意义和新的愉快的，握了好久，并且握得紧极了。

"明天早上我到你那里来……"她已经坐上洋车了，却转过脸来说，还沉重地把她的眼光留在他的心里。

他一直站着，在夕阳的馀辉中，望着她的影子慢慢地远去，并且望着她被风吹开的头发而想着她——他认为她的性格是适宜于干点比较实际的工作……

他被一个人拍了他的肩膀。

六

"喂，"那个人向他说，"怎么的，站在这儿？"

他猛然转过身，看见是一个同志，一个最能够抄写和最擅长宣传的同志，也是一个为工作而不知疲劳的人物。

"印字机！"他叫出他的浑名了。"你也来逛公园么？"便和他握了手。

"我只是过路，"他的同志回答，"你怎么老不叫我王振伍呢，我们在中学时候就给你叫惯的。"

"这是你光荣的称号呀！"他笑着说。

王振伍做出不乐意的样子：

"我可不愿意这就是我的光荣呢。我们是该干出一点更大的工作的。"接着问："你笑些什么？"

"我快活我现在看见你。"他真心地说。

"我们不是常常见面么？"

"也许是我自己的缘故"，他继续说，"我今天看见你特别觉得高兴。"

"你发生什么得意的事？"王振伍猜着问。

"有一点，但是现在不是告诉你的时候。"

"你站在这儿做什么？"王振伍猜想这是一个原因。

"看风景。"他玩笑地说。

"的确是一件雅事呀。"他的同志感到兴味似的说，"你一个人的情致倒不错……我呢，我成天只知道运动我的手和嘴，我从没有用眼睛看过风景——我不想这种开心……"

他插口问："你现在到哪儿去？"

"回去。"

"到我那儿去吧。"

两个人便动步了。

他们一面走着一面密谈起来。

"刚才，"王振伍低着声音说出秘密机关的代表名称——"'我们的乐园'里接到一种消息……"他把眼睛看了两边——"恐怕在上海就要发生大事件呢，说不定就是空前的大事件……而且是马上就要发生的。"

"什么时候接到的？"

"下午一点钟，"接着又用低声说，"如果这一次真的发生了，是我们将来胜利的预兆……我们实在应该在这时发些火花……所以……好的，我们等着。"

"那么你的意见呢？"

"我自然是贯彻我的主张：须要流血。不流血——不流一次大血是不行的。就是我们要得到大成功，我们是必须经过许多小暴动，否则，要一次就将我们的全民众激动起来是不可能的。他们——我们的民众们是太幼稚了，至少要给他们几次大刺激，然后他们才能够醒觉而自立起来，而站到我们这一面。你觉得怎么样？"

"我也这样想，现在我们最急切的就是牺牲——同时也就是暴动。我们是应该赶快把我们的火花散开去，并且要散得多，散得远。"

"好的，我们等着。我想我们要走到紧张的第一步了。"

便不约而同地握了一次手。

于是静默地走了好些路。

"我刚才看见张铁英，"王振伍离开了正题目，说起闲话了，"她今天很不高兴，一连给我三个钉子碰。我想这是我替你受的冤枉……你今天没有看见她么？"

"看见过。"刘希坚平淡地说，在他的心里还飘荡着白华的影子。

"这就是她不高兴的缘故了，"王振伍笑着说，"我猜的没有错。"

"你不要乱猜，我和她没有什么的。"

"我知道，"他望了希坚一眼，"我知道你们之间没有什么。在你的观念上——自然只是对于异性的观念上——你不会喜欢她。"

刘希坚没有回答。

"其实,"他接着带点严重的声音:"张铁英在我们的工作上她是成功的,可是——她在恋爱方面总是失败的。我听说她以前曾爱过好几个人,人家只把她当做开玩笑的目的。"

"的确,"希坚承认了他的话,"她是我们的好同志,最能够工作的一个很难得的好同志。"却把恋爱的一面省略了。

"她真能够吃苦呢。"

王振伍接着称赞似的说:"这自然有她的历史做根据的。她父亲是一个雇农——"

刘希坚惊讶地插口问:

"你怎么知道?"

"她自己告诉我的。她说她九岁时候就替人家看过两条牛,她十四岁还在田上帮她父亲播种。你只看她的样子就会相信了……"

"是的,"希坚用坚决的声调说,"我相信。我早就看出她不是出身于资产阶级——"

"连小资产阶级也不是呢。"王振伍赶快地补充说。

"她怎样跑到北京来的呢?"希坚探求地问:"为什么她离开她的环境?"

"我不大清楚。她没有对我说。她只说她的父亲被穷苦所迫而变成一个暴戾的酒鬼,要卖她……我想她跑出来就是这个缘故。"

刘希坚沉思着。

王振伍接着问：

"她没有对你说过么？"

"没有。"刘希坚简单地回答。

"怎么会没有呢？"

"不知道，她从没有说到她以前的生活。"

"大约是这样的，"王振伍想了一想便分析地说，"她把我看作一个朋交，而把你看作……唉，我们所处的地位正相反！"

刘希坚被这位忠实朋友的自白而笑起来了。他想着这位朋友在工作上是前进的，在恋爱上便常常被人挤到落伍者的地位。

"你可以努力进行。"他笑着说。

"完全没有用。"王振伍尊重地回答："你知道，我在这方面是不行的。我努力也不行。我已经失败过好几次了。对于张铁英，我认为是最后的一次，以后我不想再讲恋爱了。"

"你们怎么样呢？"刘希坚完全关心他朋友地问。

"没有什么，"他低沉着声音说，"我不会使女性喜欢，这就包括一切了。不过我对于张铁英并不这样想，因为我认为在我和她的出身阶级的立场上，我们是应该结合的。你知道，我也是从……"他把话停住了。过了一会又接下说："我常常回想我以前当学徒的生活……"

刘希坚不作声，只望一下他朋友的脸，在心里充满着对于这朋友的历史的同情。

彼此都沉默着。

这时的天色已经灰暗起来了；暮霭掩住了城墙上的楼阁；

孤雁开始在迷茫的天野里作哀鸣的盘旋；晚风躲在黑暗里而停止在树梢上；路上的行人和车马都忙碌地晃动于淡薄的灯光里⋯⋯

王振伍忽然用慎重的低音说：

"上海内外棉织会社的罢工风潮，我对于这风潮的扩大，认为革命快走到爆发的时期。你呢？"

刘希坚向他点点着头。"到公寓里再谈。"他说。

他们便加快了脚步；十分钟之后，就走进三星公寓的大门。

七

刘希坚照着他的习惯，在饭后吸着香烟，靠在籐椅上，如同他干过疲劳的工作而休息的样子，现着一种惬意的沉思，吐着烟丝。

他的朋友，却因为吃饱了肚子，精神反十分兴旺起来。人家说"王振伍是一架印字机"，那意思，有一半就是说他不知道疲倦，因为他的身体像铁一般的坚实，同时也像铁一般的不会得病。他是健壮而且耐苦的。这时他仍然把他坚实的身体坐在四方的凳子上——一张北京城公寓的特色之一的凳子上，而且笔直地坐着，喝着那带点油质的公寓里的白开水。

"你好像很疲倦了，"他望着刘希坚说："你白天做了很多的工作么？"

"惭愧呀！"刘希坚心里想："什么都没有做。"但他不愿意说他有许多时间都消耗在中央公园里，便笑着回答他："这是我的习惯，也许是小布尔乔亚的习惯呢……我并不喜欢的。"

"不能改？"

"我还没有试验过。也许是这习惯太小了，值不得费许多心思去想改革的。"

王振伍却摇了头。

"你没有想到吧了，"他反对地说，"虽然小……可是和'意识'是有密切关系的。"

刘希坚不想和他辩驳，只沉思地吐着烟丝，烟丝成圈地袅上去，宛如是一种闲暇的消遣。

"你倒学会吸烟——不，是吹烟的技术。"王振伍看着飘浮的烟圈，一面笑着说。

"几乎是十年的练习，"刘希坚也笑着回答，"你呢，"接着问，你为什么不吸烟？"

"一定要吸烟么？……我一吸烟就头痛。"

他们这样地闲谈着，慢慢地把话锋转变了，转到他们的工作，策略，新加入的同志以及苏联的经济和教育等的建设。随后，他们的谈话转到了上海的罢工风潮。

"这一次内外棉织会社罢工风潮的扩大……"王振伍开头说，带着非常关心的神气。

刘希坚也不像懒散的样子了，他从籐椅上端坐起来，把香烟头"吱"的一声丢到痰盂里。

他们便兴奋地谈着。彼此都对于这罢工的社会根据作了深切的检讨。

刘希坚，他从经济问题观察今日的帝国主义。"无论帝国主义在我们中国将施行怎样的威力，帝国主义的自身虽已取得暂时稳定，而总的方面是趋向于崩溃的，那么社会主义革命的爆发是不可避免的。"接着他补充一句——"这次上海的罢工风潮应该使它扩大到全国……"

王振伍同意了他的话。只说：

"我认为这一定要扩大；并且扩大起来的结果，不仅是中国劳动者对于帝国主义底资本家的反抗，还深入地造成中国各阶级的联盟而发生民族革命的运动。"

刘希坚沉思着。

"但是，"他带着思索地说，"民族革命纵然成功了，然而终究是不能长久的，因为这时代的要求是阶级斗争的尖锐化。"

"自然，"王振伍回答说，"那只是一个阶段。"

谈话就停顿了。

刘希坚又燃上一支香烟，又靠在籐椅上，吐着连环的烟圈……

暂时的沉默之后，王振伍重新告诉他一个消息：

"早上我听说，在顾正洪追悼会上被捕的四个学生，已经被英巡捕房枪毙了。"

"你从哪里得来的?"刘希坚惊诧地问。

"从一个通信社。不过这事情的发生是可能的。现在帝国主义所采取的压迫手段，是越来越暴戾越残酷的。我们不能够把'国际公法'来评衡帝国主义对于半殖民地的行动。所以，"王振伍带着不平的声音接下说，"四个学生被违法地执行枪决，的确不能看作意外的事情。"

"如果这样，"刘希坚却平静地说，"那好极了，风潮就立刻扩大起来了，说不定就会扩大到全国呢。"

王振伍想着什么似的不作声。

刘希坚便接着说：

"我认为帝国义应该聪明一点；否则，那举动，实在对于世界的帝国主义都没有利益。因为，那枪毙四个学生的枪声，我认为是替我们的民族革命放一个发动的信号。"

"我不像你这样乐观的观察，"王振伍有点阴郁地说："杀死几个半殖民地的人民，这不过是帝国主义很平常的玩笑罢了。"

"不错，"刘希坚回答说，"我们不管他们是玩笑或者是策略，我们只是看那事情的影响和效力，是不是和帝国主义没有利益。"

显然，王振伍对于帝国主义的野蛮行为，是深深地感着愤慨的。他的脸颊在讨论着罢工风潮的事件之中，已渐渐地发烧起来了。在他充足的眼神里，灼闪着热烈的光⋯⋯

"现在，"他最后兴奋地，却又客观地说，"我们等着，等着我们民族革命的爆发！"

于是他看了一下左手上的那只车掌的手表——"十点半钟了。"他说，便带着新时代将临的信仰，欣然地和刘希坚紧紧地握一握手，走了出去。

刘希坚又重新燃上香烟，而且重新靠在籐椅上，可是他没有吐着烟圈了，只把香烟挟在手指间，让它自然地消蚀着。

这时他的思想是纷乱的。许多复杂的问题和严重的事件都挤在他的脑子里：内外棉织会社的罢工——枪杀工人——拒绝工人上工，和文治大学学生的被捕，上海大学学生的被捕，以及帝国主义的横暴行为，都强烈地刺激着他的神经。尤其是这风潮的扩大，将怎样地造成中国民族革命的诸问题，更深深地钉在他的脑筋里。

他渐渐地由沉思感到苦闷了。"冷静一点，"他向他自己警告说，"在昏乱的头脑里是解决不了什么的。"便丢下香烟，跑到院子里。

在繁星闪耀的天幕底下，他一连作了五六个深呼吸。北京的夏天的夜，是凉快的，空间飘落着清凉的微风。他的精神便爽然了。仿佛他的头脑注射了什么药水，立刻清醒而警觉起来。随着他把手插在裤袋里，暂时丢开那各种问题和事件，只当作休息的散步似的，在宽敞的院子里徘徊着。

院子的两旁射出黄色的灯光，隐约地照着他来回散步的影。周围的安静使他一步一步地听出他的皮鞋踏在砖块上的声音。夜是静寂的，一切在阳光底下的烦声，也都在夜色里静寂着。只有远处汽车的喇叭和附近的蛙鸣，断断续续地流荡在清凉的空气里。

他觉得在这样的夜色里散步，怀着无所忧虑的心情，的确有一种恬然自得的乐趣，如同解放了全身的一切，欢喜而且舒服的。

"然而是——"他自己分析地想："小布尔乔亚才能够的一种闲暇的享乐呀……"想着便不自觉地笑了起来。

这时，在他周围的静寂的空气，突然地破裂了，一种强烈的喊声激动了整个的夜，把一切都惊醒而且扰乱了。

他惊觉地听着这可怕的喊声：

"号外——，上海大屠杀号外！"

他立刻跑到大门外去。

胡同里很黑。街灯吐着惨暗的光。小小的黑影在那里跑动……

"卖号外的，这里！"他焦急地高声地喊。

一个小孩子喊着跑过来了。

他急促地买了一张，飞快地跑到房子里，于是在明亮的电灯底下，在他惊慌的眼睛里，跳着一串可怕的字——

英巡捕房连开排枪射击数千徒手群众！

八

刘希坚带着惨笑地把号外看下去：

"日前为援助日纱厂而遭逮捕之学生，捕房施以极苛刻之待遇，且无释放消息，因此昨日上海学生联合会议决于今日（卅）分组出发，从事大规模演讲。今晨学生分队入租界演讲者，以七人为一组，演讲工人被杀及学生被捕等情形。但此种演讲队一入租界，租界捕房即加逮捕。下午一时后，学生在马路演讲者尤多。至下午三时，有两小队在大马路永安公司前演讲，被巡捕以残酷手段捕入老闸捕房，后又陆续逮捕数起。于是有学生二百馀人会集，群至老闸捕房门前，要求释放被捕同学，否则愿全体入狱。当时学生均系徒手，并无暴动行为。且马路上市民群众虽因聚观奔集，达二千馀人之多，亦绝无扰乱行动。不料老闸捕房竟召集全班巡捕，站立门前，连续开放排枪。于是二千馀人之徒手学生及市民群众，均在枪弹中血肉横飞……"

他看着这号外，他的血便鼎沸了。他的头脑仿佛要炸开一般的发烧着。他痛苦地捺着号外，长久地沉默着——而这种沉默是他从来所没有的。他觉得他自己的背上也着实地中了帝国主义的枪弹……

但是，他终于把这激动制止了。"好的，"他差不多是冷酷地自语着——"现在，我们走到紧张中去吧！"于是他恢复了他平常的沉静，他靠在籐椅上，思想着，一面用力地吸着烟卷，如同他用力地筹划着消灭帝国主义的策略一样。

这时那院子里也发生一种骚乱了。每一个房间里的灯光都亮了。许多学生都在念着号外。那激昂的，愤慨的，暴怒的，以及叫骂的和叹息的，种种声音，揉成一片深夜的恐怖。电话的铃声乱响着。最容易打盹的小伙计也兴奋起来了，在院子里跑来跑去……

什么都在动。人动了。空气动了。深眠的黑夜也动了。

刘希坚也从可怕的沉思里站起来，匆匆地拿了帽子，走出房门……

"你到哪儿去？"迎面他就听见一种尖锐的，可是带点发颤的声音。

他一看，站在他面前的是白华。

"怎么，你跑来了？"他问。

白华一下就捉住他的手腕，现着一个紧张而悲伤的面孔，眼眶里还留着眼泪的馀滴的闪光。

"唉，我想你已经知道了，那上海的——"她咽着声音说。

"是的，"刘希坚平静地回答，"我已经知道。"接着便问她："你怎么变成这样子？"他觉得她仿佛变成一个遭了丧事的女孩子似的。

"怎么，你问的是什么意思？"她糊涂地问，于是她将他的手腕捉得更紧了，并且把身体紧紧地挨着他，这使他感觉着她的血在他衣服外面奔流着，同时她的手在他的手腕上发颤。

"你冷么？"

"不。"

刘希坚便同她走进房间里。

在灯光底下，他看出，她完全变了样子了。平常，她是快乐的，傲慢而且妩媚的。但现在，她的脸上的表情是紧张的。似乎生来第一个强烈的刺激把她全部的神经刺痛着。她有点苍白，同时又有点发烧，她是深陷在伟大的愤慨里而激动着。

"白华，"他握着她的手说，"你怎么……你真激动得厉害……"

她一面和他坐在床沿上，一面说：

"是的，我激动，然而怎能够使我不激动呢？"

刘希坚沉默着，他觉得这时候是不必对谁说什么安慰的。

"那号外是真的么？"白华忽然像自语似的问："是真的消息么，那样，唉，像那样开放排枪？"

"当然是真的，"刘希坚沉静地，坚决地说，"这事情的发生是极其可能的。帝国主义在半殖民地的国家里，不会顾忌他的任何行为的。"

"但是——这是空前的大屠杀呀……"

"虽说是空前，但，也许并不是绝后的大屠杀。"

"你这样觉得，唉，那样太可怕了。这简直是把我们当为印度了……"

她是太兴奋了。刘希坚觉得她是再经不起刺激的，便立刻把话转了方向：

"你对于这事情有什么意见？"他平静地问。

白华揩了她眼角上的泪滴。"我还没有……"她带点嘶音说。

"应该有一点意见才是，我认为。"

"我不能够想……好像我失掉了理智……我完全被感情支配着。"她自白地回答，显然她的血还在那细白的皮肤里奔流着。

"不过，我们应该冷静一点，因为我们应该想出对付这残酷行为的策略。"

"那是对的，"她慢慢地说，"可是，这时候，你要我怎么样呢？我差不多忘掉了我自己。"

刘希坚抚摩着她的手背说：

"你这样也是好的。至少，你的青春的生命力比我强，我已经被环境造成了我的冷酷……"

白华被他的最后一句话吓了一下，她张大眼睛直瞧着他。

"你怎么这样说？"她用力捉住他的手。

"没有什么……你以后会知道。"他本来还要说——"我的工作不允许我有激动的疯狂"，却一眼瞥见她的眼睛里充满着疑虑的光，便止住了。

"我不要你这样！我不要你这样！"她热情地诚恳地望着他。

"我了解你……"他温和地说。

白华还望了他许久。他笑了。他们两个人的谈话便停止着。

一个小伙计跑到他门口来喊：

"刘先生，电话！"

他跑去了。回来说：

"白华，我有事，我必须马上去。"

白华也忽然想起，她是也应该到她的同志们那里去的。于是她说：

"我也要走了。"

两个人便走出了大门。

街上是黑暗的，弥漫在黑暗中的空气在震颤着——四周都互相响应着可怕的叫声：号外！

白华仍然很用力地捉住他的手腕，如同她需要这样地捉住他，才能够坦然地在无边的黑暗里走着，然而他终于和她分手了。

"我要往东……"他忽然说。

白华迟疑地望着他，便柔弱地向他点一下头。他重新用力地握了她的手，仍然觉得她的手是在发颤……

"明天见。"他压制着向她说。

她默着走去了。当他站着望着她的影，那慢慢的被黑暗掩没去的影，他觉得——他的心是颤颤地动着了。

"白华……"他悄声地自语着。

可是，他立刻就把这种情绪制止了。他是有更伟大更紧要的工作在前面等着他去努力的。他便转了一个弯，挺着胸脯，大踏步地穿过黑暗，走向"我们的乐园"去。

九

走进那五间打通的北房，在灯光里，呈着一种严肃的气象。许多人都苦闷地吸着烟，沉默着，坐在那里。没有一个人的脸上浮些笑容。也没有一个人现着青春的神气。虽然大家都认识，却没有谁和谁谈话。仿佛这一间会议室，正在演着一幕苦闷的哑剧。只有壁上的挂钟在那里作响，表示还有一件东西是在那里活动。其馀的一切全沉默了，像沉默地罩在会议桌上的白布一样。

三四个同志闪起眼睛向刘希坚点了点头，又一动也不动地吸着烟。

刘希坚走进这沉默的人群，坐到一个空位上。他也从衣袋里拿出香烟来，也和别人一样地苦闷地吸着。

这时他听到在他的右边有一种低音的谈话：

"一定，扩大到全国。"

"是的……帝国主义的这一著并不是胜利的策略。"

"我们的民族正需要这种刺激……"

"虽然，流血是悲惨的，然而在某一时期，流血对于革命是不可避免的……所以，这一次……"

刘希坚转过眼睛去看这低声谈话的人，是一个瘦小的女士和一个穿西服的少年——张异兰和郑鸿烈。这位张女士的身体虽然像一枝兰花一般地瘦伶伶的，可是她的气魄却比她的身体大到好几倍。她是他们之中的一个很出色的女同志。从前，以自由恋爱而闹翻了湖南××女学的就是她。

忽然，一种沉重的声音冲破了这空间的沉默，那是一种很尊严的宣布开会的声音。

大家都动了。集中到会议桌上，围拢地坐着，许多人的手上捻着小纸条。

"现在，宣布开会！"

每一个人的精神都兴旺起来，注意力集中着，静静地听着主席的报告。

主席是四十多岁而仍然像少年一般健壮的人，手上拿着训令和许多电稿，眼光炯炯地直射着会议桌的中央。

"这次会议包含着一个严重的意义。"他开始说。

周围的人静听着，被且每一个人都很严肃。虽然有许多人还吸着香烟，但是喷出来的烟丝，更增加了严肃的景象。

随着，主席读了上级发下的指示。这指示的每一个字都深深地穿到每一个人的头脑中去。并且每一个人的头脑中都浮上许多新的工作和新的意义。新时代的影子在大家的眼前开展起来……

会议便这样地继续着：发表意见。讨论。议决。一直到天色将明了。

然而会议的人并不显露着疲倦，似乎日常的瞌睡已远离了这些人，而他们只是兴奋着，兴奋着，深深地记着各种议决案和每一个同志的脸色和发言的声音。并且，关于新的工作的开始，大家都感着满足的愉快而欣然地浮出微笑来。"天明之后，我们的工作就要变更世界了！"大家怀着这样灿烂的信仰而离开。

"再见！"彼此握着手，用一种胜利的腔调说着。

而且，在大家的心里，都默默地筹划着自己的工作而希望着天明——就是立刻要跑出一轮红日的明天！

明天，依照党的指导，他们的新工作就开始了！

明天，全国报纸的第一页都要用特大号标题：帝国主义在上海屠杀徒手民众！

明天，他们要使这屠杀的事件强有力地打进中华民族的灵魂！

明天，被压迫的民族要独立地站起来了，要赤裸裸地和帝国主义对立着而举起革命的武器！

明天，他们就要向全世界被压迫民族发表宣言：起来，向帝国主义进攻！

明天，他们可以看见北京民众为这样的革命运动而疯狂起来！

明天！

刘希坚也深切地怀着这红色的信仰而走出"我们的乐园"。

在路上，在黎明之前的深夜里，繁星已渐渐地隐灭了。只留着几颗大星还在旷阔的天野里闪烁着寂寥的光。黑暗是已经开始逃遁了。东方的一带，隐隐地，晨曦在开展着。那鲜红的朝霞，也布满在黑云的后面而寻着出路。晨风也吹来了，鼓动着欲明的天色，震动着飘摇的市招，发出微微的低音的歌唱。天气由晨风而变冷了。同时，许多路上的黑影也各在那里变化，慢慢地露出物象的轮廓来。鸟儿也睡醒了，从树上发出各种的叫鸣。并且，在街道的远处，这头到那头，都可以听到一些沉重的脚步的声音。跟着，那北京城特备的推粪车，也"轧轧轧"地在不平的马路上响着。各种都象征着——等待着黎明的到来。

刘希坚由空阔的大街而转到一条狭小的胡同了。胡同口的煤油灯还吐着残喘的光，灯心在玻璃罩里结着红花。他忽然一抬头，看见那一块"于右任书"的三星公寓的匾额。

他站着打门。重新望着东方的黎明之影，向着广阔的空间，深深地吸了一口气，觉得这清新的空气里有一种使人爽快的甜的流质。接着他又深深地吸了一口。小伙计把门开了。他带着新鲜的愉快而跨进门限去。

走进房间的时候，电灯的光已慢慢地淡薄而且昏暗下去了。可是，跟着，那黎明便从树梢上，屋瓦上，悄悄地，使人感觉着而又没有声音地，跑进了窗子，于是那充满着黑暗的屋角便灰白起来。

他愉快地靠在那张藤椅上，想着他自己的生活是建筑在有代价的生活上面，因为他是负着历史的使命的，而且尽他的能力去加紧这历史的进行。他是要生活在新时代里的，而且他要

作为这新时代的建筑工人的一员。他自己，把所有的一切都交
给他的"信仰"，如同欧洲的圣处女把一切都交给玛利亚一样。
现在，他没有需要，他所需要的只有他的工作的成功。他也没
有别的希望，除了他希望全世界的无产阶级都站起来。

他想着，想了许久，便忽然从兴奋中打起呵欠了。同时，
他的头脑里便闪着同志们的面貌，会议室的严肃，和响着许多
零碎的言语——同志们的声音，主席用沉毅的态度说着：
"……各阶级联盟的民族革命……阶级斗争的尖锐化……"跟
着，在许多零碎的响声之中又响起卖号外的叫喊：

"大屠杀……"

随后，一切声音都变成一种混合的声音了，如同小苍蝇
"嗡嗡"一般地，而且渐渐地远了去，模糊去，静寂了。

十

……机关枪"扑扑扑"地响，帝国主义的武装向群众
屠杀。

……口号：前进，

……群众冲上去。

……空间在叫喊。火在奔流。血在闪耀。群众在苦斗。

……都市暴动着。乡村暴动着。森林和旷野也暴动着。

……地球上的一切都在崩溃。全世界像一只风车似的在急
遽地转变。

……帝国主义跟着世纪末没落下去。

……殖民地站起来了。贫苦的群众从血泊中站起来了。

……举着鲜血一般的红的旗子。

……欢呼：斗争的胜利！

一个新的时代像一轮美丽的夏天的红日，从远远的地平线上露出了辉煌的色彩，迅速地开展了，把锋利的光芒照耀在世界，照耀在殖民地，照耀在斗争的群众，照耀在刘希坚的眼前。

"世界的无产者万岁，"他高声地叫。

周围的群众欢呼着。

欢呼的声音震动着他，如同海洋的波浪震动着一只小船，他的心便在这波浪中热烈地跳荡着。

随后他伸出了他的手，许多人跑上来和他握着，而且，他看见白华也跑来了，他便鼓动全身的气力去和她握手。

"我们是同志！"他欢乐地说。

"我们是同志。"一个回响。

他笑着。于是，眼睛朦胧地张开了，他忽然看见站在他面前的王振伍，自己的手正和他的手互相地紧握着。

"怎么，你看见了什么？"王振伍笑着问。

他的头脑里还盘旋着许多伟大的憧憬，他的脸上还欣然地微笑着。他揩一揩眼睛，从籐椅上站起来了。

"做了很好的梦。"他回答说。

这时，清晨已经来到了。阳光美丽地照在树叶上，闪着许多小小的鳞片。风在轻轻地荡。鸟儿在屋瓦上歌唱。院子里平铺着一片早上的安静。

他把窗纸卷上了；把房门打开；站在门边向着蔚蓝色的天空作了三个深深的呼吸。他觉得每一口吸进去的空气都使他的神经活动而清醒起来。

"你的精神真不错。"他说，一面喝着冷开水，看着王振伍笔直地坐在床沿上，毫无倦意的样子。

"我想我今夜不睡也不要紧，"王振伍回答，"昨夜我太兴奋了，现在还是兴奋着，我没有瞌睡。而且，我们的工作就要开始了。我们都不能睡。我们要看着北京城变动起来，还要把我们自己也参加到这变动里面。我们能够不需要瞌睡就好了，因为这样，可以让我们整天整夜地工作着。"

"好同志！"刘希坚接着说："但是我的身体太不行了，只一夜工夫，便从籐椅上睡起来……"说着便划上洋火，燃了香烟。

王振伍向他笑着。"我是例外的……"他说。

"不。"刘希坚吐了烟丝说："健壮的身体是我们需要的。坏的身体干不出什么工作。我很烦恼我的身体不健壮。"

"还算好——当然不如我的，我是一条牛——有人这样说。"

刘希坚笑起来了。是很满意的笑，他觉得这个同志完全是一个忠实的人。

王振伍还在继续着——"说我像牛，我总不大喜欢……"说着，他自己也有点好笑起来。

刘希坚忽然问：

"现在几点钟了？"因为他自己的表停住了。

"六点四十分。"王振伍看了手表说。

刘希坚从裤袋里拖出一只钢表来，一面开着机器一面说：

"好的。我们开始工作吧。沉寂的北京城马上就动起来，叫起来，骚乱起来了。"

王振伍接着说："是的，北京城就要像一只野兽了。"他兴奋地挥动着他的手腕——"我是常常都等着这样的一天的。现在给我等到了。我们开始工作——新的工作。我们的工作像堆栈里的货物，堆着堆着，等得我们去搬运，我们就开始吧。"

可是刘希坚问他："你来这里有什么事？"

他忽然笑起来，说是没有什么事，只因为他一个人躲在房子里等着天明，觉得很苦闷，便满街满胡同地走，最后走到这里来。

"现在我走了，"他说，"我的工作不能使我再等待了。我现在要真的变成一架印字机，"他有点玩笑地——"我要从我的身上弄出许多传单来，几千几万张的传单……"

"再见！"他笑着告别。

"再见。"刘希坚向他点着头回答说。

于是，他的宽大的身体便挤出房门，穿过院子……

刘希坚又燃上香烟，吸着，很用力地吸，一面沉思着。他立刻追想了他刚才所做的梦，梦太好了，仿佛是许多希望把它织成的。"这是新时代的象征……"他微笑地在心里说着。尤其是白华——他想——她也转变了，她丢开了那些无聊的思想和人们，而和他走上一个道路——一个正确光明的道路……想到这里，一种灿烂的光辉便从他的微笑中浮起来了。

他愉快地把眼睛望到窗外：那天野仿佛是一片蔚蓝的海，澄清而含着笑意，一群鸟儿正在那里飞翔着，歌唱着。阳光使地上的一切都穿上美丽的披肩……

"天气太好了。"他想。然而立刻有一种尖锐的思想穿进了他的脑筋——"在碧色的天空之下正流着鲜红的血……"他的心便紧了一下。接着他把眉毛皱起来了。他恼怒地转过身，第一眼便接触了那张平展在桌上的号外——那平常的字所联拢来的可骇的事实。他的愤怒便一直从他的灵魂中叫喊起来。他向着那号外上的"帝国主义"恨恨地给了一个侮蔑的眼光。随后把这号外丢开了。

桌子上，现着纷乱地叠在一块的原稿纸，几本马克思主义与列宁主义的日文书籍，一些讲义，一个墨水瓶——这个瓶子开着口，如同一个饥饿的小孩子张着小嘴一样，等待着进口的东西。

于是他立刻拿了笔，把笔头深入到墨水中间，他开始工作了。

他要起草三种宣言。

他写着第一种："为五卅惨案向世界无产阶级宣言！"

十一

院子里慢慢地骚乱起来了。

许多学生，都拿着报纸，从这个房间到那个房间，狂瞀地跑着，传达着专电上的消息。虽然他们所知道的都是一样的事，"帝国主义在上海大屠杀！"可是他们仿佛彼此都不知道，便互相报告着。谁的脸部都是很紧张的。谁的声音都是愤怒和激昂的。谁的精神都深深地刻着屠杀的血迹。谁的情感都在高涨和扩大。谁的行动都越过了平常的形式。大家——在这个院子里——没有一个人不仿佛得了神经病似的疯狂起来。并且没有间断地从各人的激昂的声音中响出激烈的言谕：

——中国人也是人！

——宣战就宣战！

——我们人多。我们以五十个拼他一个都拼得赢！

——狗！帝国主义！

——什么文明的国家——野兽！

——我们把全国的钱都集中起来，还打不过英国和日本么？

——我们自动地当兵去！

——我们宁肯死，不能做亡国奴！

——……

宽大的院子，被这样狂热的，从愤怒的火焰中吐出来的人声，喧嚷着，而且完全扰乱了，如同这院子里所流动的不是空气，只是人们的疯狂的呼吁。并且这人声还一直地增高去，扩大去，变成了一片波浪。

这一群聚集在院子里的学生，大家现着一个紧张的脸，仿佛是一队待发的出征的战士，彼此兴奋地显露着"宁死不辱"的气概，被单纯的"爱国"的热情激动着。

伙计，小伙计，掌柜，厨子，也慢慢地参加到这人群里面来了。随后那女掌柜也换了一件干净的蓝布衫，蹬着尖头的小脚，向着这院子走来。

女掌柜被学生称为"掌柜的秘书"，因为掌柜是一个胖胖的京兆人，十足的带着京兆人的敦厚和一种特别的嗜好，差不多整天的时间都玩在两只小小的鸟儿上面，所以公寓里的各种施设，尤其是向学生们要钱，都是女掌柜的费心。她虽然不识字，可是会写：

"十三号入四元"这一类的数目。

她平常不大走出那一间"闺房"——学生们为她起名的那间不很透亮的房子，因为她已经有一个九岁的小姑娘，她害怕她出乱子，便自己来作一个模范，为的她看见那几个唱着"桩桩件件"的学生常常把前门外的"花姑娘"弄到房子里来。

"不好生念书……"她常常看不过眼地向掌柜说。

可是今天，她变成很坦然地和年轻的学生们挤在一块了。她听着大家说，虽然没有完全懂，却知道是一件并不小可的事情，便七分感动三分好奇地听着。

"什么叫作帝国主义？"她放大了胆子问。

一个学生便向她解释说：

"靠自己的武力来压迫别的国家，这就是帝国主义。"

她转着眼球想着。

另一个学生又向她说：

"割据别人的土地，掠夺别人的财产，把别人的人民当作奴隶看待的，就是帝国主义。"

她一半明白地点着头。

"八国联军打我们的，那些都是帝国主义。"伙计在旁边插嘴地自语着。

"你知道！"女掌柜横了他一眼——"先生们在这儿，你知道些什么？"伙计便默着。她接着问：

"这年头有多少帝国主义？"

有两个学生向她笑着。她不好意思起来——"咱没有进过学堂。"她小声地说。

"可多呢，"先前那个学生又回答她，"现在世界上的帝国主义可不少，最大的是英国，日本，美国……"

她觉得什么都懂了。

"在上海杀我们弟兄的就是英国帝国主义……"她记账式地说着。

"对了。"

于是她觉得她今天见了一个很大的世面。她懂得了许多。"这年头的新事情可懂不完……"她想，于是一种深刻的回忆从她的心里浮出来，她认为这回忆之中的事，是这些"年轻的先生们"所不曾看见的。她记得那一年是庚子年。

"义和团是不怕洋鬼子的。"她记忆着，突然说。

学生们的谈话便停止了。大家的眼睛都看着她，她暗暗地猜度那些眼睛看她的意思，一面壮着胆子，终于把她的故事——在她的生活中算是唯一值得公开的故事，说出来了。

"可惨呢，"她结论地说："八国联军打进北京城，把什么全毁了，把小孩子的肚皮都拉开呢，大人可别提……"接着她慢慢地红起脸来说："洋鬼子实在野蛮呢，一见女人就——"

学生们便响起了一些笑声。

"别乐!"她严肃地说:"那是悲惨的事情呵。"

小伙计忽然快乐地叫着:

"宰洋鬼子去!"

"你懂得什么!"她说,一面轻轻地在小伙计的头上掠了一个巴掌。

小伙计跑开了。他在院子的周围走着。他发觉所有的房间里都没有人,只有"刘先生"还躲在房间里。他带着许多消息地走了进去。

"刘先生,你怎么不出去?"小伙计惊讶地问。

刘希坚正放下那枝钢笔,将腰间靠在籐椅上,稍稍地向后仰着,眼睛不动地看着宣言的草稿。

"有什么事?"他偏过脸,看着小伙计。

"院子里满热闹呢,"他报告地说,"全体的先生们都在那里。"接着便放大了声音说:"八国联军的洋鬼子又要打进来了……"

刘希坚笑起来。他觉得小伙计也变成很兴奋而且很可爱了。在那个永远洗不干净的满着油污的脸上,现着特别的表情——仿佛这小孩子的心正在跳动,血正在奔流……

"你听谁说的?"

"先生们说的。"小伙计糊涂地回答。接着他把所听闻的种种都报告出来了。"你出去不出去?"他热诚地问。

"马上出去。"听了这回答,小伙计便感着满足地走了。

刘希坚又继续看他的宣言。一面,他推想着外面的骚乱。

他觉得他们所预料的一切，都要一一地实现了。民族要立刻走
到紧张中去——走向革命的路上去，那些从枪弹的眼中流出来
的血，要立刻染上每一个人的灵魂了。那帝国主义残杀的枪
声，说不定就成为向帝国主义进攻的信号……他想着，许多思
想便联贯地集中起来，仿佛许多战士的集中一样，使他从重复
的疲倦中，又重复地兴奋了。

"我们是一个落后的民族，"他想，"可是现在，前进!"在
他的眼前便浮着昨夜的那个斗争的梦境。

随后他把三种宣言的草稿叠在一起，放到胸前的衣袋中
去，从藤椅上站起来，觉得他的疲倦还在他的兴奋中伸展着，
便张开手臂，做了一回自由的运动。

他打开房门，看见许多人还站在那里，纷纷乱乱地响着声
音，如同在这公寓里出了一桩严重"命案"的样子。

于是他撑一撑身子，想着"马上就要开会了"，便燃上香
烟吸着，走出房门。

当他通过院子里的人群之时，他听见女掌柜正在大声
地说：

"只怪中国人不争气，一见洋鬼子就害怕……"

刘希坚愉快地向这院子里投了一个审察的眼光，想着：
"危险，这些人很容易误走到国家主义的路。"便大踏步地走
去，在疲倦中兴奋着，吐着烟丝。

十二

带着极度的兴奋，同时又带着极度的疲倦，刘希坚从严肃的会议室里走出那红色的大门，微笑地和几个同志握着手，分开了。

在他的头脑里，有一扇锋利的风车，在那里急遽地旋转，各种思想，仿佛是各种飞虫，钉在神经上，而且纷乱地聚集着。差不多在一秒钟里面，他同时想着数十种事情。他觉得，他的脑袋已经渐渐地沉重了。

可是他总不能够把各种思想吹烟丝一样地把它们吹出去，尤其是刚才的会议——那声音，那面貌，那景象，那一切决议案，更紧紧的，深刻在他的心上，盘旋在他的脑里，如同蜜和蜜混合似的不易分离。并且这些东西都吐着火焰，把他的精神燃烧着。

他觉得他是需要睡眠的。他还需要吃。因为这时候已经下午两点钟了，自昨夜到现在，他完全在重复的疲倦和兴奋中，继续着活动，而且完全靠着香烟来维持。现在，疲倦已经在他的全身上爬着，并且在扩大，在寻机向他袭击。然而他现在还不能就去休息。他觉得他还应该看看市面的现象。看看沉寂的北京城被推动的情形。看看那些可怜的，长久驯服在统治者脚下的民众的举动。尤其是，他觉得他还必须去看看白华。

所以他重新振作了他的精神，重新运动了他的身体，向着远处的青天很沉重地吸了几口气。虽然下午的空气是带点干燥的意味，但是吸进去，似乎也使他的神志清爽了好些。他揩一揩那过度费神而现着疲乏的眼睛，一面走着一面观察着周围。

阳光底下的一切都在骚动。市声在烦杂地响。车马在奔驰。行人在忙走。喊着"《京报》！《晨报》！上海大惨案！"的卖报者的声音，尖锐地在空间流动。同时，有许多小孩子在忙乱地跑着，叫喊着"上海大罢市"的号外，使一切行人都注意着而且停住脚步了。

马路的这头到那头，陆续地现着小小的人堆。三个或者四个一群地，站在那里读着号外和日报，大家现着恐怖和激动的脸色。有许多人，还凭空地嘘出了沉闷的叹声。又有许多人在那里愤慨地自语。还有许多人在互相说着激动的议论。一切，现出了北京城的空气的紧张。

刘希坚一路怀着快感地想：

"革命的火线已经燃上了……"

最后他走到大同公寓，那院子里也喧喧嚷嚷活动着一个人堆。他听见一句"我们应该罢课"，便叩了白华的房门。

"谁？"一个不耐烦的声音。

刘希坚推着房门进去了。他看见白华一个人冷清清地坐在桌子前，沉默着，而且现着一脸怒容。

"我恐怕你不在家呢。"他笑着说。

"我能够到哪里去呢？"她锐声地说，显然她受了刺激而烦恼着。

"发生了什么事，你？"刘希坚走到她面前。

她突然握住他的手。

"唉，"她激动地——"我真难过……"随着在她的那两只圆圆的大眼睛上，蒙蒙地漾着泪光。

"什么事?"他猜想不出缘故地问:"可不可对我说?"

白华便告诉他——她的声音充满着愤怒而且发颤。她说她昨夜和他分别之后，她就到枣林街去——她的一个同志的家里。在她走去的时候，她想可以碰到很多人，或者在进行一个特别会议，讨论着"五卅"的惨案，通过种种严重的有意义的提议，今天就要进行这许多新的工作。可是，那里面连一个人影也没有。连那个同志也不知上哪里去了，只有一个看门的老头子。她随后又去找他们。她向他们说，并且把号外给他们看，可是他们没有意见。"我们应该马上召集一个会议!"她这样热诚地向每一个同志说，人家只给她"这时候不行"和"天明之后再说吧"的回答。尤其是那位"自由人无我"，还躲在乌托邦的幽梦中而疑惑这大屠杀的事实，闭着一半惺忪的睡眼看着她的脸上说:"也许是空气吧。说不定就是共产党放的。现在他们出政策就是造成恐怖。"接着便发表他的梦呓，说什么"只要人类在安那其的新村里住上三个月，世界上便不会有流血的事发生"，以及夹三夹四地把辩证法下了许多批判。就这样，白华从她的同志中，得了失望和愤怒回来了。她骂那些同志是凉血动物，利己主义，虚伪的安那其斯特……

"真把我气死了，"最后她气愤地对刘希坚说，"那些人，完全不配讲主义!"

刘希坚在她叙述的时候，就已经很鄙视地暗暗在发笑了，这时忍不住地把笑意浮到脸上来。

白华张大眼睛直视着他，感觉到他笑的意味。

"你在嘲笑么？"她急烈地问。

刘希坚觉得她太激动了，她所受的刺激已经很多了，便不肯再将尖利的言论去刺痛她。于是他向她微笑着——一种完全含着温柔的善意的微笑。

白华也将敌意的眼光从他的脸上移开去，默了一会，沉着声音说：

"本来我不必将这些事情告诉你。但是，我为什么又说出来呢？"她低低地叹了一口气。

"我对你个人是同情的。"他完全尊重地说。握着她的手。

"白华，"他继续说，声音温和而且恳切地——"你自然不会误解我，说不定你了解我比我了解我自己的更多。我想我们之间不必再用什么解释的。不过，现在，在这个时候，我要求你原谅我：白华，你了解我吧！"他用眼光等待着她的回答。

她轻轻地望了他一下。

"怎么，希坚，"她向他亲切地问，"你以为我还没有完全了解你么，你有什么怀疑呢？"

他微微地沉思着——他认为在她从她的同志中得到失望和愤怒的时候，是一个急切的适当的向她进攻的机会。他觉得利用这个机会，向她解释，打破她的美丽的乌托邦的迷梦，一定有胜利的可能。想着便向她开始——

"不是那个意思。"他仍然握着她的手。"我要你了解的只是我现在要说的话。"他停顿一下，便接着沉静地说："在客观上，我们都应该承认，世界资本主义只是暂时的稳定，不久就会显露着不可避免的危机，同时帝国主义必走到崩溃的路上，从这两点，毫无疑义的，社会主义的革命就要爆发到全世界。在我们中国，虽然有许多特殊条件的限制——比如帝国主义极端的压迫和阻止我们革命的进行，但是，我们的革命终要起来的。当然，这种革命并不是安那其……"

"你以为无政府主义没有社会基础么？"她反驳地问。

"这是一种空想，一条走不通的路，甚至是有害的。"他末了说。

"为什么呢？"她急声地问。

他便向她作了许多解释。"中国的这些同志们，就更缺乏理论，其实都是个人主义者，没有集体的意见，只有各人自己的自由，甚至于会议上的决议案也都是自由的执行，结果是各自单独的行动，什么都弄不成。"

"这不是事实么？"他接着向她问，而且看着她的眼睛。

她的脸烧热地，默着，不即回答。

"譬如对于五卅的事件，"他接着说，"据你所说的，他们也还没有任何表示，只是冷眼旁观，无动于中。"

"这只能说有些人是有缺点的。"她突然地说。

"也许是这样。不过这决不是少数人的问题。"

"不过，"她回答，"这缺点是能够改变的。我要使他们改变过来……"

"我认为改变不了。"他短削地说。

"你太鄙视了。"她傲然地望着他。

他不分辩，只说："事实上，如果你限制了他们的自由，他们立刻就会把你当作叛徒，没有一个人再把你看作同志……"接着他还要说下去，可是他一眼看见她的脸变得很激动地，便不想再去刺激她，立刻把这一篇争论作了结束了。

"看你的努力。"他笑着向她说。

她不说话，可是慢慢地平静下去了。

"我不否认你说的，"她最后客观地说，"那些都是事实。"

他对她微笑着。

接着他连打起两个呵欠了，便重新把香烟燃上，沉重地吸了好几口，撑持着他的已经过分疲倦而需要休息的身体。

她望他一下，忽然发现他的眼睛是红的，一种失了睡眠的红。

"你昨夜没有睡么？"她惊疑地问。

"没有。"接着他又打了一个呵欠。

"为什么？"这声音刚刚说出口，她就想到——他一定和他的同志们忙了一夜……便立刻改口地说："就在这里睡，好不好？"

"不……我回去睡。"

她不固执地挽留他。于是他走了。当他们握手分别的时候，刘希坚望着她的脸而心里想着——"自自然然，事实会给你一个教训的……"可是他走出大门外，对于白华的种种情绪便冷淡下去了，因为他的头脑中又强烈地活动着他的新工作——他一路筹划着《五卅特刊》。

"英帝国主义的枪弹与中国人的血。"他想了这一个带着刺激性的题目。

十三

　　看着刘希坚走去之后，白华便寂寞地走回她的房里，坐在桌前，沉默地，一只手托住脸颊，望着窗外的晴空：夏天的晚照，像美丽的长虹似的散着美丽的光彩……

　　她是很悒郁而且很烦恼的。许多不适意的事情都浮到她的脑子里来。第一使她感到不快活的就是她的同志——那些完全忽视"上海大屠杀"的所谓革命的无政府党人。那些人，在口头上都是热烈的社会改造者，在笔下尤其是解放民族的前锋，可是一碰到实际便赤裸裸的——暴露着一切都是冷的，死的。如果不是她昨夜看出那些同志们的真相，她一定还相信她和他们是同样的负着历史的新使命。现在，他们在她的面前已经取消了一切信仰了。她深切地感到自己的孤单。自然，一个人，只孤单的一个人而没有第二个同志，这力量怎么能够使社会改变呢？她因此不得不需要那些人，虽然那些人是使她十分失望的。也就是因为这样，她感到痛苦了。

　　"不配讲主义……"她又愤怒地想着。

　　可是一种可怕的思想突然跑到她的脑里，使她反省地——含着怀疑成分地，来看她平日所信仰的主义，为什么相信那个主义的都变成这样了呢？但立刻她又自责了："哼，你这个不忠实者！"于是她仍然那样简单地相信着，这样她觉得增加了她一直向前的勇气。她认为她应该去纠正那些同志们的谬误……然而她想到刘希坚留在她心里的那讥刺了——"无政府党人讲的是自由……"她便为难地想着，她如果去指谪那些人的利己主义是不会有人接受的，他们的确都十分地看重那个人主义的自由，有时甚至以此为骄傲。

于是，她觉得她的前途有一层薄薄的雾。

"纵然，"她随后想，"他们不把我……那也不要紧。总之，这一点谬误，我是要向他们说的。"她刚强地决定了，便觉得有立刻到枣林街去的必要，如果他们还不在那里，她就单独地去找他们。

这时她的思想才渐渐地平静。她的悒郁的精神也舒展了。烦恼像一个幻梦似的消灭去。

她离开桌子了，站在一面蛋形的镜子前，理着她的头发，她觉得她的眼皮是疲乏的，她的脸上有着倦意，愤怒，烦恼和苦闷的痕迹。她拿下一条洋毛手巾，擦着她的脸……忽然有两个人影子现到她的身边来，她急忙地放下手巾，看见珊君和她的爱人。

"你这个鬼，怎么一声也不响。"她笑着说。一面向站在珊君身边的杨仲平点着头。

珊君仍然像一朵使人爱好的玫瑰花，在她的身上显露着江浙女人的风韵。她用北京话回答说：

"你也一声不响，我以为你睡着了。"

"瞎说。"白华望着她，一面把手巾挂上了。"现在是下午了呀！"

珊君笑一笑。

"你现在预备出去是不是？"她问。

"等一等不要紧。"白华说。

接着他们便告诉她，尤其是珊君说她昨夜一夜没有睡，躺在床上睡不着，恐怖和愤怒地看着东方吐出了白色的影，至于出来了一个灿烂的太阳。那失眠的原因，就是她看见了号外，看见了上海的大屠杀，看见了英国人的无人道的野蛮，看见了民众的血和尸首……

"真惨呵！"她颤声地叫了一句。接着她又说，她生平感到第一的可气和可怕的就是那号外的消息。说不定那被杀的学生之中有的是她的同学，她的同乡，她的亲戚，甚至于说不定有她的弟弟。"总之，"她兴奋地——"就是不认识的，也一样，不能不使人发疯的。"显然像一朵玫瑰花的她，变成红色的萱花似的吐着赤热的气焰。

"你们预备怎么样呢？"她末了向白华问："你应该为那些死者找出代价来，你是革命家！"她热烈地接着说："我们实在要革命才行……"

这最后的一句话使对面的人吃了一惊。白华不自觉地把眼睛张得圆圆地，定定地看住这位忽然说出"要革命"的女友。她觉得珊君是一个豪绅的小姐，以读书为消遣的大学生，讴歌恋爱的诗人，从来只梦想着爱情的美丽和结婚的幸福的，也就是从来不谈政治和社会各种问题的一个不知道忧愁和贫苦的人，忽然像从沙漠上现出一朵花似的，从她的口上响出了"我们实在要革命才行"的浪声——这在她是空前的，值得惊讶的名词。白华一直对她惊讶地望了许久。

"这样望我做什么？"珊君向她问。

"奇怪……"她心里想，一面笑起来了，十分好意地向她笑着。

珊君还在疑惑："做什么？"

"你怎么也觉得应该要革命才行呢？"白华直率地问。

"怎么不应该觉得呢？"珊君用愤慨的声调回答："除非是傻子，是凉血动物，才觉得我们的同胞可以让别人屠杀！"说了，在她健康的脸颊上，又浮上一种红晕。

白华看着她，忽然跳起来，异样欢乐地去握这女友的手，一面握着一面说：

"好极了，珊君！现在正是我们努力于革命的时候。也就是我们把一切都献给革命的时候。这时候除了革命，我们没有别的。"

珊君也热情的，插口说：

"不错，"她同情地——"我们是要起来革命的——当然，你是已经从事革命了。"

白华便有点被意外的欢喜迷醉着，张开手臂，将珊君紧紧地拥抱了。

"那么，珊君，我欢迎你！我一定要为你介绍。"于是把怀抱中的珊君松开去，她看见她的脸色绯红。

"介绍什么？"

"介绍你加入革命团体呀！"白华坚决地，她的声音包含着许多煽动的成分。

珊君不回答，只迟疑地把眼光向右偏去落在杨仲平身上。他正在听着她们谈话，一面又在看着一张《京报》。

白华便笑着高声说：

"密史特杨，珊君在问你呀！"

珊君立刻把眼光收回去。

杨仲平放下报纸，说："我没有意见。"并且说他不愿干涉珊君的行动。

白华便进一步地说：

"密史特杨，你不反对珊君加入安那其么？"

"当然不反对。"

"你自己呢？"白华更进一步地问。

"我么——"他找出一个理由来回答，"我对于什么主义全不了解。"

"问题只在你要不要了解。"白华逼迫地说。

"当然要了解。"

"那么，我这里有许多重要的书籍，你可以拿去看。我相信你不要看好多。你就会明白的。"接着她又照例地说了许多新村计划，如同一个保险公司的广告员向人家兜揽生意似的，完全把乌托邦的幻想再加上一层美丽形容词的装饰。

"好的，"他回答，"我看了再告诉你，说不定我就要加入——"这是最后的一句，他实在有点违心地，因为他从来没有想过这些名词，甚至于连现在——在白华热烈地向他宣传的现在，他也没有这样想。

可是白华却以为有几分说动了他，便欢喜地和他握一下手，一面说：

"你以前都没有看过？"

"一本也没有。"他回答。但他立刻想起他曾经看过一本《面包掠取》，不过他只看了十几页便厌烦地丢开了，因为他觉得远不如看王尔德的小说有趣。

于是白华转过脸去问珊君：

"你先加入好不好？"

显然，珊君要和她的爱人取一致的行动，所以她回答说：

"我也等一等——等看了那些书之后……"

这回答出乎白华的意外：她没有想到珊君竟也给她这么一种滑头的拒绝。因此她有点生气，同时又有着比生气更大的失望包围了她，使她一声也不作地默着，坐到床沿上，心里想"不是战士，这般文学家……"接着她听见一种清脆的声音从珊君的嘴唇上响过来。

"现在，自从上海的惨案传到北京来，我和仲平的思想都有点变动，就是他和我都觉得应该行动才行。"

白华不作声，只听着。

珊君又要继续地说，可是杨仲平把她的话打断了。他自白似的说：

"我现在是相信艺术改造社会……"这是他的一句真话。因为在那两天以前，他所崇拜的还是拜伦，王尔德……追随这些老前辈而努力于创造一座美丽的"象牙之塔"的，并且要把他自己深深地关进去，在那里面大量地产生他的小说，诗，戏剧。可是这两天以来，他自己也不很理解地，觉得他需要写一篇带着反抗性的作品了。虽然他没有分析这观念的变迁是什么缘故，甚至于他也没有想到他的艺术观是从"为艺术的艺术"

而也有点倾向于"功利主义"，但是他已经觉得——他需要写一些和社会有关系的东西，尤其是他要为五卅的惨案而预备出一种周刊，并且把刊物的名字还叫做《血花》。

他和珊君来到这里，就是为这个《血花周刊》的缘故，因为珊君知道白华会写一些有社会性的小说。杨仲平终于把这目的说出来了。

"你当然加入。"他最后说。

珊君也接着向她劝诱："白华，你是能够写文章的，尤其是这一类的文章，所以你非加入不可！"

白华对于这事情很冷淡。她还没有染得文学家对于出版刊物的嗜好——也许竟是一种特殊的欲望，如同许多商人想开分店一样。

"不，"所以她回答，"我不加入。"

"为什么？"杨仲平笑着问她。

"恐怕我没有工夫。"

"你很忙么？"珊君问。

"说不定很忙。"白华一瞬也没有忘记，她想，她也许还有更重要的工作。

"那么你什么时候有工夫，你就什么时候写一点。"杨仲平让步地说。

珊君又要求她答应。她终于同答：

"不过你们可不要靠我写多少。"

杨仲平便欣然地告诉她，说《血花》可以在一个日报的副刊上出版，并且下星期二就出创刊号。于是，五分钟之后，这两个人便挟了一包书籍，和白华握一握手，走了。

白华看着那背影，心里便热烈地想起她的同志——她要到机关里去找他们。

她立刻锁了房门，走了。天色已经薄暮，四处密密地卷来灰色的云，乌黑的老鸦之群在这沉沉的天野里飞着，噪着。马神庙的街上现着急步的走去吃饭的学生。路灯像鬼火似的从远远地，一盏两盏地亮了起来。空气里常常震荡着《北京晚报》和《京报号外》——"第三次号外"的声音。

她一路快步地走，一路热情地想着——

"如果……他们还不在……我就要每一个人给他一个攻击！"

十四

天色，在白华的周围慢慢地黑起来了。路旁的树影成为夜色里的浓荫。当她走到枣林街时候，她看见那颗北斗星在繁星之中灿烂着。

她走到那家门口，她的热烈的希望在她的心里升腾着。她好像决定一种命运似的担心地伸手去叩那黑色的大门——叩响了铜的门环。

门开了，仍然是那个老头子站在半开的门边，而且照常地露出殷勤的笑，这笑容所代表的是感激她每月给他两吊钱，他把这一点钱就拿给他的一个赶驴车的儿子，加强了他们父子的亲爱。

"小姐！"他这时又照常地向她低声地叫了一声。

白华又改正他："告诉你叫我白先生，你又忘了。"一面说着一面走了进去。

在她的背后便响着："是的，白先生，先生们都在那里。"

白华已经看见了，那会议室里的灯光。从窗格上透出来的亮，证明那里面并不像寂寞的坟墓，是那个聚集不少人的会议室。

她欢乐地急走了好几步，便一脚跨上两级石阶，推开那扇会议室的门。在灯光底下的人群便立刻起了骚乱，大家跳起来和她握手。她就十分快活地和每一个人——差不多是每一个人，握了一下。

有一个人声在她肩后响着：

"我猜的没有错，你一定会来！"

她偏过脸去看，向她说话的是陈昆藩——他给她第一个印象又是那一对四十五度角的斜眼睛。但她记不清和他是不是已经握过手，便向他微微地点了一下头。接着她又转过身去。听着一片高音的声浪：

"开会！开会！"

同时从别方面又响起近乎粗暴的叫喊：

"等一等！"

"马上开……"，

"还有同志——"

终于，那站着的，稍稍平静的人群便骚乱了，大家没有秩序地向一张长桌走去。

"慢慢的！慢慢的！"

五分钟之久才平静了。可是坐在桌子旁边的人数不过二十人，而刚才，就像是几百人向银行挤兑的样子。

白华在心里想着："奇怪，这些人又不是小孩子，大家都装作小孩子一般的胡闹……"于是她转动着眼珠去观察这围拢在桌边的人，她发现有一种骄傲的神情，在每个人的脸上充分地表现着，仿佛所有的人都是不凡的人物……

这时有一个人站起来报告说：

"这一次是特别会议，是特别为援助五卅惨案的。"

报告的声音还没有停止，忽然门响了，进来了一个人，大家的脸都歪着看过去，而且好几个人不守秩序地站起来发了疯癫一样地跑过去握手。

"我们刚刚开会。我们刚刚开会。"

另一种声音："坐下！坐下！"

同时："大家都在等你……"接着是带点感叹的声音："唉！没有你真不行！"

进来的人是"自由人无我"，他仿佛又设计了一张"新村图案"，满脸都是笑容，一面和人握手，一面说着他自己来晚了的缘故，这缘故还不止一端，说着又说着。于是时间很快地过去了。主席也没有法子地在等待着，等待着。

白华的眼睛是狠狠地盯住那些人。她有一团气愤在心头沸腾着。忍不住吐出一种强烈的声音：

"喂，同志，还开会不开会？"

大家都给她一个惊讶的眼色。

"当然要开会……"不知道是谁这样低声地说。

会议才重新开始。主席又在报告——最后提高了嗓子，把一张号外念了一遍。

大家没有话，然而不是一种深思的沉默，而是像许多小舟被狂风卷到大海里，茫然不知所措的形态。

白华把眼睛环视了一下，觉得这会议室的空气沉闷极了，尤其是看见许多同志的脸色，突然从心坎里生了恶化的感情。

她有点烦躁地说：

"主席！你应该提出讨论纲要呀！"

于是整整地过了半点钟，在唧唧的私语的人声里，弄出这样的几个纲要：

1. 为什么发生五卅惨案呢？

2. 五卅惨案和革命有怎样的关系？

3. 我们对于这惨案应该抱怎样的态度？

4. 我们用什么方法来援助被难的同胞？

可是，这空间，仍然是许多眼睛的转动，没有声音。

主席便发言：

"请郑得雍同志发表意见。"

在桌的那边，一个矮矮的穿西装的少年站起来了，是一个爱好修饰的漂亮南洋人。同时，他常常是一个十分被人欢迎的同志，因为他的行为常常做出很使人惊诧的浪漫的事情。并且他家里很有钱，他的父亲是新加坡的一个小资本家，他全然为了他的思想而不承认是他父亲的儿子，却常常向他父亲要来许多钱，毫不悭吝着都花在他自己和同志们的身上——他常常邀许多同志跑到五芳斋楼上，吃喝得又饱又醉；有时到真光电影院买了好几本票子，每个同志都分配了一张。这种种，都充分地表现了他的特色，同时，就成为许多同志都喜欢和他亲近的原因。因此他得了同志们的敬重和美誉。

这时许多同志都给他一阵响亮的掌声。

他笑着发表意见：

"关于'为什么发生五卅惨案呢'这一点，我认为最大的原因，就是人类彼此之间缺乏了解和信仰的缘故。假使全世界的人们都有了思想教育，那么，无论哪一种族的人，也能互相亲爱，像兄弟姊妹一样。那时在世界上就没有战争，没有伤害，没有罪恶，只有和平，亲爱，大同，至少是没有什么惨案发生的。"他吞了一口气又接下去说，同时有许多同志向他很钦仰地点头。"因此，非常显明的，我们还需要进行宣传，把我们的思想，安那其主义扩大深入到全世界；所以，我们对于五卅惨案应该有同情心，来同情被难的同胞。"说完便慢慢地坐下去，从西装小口袋里抖出一块浅红色的丝手帕，揩着嘴唇。

立刻有一个北方的高大的汉子，站起来粗声地说：

"我完全同意郑得雍同志的意见……"又立刻坐下来。

白华皱着眉头看着他，认识他是一个很莫名其妙的同志。虽然这个人很热诚，常常自动地捐许多款项，可是这仍然不能够修改他那不正当的行为——据说他正在做着秘密的冒险的买卖。有人说他从前因为杀了一个不肯服从他的女人才投到杨森的军队里面，后来做了团长，又为了不很光明的事件而离开了军官的地位。六个月以前，他被介绍进来，只把"他对于无政府主义非常热诚"作为条件，承认他是一个党人。但是，无论如何，白华对于这个人是很怀疑的，因此她对于这位同志，常常都从心里发生一种很坏的感想。尤其是当他每次只会赞同别人的意见，不管那意见是否正确的时候，更觉得有一种轻视的意识，如同她自己都被人侮蔑了一样。

于是又有一个人站起来发言。白华只看了一眼，便很苦闷地低着头，感到一种沉重的窒塞，比空气的沉重还要厉害，她心里叫着："唉，又是这样的一个！"因为站起来发言的这位同志，他的思想，见解，行为的分量，和那位同志恰恰成了一个平衡。他不但是一个会耍刀枪的武士，会打许多拳法的拳师，而且有许多奇怪的社会关系。他常常向同志们说："如果在上海，我可以召集三四百弟兄来帮忙。"他这时发表了许多奇奇怪怪的言论。

跟着，一个又一个，差不多是同样地，没有什么对于"五卅"事件的深切见解，只是空空洞洞地把曾经说惯了的，那一串老调子——用我们革命的火呀！冲出黑暗的牢笼呀！……

后来，"自由人无我"站起来了。这是一个十分受人敬重的同志。他一站起来，许多同志都现出一个笑脸，还尽量地给他一阵欢迎的掌声。同时，许多眼光都集中在他的消瘦的脸上，注意而留心地，听着他的言论。

然而他是离不开新村的。就是在这个特别为"五卅惨案"而召集的会议里，仍然免不了这一套滥调，似乎大家也都忘记了这一个会议的特殊意义。

这情形，完全使白华烦躁起来了。她在心里乱骂着——怎么尽是些"三教九流"！曾经有过的一些热情而纯洁的人们到哪里去了呢？最后她忍耐不住地，便一下跳起来，锐声地，几乎是叫着：

"到底我们对于五卅惨案怎么样呢？我们今天讨论的是这件事情呀！"

大家才恍然意识到，刚才的许多言论都滑到很远去了。于是有几个人——比较有点清楚脑筋的，才重新把论点集中到五卅惨案的事件上，才把这一个自由的，同时是混沌的会议改变了一个新的形式。

白华也发表了许多意见。

末了，在许多打着呵欠中间，这个会议便告了结束，总算是一个比较有好结果的结束，决定了这么两个重要的决议案：

　　　——发表宣言

　　　——募捐

然而这决议案的执行，却没有具体规定，而坐在会议桌周围的人们已经在散开，仿佛是会议开到这里，已经是什么事都没有了。这结果，又使热心于惨案事件的白华，生起很大的气，可是她也不能责备任何人，这种情况是向来如此的。她只好忍耐了，同时也只得把起草宣言的责任负到她自己身上来——觉得明天在北京城就有自己的"五卅"宣言出现，心里便潜然地浮荡着一片欢喜。

在她走出这房子的时候，夜已经很深了，空阔的街道上，充满了神秘的黑暗，凄清的虫鸣散在黑暗里，使胆小的夜行者感到寂寞的威吓。

白华一面担心地走，一面想着她应该怎样起草宣言，另一面她起着感情的冲动，她要把这消息去向刘希坚说，表示他们也已经决议对于五卅惨案的援助。

她走出枣林街，看见有一辆洋车停在那里，便大声地说：

"皮库胡同，去不去？"

在车上，夜风飘动她的头发，揉起了深伏在她心中的一切的美感。

十五

那盏圆形的电灯还照耀着三星公寓的招牌。两扇大门虚掩着。一个大学生正从里面送朋友出来。白华就在别人说着"明天见"的声音中走进公寓了。

她一眼看见，刘希坚的房间是黑的，而且安静，仿佛那电灯已经熄灭了很久的样子。她疑心着——是没有回来呢还是已经睡着了呢——便走近房门去，房门上没有锁。并且从那里面传出一种微微的呼吸的声音。这使她踌躇了，因为她不想去惊动他的瞌睡，她知道他是很疲倦的。可是有一种感情，使她没有自制力的，轻轻地把房门推开了，走进去，同时对于刘希坚为工作而劳苦到极度的疲倦的熟睡，油然生了同情心。

于是她在黑暗里坐了二三分钟，她从隔壁灯光的反照，模糊地看见刘希坚熟睡的样子，她看见他的眉头紧皱着，仿佛他的心里是深锁着什么苦闷。这脸色是她和他认识以来的第一次发现，使她惘然地落到沉思里，不自觉地给他一半敬爱和一半怜爱的凝视，有一种不能立即离开这里的情感。

但是，最后她决定离开了。她自己也应该回去休息了。她想留一个字条子给他，使他知道她在夜里曾来过一趟，尤其是要使他知道他们对于五卅惨案也已经有了表示。

她写了。她站起来了。可是她的手无意中把桌上的一件东西碰到地上去，发生了磁器粉碎的响声。

"谁?"她听见刘希坚惊醒地问。

她只好回答——低声地：

"我……"

刘希坚惊觉地翻身起来了，他并且立刻开亮了电灯。

"哦……是你……"他快乐地笑着说，睡眠的影还深深地布在他的脸上。

"你睡吧。"她说："我就要走的。"

"不——"

"你太倦了，你应该睡。"

刘希坚打着呵欠摇着头，说他现在已经不疲倦，已经睡够了，接着从枕头底下拖出一只表来，说："还早呢，才十点。"一面走向桌子去，坐到籐椅上。

白华笑起来。她知道这时已经十二点多钟了。他的表是停止了的。

他又挽留她，说："我睡得很够了，一个人太睡多了会变成很蠢的。"

白华只好答应他再坐半点钟。

刘希坚便兴奋起来了，虽然在他的眼睛里，显然是勉强地把睡眠赶跑的光景，那眼珠上馀剩着惺忪的红色。可是他撑持着，仿佛他真的睡得很足够的样子，说着话，很有精神地动作着。

白华就告诉他，她带点因欢喜而夸张的神气，说她刚才是从枣林街来，而且是……

刘希坚插口说：

"那么，你们开会了。"

"是的，开会了。"她高兴地回答。

"怎样行动呢？"

她望着他，一面便带着骄傲的声调说："发传单，募捐，以及别的种种援助。"

刘希坚微笑她望着她，觉得她实在太热情了。

"你得了什么消息没有？"他接着问。

白华仿佛回忆似的想了一想。

"听说上海已经总罢市……"她说。

"没有听到电车，电灯，印刷工人等等，也立刻要罢工么？"

"还没有。"她回答。"如果能够引起总罢工，"她接着说，"那实在是一个有力的表现。"

"对了，"刘希坚说，"罢工是直接地给英日以猛烈的打击。因为中国工厂——尤其是铁机工厂和纱丝工厂，差不多全部都是英日资本的企业。他们会因为罢工而受到极大的损失。"

"我觉得我们还应该运动西崽罢工。"白华也感着兴味地说："外国人在中国是特别享福的，虽然差不多在他们本国都是很穷的，可是一跑到中国来，便立刻阔起来了，他们都不想自己来劳动，都用中国的西崽替他们做仆役的工作，所以西崽罢工，也是直接地给他们一个打击。"

"不错，不过这只是使那些外国人感到起居上的不方便。我们给他们以重心的打击，应该使他们受经济上的损失，使他们失去——至少是减少在中国所得到的特殊的权利所以收回租界和撤销领事裁判权的运动是必要的，是目前的急务。至少这两种运动可以给他们一个威胁，使许多外侨的心里发生恐慌……"

"那么，我们要民众向他们示威了。"

"当然的，只有民众——广大的民众的示威，才能够转变帝国主义对于我们中国的观点，就是说，只有全国民众一致地向帝国主义作反抗的示威，才能够解除他们的压迫，才能够解放我们自己，才能够把我们从殖民地的地位上独立起来。而且这独立的存在，我们还必须全世界被压迫民族起来……"

白华兴奋地听着，兴奋地说了许多意见，在伟大事件的面前，她的言论的出发点已经渐渐地离远了她原来的一些理想。因为，具体的事实的教训，不容许任何理想主义者再继续做美丽的梦幻。同时，五卅惨案当中的流血——这种血不是美术家为点缀裸体画的女人唇上的颜料，不是欧洲绅士们喝的葡萄酒，不是中国风流人物所鉴赏的牡丹花的颜色，而是在人类中的强暴者的罪恶的暴露，和弱小者被残害的精神的映射。任何人——除却帝国主义者以及它的附属物的资产阶级之外——对于流血——那连贯地从枪弹眼中流出来的血，那尸首——那暴露在水门汀上的尸首，都不能站在旁观者的地位，都不能当作茶馀饭后的新闻而闲谈着，也就是，任何人都不能不从心坎里燃起一盆愤怒的火焰，把这火焰和别的火焰联紧，联成一片，变成毁灭世界帝国主义的巨大的烈火。现在，这烈火的种子已经从上海民众的心坎里燃烧起来了，同时像一条导火线似的燃烧了全国的民众。白华的心上也腾腾地飘拂着这种火苗。她并且把女性的同情放到这火苗上。这时，她的脸颊绯红地，如同那火苗已经飘到脸上来的样子。

随后她猛然听见隔壁的钟声响了两下，她吃惊地看了表，的确是两点钟，便觉得她应该回去了。

刘希坚送着她，一路握着她的手，感着十分愉快地低声说：

"我们好好地干，白华，你可以从事实中得到许多证明——空想的社会主义是没有用的——何况中国的无政府党人更超乎空想以上。"

白华在心里是接受了他的话。但是她没有回答，只默默地走出大门，沉重地说出一声"再见"。

刘希坚便单独地留在院子里。因为他没有瞌睡，以前的睡眠被兴奋的谈话赶跑了。这时他的头脑里只装满了思想——复杂而且澎湃的思想。这思想一息不停地在他的头脑里活动，如同许多扩大的空气在气球里活动一样，慢慢地涨起来，使他感到仿佛他的头脑已经涨得异常之大，恍然是漫画的大脑袋的样子。他好几次都用心地去注意他的影，都没有看清，因为夜是深沉着，星光很暗淡，天野像一片无边际的黑幕，罩着地球上的熟睡的动物，植物，以及房屋。

他单独地从东边走到西边，重复地走了许多趟。他的思想也似乎跟着他的脚步而响着声音，响在他的头脑里。

随后他停止散步了，坐在一张板凳上，仰望着辽远的天空——夜是不变动地沉默着。夜声是细小而且隐约。各种虫鸣的流动也显得十分秘密。可是他的思想的波浪仍然在那里冲击着，纷纷地溅着这样的浪花：

——民众被烈火烧着，要自动地起来了。

——总罢工是可能的，而且是必要的。

——上海的民众已经像狂风急雨一般地在暴动。

——北京也要哮吼的，狮一般的哮吼的。

——被压迫民族的总示威……

这些浪花越溅越多了，最后变成各种尖锐的微生物似的，深入到他的思想的细胞里。他觉得把这些微生物有系统地而且健全地组织起来，是非常紧要的，也正是他自己目前的任务。并且觉到一个人生存在这样的工作里，实在是一种历史上的幸运——当然，能够在大革命——建设社会主义的革命的巨浪里，做一个斗争的战士，都一样的有着历史使命的价值的。他自己，虽然还没有对于这使命尽过何等卓越的努力，但是他是在步步努力着的，向着那最高层的建设而迈步，不懈怠，而且急烈地前进，便觉得他这时单独醒觉在这个深夜里，并不是偶然的事。如果，他不为这坚固的信仰而献身给社会主义的斗争，那么他这时已经躺在坟墓里面了——躺在那教授学者的名位上，毫无价值。

时间在他沉思的周围轻轻地走着；夜在慢慢地变动——更加深沉和熟睡；微风带来了湿的，含着露水的凉意掠着他的脸；他才把各种思想集中起来，集中到这一个问题上：

"我们应该用怎样方法去鼓动北京的民众作一个伟大的示威呢？"

他想了种种，觉得这不是一方面所能够做到的事——这是应该各方面联系起来，才能够获得胜利的事。于是他想起一件紧要的工作——就是在目前，最切要的，是号召北京各团体开一个联席会议，决定对于上海五卅惨案援助的办法。他认为这样的联席会议开成了，那就毫无疑义的，会实现北京城的广大民众的示威运动。并且他觉得这事情是完全可能的，便欣然地从心里高兴起来，一直把愉快的，同时带着许多胜利的微笑浮到脸上来。

他重新向很远的天空投了一眼，满含着喜悦的一眼，仿佛他是向着远处的无数贫苦的群众，宣告说：

"斗争呀，朋友，只有无情的斗争，最后的胜利才是我们的！"

望了便站起来了，乐观地在院子里走了两趟。随后走到房里去，和衣躺在床上，闭着眼睛想着，在心里拟着几个重要的提案。

"记着，明天八点钟以前要起来！"

隔壁的钟声便在他的耳边嗡嗡地响着。

十六

这一天，推动北京的民众走上反帝国主义的革命的前途，同时是有计划地具体地领导着这些民众的，那北京的各团体联席会议开成了。从会场里走出来的刘希坚，仿佛是从一座庄严的宫殿里走了出来的样子，思想里还强烈地保留着那会议的严重的意义，以及像一层波涛跟着另一层波涛，重复地荡漾着那许多光荣的决议。

——出兵保护租界华人！

——撤退英公使！

——准备全国总示威！

——抵制英日货！

——组织工商学联合会！

——……

这种种，在他的思想里造成一片革命的光辉，仿佛在他的周围，那对于帝国主义的示威的口号，已经开始了——像雷鸣一般地传播到全世界。

当他走到王府井大街的时候，街上的市民一群群地，尤其是在东安市场的门口，聚集得更多的人众，大家像半疯癫的样子，看着刚刚出版的五卅惨案的画报。那报上印着五卅惨案的发生地点，和水门汀上躺着，踡伏着，爬着，裸着，种种中枪的尸首。其中有好几个人的尸身已经霉烂了，脸肿得非常大，四肢膨胀着。每一个尸身上——胸部，脸部，或者腰部，都现着被枪弹打穿的洞，涌着一团血。这样的画报是从来所没有过的，同时也是从来所没有过的一张难看的，悲惨的，使人愤慨的画报啊。

这画报的内容，完全把街上的市民激动起来了，有一个五十来岁的老太太忽然在人群里忍不住地哭了起来。反抗帝国主义的强盗行为，和同情这些被压迫的同胞的被害，这两种情绪像两道火蛇似的同时在民众的心里燃烧了。的确，谁能够把这样残忍的暴露当作风花雪月的鉴赏呢，没有人！谁都不能把这样的画报当作一幅裸体画的美术品的展览。当然，这不是一幅好看的画呀。而且，简直是张战报呢。一张被压迫民族——殖民地——无产阶级的开始斗争的战报。因为，那画报里面所包含的严重的伟大的问题，只有用鲜红的血来解决。被压迫民族是不能够从和平里得到解放的，在和平的圈内挣扎，只是加重了压迫的桎梏。面包不是由别人施与的，这是应该用我们自己的力量去获得。所以这一张画报成为一粒火种了，深深地落在每一个看报市民的心中，他们激昂地看着，愤慨地叫骂，互相同情地向不认识的人发着反抗帝国主义的议论。有许多人简直表现了原始的人性：

"他妈的 B！一个换一个，复仇！"

还有许多青年的洋车夫，工人，店铺的伙计，仿佛有立刻暴动的样了，大家粗暴地叫着，纷乱着。"打到东交民巷去！"有的人这样喊。

街上的巡警也把他的枪枝挂到肩头上，拿一张画报看着，显然他是被那些尸首感动了，不但没有去干涉马路两旁的人众，还参加了这没有秩序的市民的行动。

这种种情形，非常尖锐地映在刘希坚的眼里，他一路都被这可宝贵的情形迷惑着。他的心里有一种说不出的愉快的感觉。他的思想又立刻像一只风车，旋转着，没有停止地，在他的心里建立了这一个信念：

"那伟大的示威有立刻实现的可能！"

于是他走过了王府井大街，别的地方也同样的有着许多群众，几个人或者几十个人一团地，在那里看着画报，被画报激动着。

在西长安街的地方，他看见张铁英和另外一个不认识的同志，向街上的行人散着传单。当他走近她身边的时候，张铁英便微笑地给了他一张。

"谢谢你。"他笑着说。

张铁英没有再理会他。她仍然执行她的职务去了。他看着她勇敢地发传单的样子，尤其是看着她的宽大健硕的背影的活动，不自觉地又想起："什么时候看去，她都像是一个足球队的选手似的。"接着便联想道："可惜她不会踢足球，否则，远东的体育运动，她是有资格去获得锦标的。"

可是这一个无意识的想象，他立刻把它丢开了，只想着张铁英的身世和她的劳苦的工作，觉得这实在是一个不容易得的可佩服的女同志。并且觉得散传单也应该像打枪一样，一粒子弹是应该换一个敌人的，一张传单也应该有一张传单的作用。于是他觉得他手里的传单有分给另外一个人的必要，便给了一个穿灰布大褂的，还说：

"看完给别的人!"

那个人向他很惊讶地望了一下,把传单接受了。

刘希坚便怀着愉快之感地向西单牌楼走去。

"希坚!"忽然有一个人叫他。

立刻,王振伍从人群中出现了。他跑到他身边来,站着,伸出那一只熊掌的手,紧紧地握着,一面微喘地报告说:

"行了,行了,一般民众的热度都非常高!"

刘希坚向他笑着。他看见王振伍好像跑了几十里的样子,显得很疲劳,而且那汗点,一直从他的旧草帽里流出来,顺着腮边流到颈项上去了。

他把草帽脱下来当作一把蒲扇,用力地扇了好几下。

刘希坚便问他:

"你怎么这样忙?"

"可不是,"他擦着汗水说,"我正在忙得要死呢——从东城到西城跑了两趟,一个车钱也没有。"

"现在完事了没有?"

"完了。你呢?可不可请我吃饭?"

刘希坚向他示意地点一点头,他们两个便走了。穿过热闹的西单牌楼,同时穿过那些澎湃着热情的民众之群,走到三星公寓。

公寓里突然变了一个异样的景象了。许多学生把画报钉到墙上去。仿佛每个人都需要这画报中的死者——那枪洞,那血,那残酷的帝国主义的罪恶,来刺激这跳动于热血中的青年的心。大家把可怕的画报当作可羞耻的——同时是应该报复的标帜，高高地挂着，比他们一切从《小说月报》上剪下来的那希腊神话中的美术画，重要得多。并且这种表现，立刻就深入而且普遍化了，全公寓的学生的房子里，都钉着这样的一张。有的还在这画报旁边写了血淋淋的字，表现那鼎沸的热情，和强烈的意志：

  ——你们的血是为我们流的，我们的血也要为你们流的。

  ——你们的死是有代价的，你们的代价就是我们用血来斗争！

还有一个女学生，她完全用女性的感伤来写着：

  ——你们的样子是很难看的，但是我爱你们，并且我要为你们而开始爱无数的贫苦的群众，我的爱比宇宙还要大！

在青年的心中的世界，完全起着猛烈的风暴了。任何人都从这惨案的写真，在言论上和行动上，发了疯狂。

公寓的女掌柜也深深地被这种疯狂传染了。她居然不吝惜地拿出四吊钱，要伙计买了六张画报，一张贴在公众的走道上，一张贴在柜房里，一张贴在她自己的房间里，还有三张她叫伙计拿到胡同里去贴。并且，她好像这地球出了毛病，时时刻刻都关心着各种新的消息，常常像一个采访员似的，站在"先生们"的房门边，听着有许多懂有许多很难懂的"先生们"的议论。

刘希坚在这种激动的氛围里也觉得增加了他自己的兴奋。他感着光明和胜利。所以他坐在房子里的藤椅上，得意地吸着烟，而且得意地把烟丝吹出几个圆圈，如同把这些行动当作他自己的——对于将来无产阶级革命胜利的庆祝。

同时，王振伍也得意地斜躺在床上，带点笑意地沉思着，一方面又显得很疲倦瞌着眼皮。他今天是做过很多很吃力的工作的，而且跑了十几里路。这时他躺着，仿佛他生来第一次休息，身体上流动着许多舒适之感。

过了几分钟，他从床上翻身起来了，向着吃烟的刘希坚，非常关心地问：

"今天那个会的情形怎么样？"

"你说的是联席会议么？"

王振伍点着头，一面用非常大的注意力，看着对方的脸部，现出十二分准备听话的样子。

刘希坚便告诉他，那各界联席会议的情形。从那会议上——他说——我们已经确定了一些具体方案，这些方案对于目前来说，都是必然的。接着他把各种决议述说了一遍。

"现在，伟大的总示威，只是技术上的问题。"他结束地说。

王振伍从那聚精会神的态度上，完全听得入神了。他欢喜得跳起来，跑过去和刘希坚握着手，一面近于粗暴地说：

"好极了，我们的胜利！庆祝！"

刘希坚望他笑着，觉得这一个魁伟的同志，简直像一个小孩子一样的天真，可爱地禁不起欢喜的鼓动。

"现在，情形是越来越紧张的，"王振伍继续说，"我们要紧紧地把它抓住，扩大我们的宣传与组织。"

"当然。"刘希坚简截地说，"我们是要把北京城哄动起来，把北京的民众吸收到我们的领导之下。"

王振伍的欢喜正在逐渐地扩大。那浓厚的笑意，浮在那壮实的脸部上，恰恰成了一种切当的配合。同时他的神情上有一种难言的兴趣——仿佛他的年龄骤然变小了。

刘希坚是长久地注视着他的脸。一面，他在估量这一个同志的热情，不期然地落到一种沉思里——觉得他自己是完全在冷静的水平线上进行他的工作的，没有感到狂热的滋味。

"总之，"他想——"王振伍的这样子是很可爱的。"却立刻听见别人的问话：

"你是不是今夜去作报告？"

"是的。"

随后，当吃过晚饭之后，王振伍仍然保留着笑意，从这里走开。

刘希坚也出去了，他带着许多文件走到机关去。

十七

西单牌楼正是夜市的日期。马路的两旁，像两个奇形的行列似的，排满着夜市的摊。封建的北京城的特征。在那些摊上，那些交易的方法上，那些游人——那些并不一定是买物者的脚步上，充分地表现出来。被历代帝王的统治而驯服了的京兆人民，依然没有脱离帝政时代的风格，整年整月地继续着，那农村社会的买卖。而且把这个古代式的市场，还当做专有的集合的娱乐。尤其是那些满族的人，在汉土中居住了两百年之久，在完全失去"旗人特权"的当代，并不改革他们的习惯。他们甚至于在清室的馀烬里，还想保存他们的特殊阶级的趣味，在各种庙会和各种市集里，打扮得花枝儿招展地。无论哪一个的夜市中，都可以看见不少拖着辫子和旗装的男女。

这一个夜市的情形也并不例外。像那种黑压压的一层又一层地延长去，人影接连着人影，市集的摊和摊，一切迟钝的骚动在暗淡的灯光下造成夜市的情景，恍然是工业社会里的世外桃源——没有机器的声音和烟囱的叫鸣，只有从手工造成的物件，摆满了闲散者的脚边。

从这种夜市的行列当中走过去，刘希坚皱了眉头，他觉得这是他今天所眼见的第一个不痛快的现象。尤其是在一个卖宫粉的摊边，许多人围着吵架，其中尖锐地响着一个女人的声音：

"好，你这个小子，人家还是一个姑娘，哼！巡警在哪里？"

当然，他不想去知道那吵架的内容，只瞥了一眼，便感着沉闷的窒息似的，用飞快的步伐走过去。

前面的两边依然是夜市，仿佛这夜市像一个山脉似的蜿蜒地延长到几百里。一眼望过去，尽是人影，摊，摊和人影。

"糟糕！"他不耐烦地想。

可是在那些闲散的逍遥者之间，他忽然看见一个白色的影子——白色的裙边的飘舞，白色的女体的活动。他不禁地把皱紧的眉头展开了，一种意外的喜悦潜然地跑到他的心里，使他一直往前快走了好几步。

那白衣的人已经看见到他了，站在那里向他微笑地示意。

他走近去低声说：

"怎么，白华，你也在这里？"

白华高兴地回答：

"你不看见么？我在这里散传单呢。"

的确，她的手里还剩着好几张中国无政府党《敬告全国父老兄弟姊妹》的宣言。一面，她又继续地把手上的传单分给那些慢慢地走路的人们。显然，这些传单并没有发生怎样的作用，因为在这里"溜跶"的人们，都是专门来逛夜市的，他们的意识都集中在市摊上。差不多都把这传单当做普通的广告，毫不经意地拿着，甚至于看了一眼便丢开了。倒是有许多人很注目地望了这一个美丽的散传单者。

刘希坚看着她把传单散完了，便笑着问：

"你怎么不给我一张呢，我倒是很想看一看的。"

白华，她已经发现在这里散传单的缺点了。但是这不是她所能够预料的——在这样热闹的地点散传单会得到失败的结果。所以她对于刘希坚的后面一句话，觉得他是有意地给她的讥刺。

"不。"她生气的声音说："你和他们一样，你不会看的。"

"不要误解。"他解释说："我实在是想看的。任何方面的传单我都想看……"

"说不定你单单不肯看着我们的。"

"这没有理由。"

她大约停顿了几秒钟，便气平了，向他亲热地望着，一面说：

"往南去么？好，和我走几步路。"

刘希坚点着头。他完全欢喜地和她并排地走着。近来，虽然只有几天的日子，可是他觉得已经是很长久的时期了，他和她的晤谈，是减少到最低的限度。那五卅惨案事件的工作，使他们没有私人聚会的时间。工作的忙迫，是这样无情地把亲密的朋友分开去。他们，自从五卅惨案的巨浪冲到北京来之后，显然是疏远了。同时，显然从前的他们是怎样的亲密。

这时他们走在夜市的中心——走在那空阔的马路当中，她的手放在他的手腕上，如同在公园里散步的样子。

刘希坚感到一种美感，这种美感在忙迫的工作中而深深的感觉着，觉得十分愉快和满足。

"你近来还到中央公园去么？"白华张着眼睛问。

"没有，"他回答，"近来太忙了。你呢？"

她摇一摇头。

"恐怕将来还要忙呢。"他接着说，却望了白华一眼，觉得她在不分明的灯影里，有着特别迷人的风致，尤其是那黑晶晶的放光眼睛。

于是他喜悦地挨她更近些，微微地感到她手臂上的可爱的热气，一直透到他自己的心上来。

白华也不说话。她好像在深思着什么。同时又像是不大舒服的样子。她只是默默地向前走，走得很慢。

夜市的摊的行列在他们的两旁缩短去。夜市的闹声依然前前后后地在夜气里流动。天上繁星的点，慢慢地闪着，而且分明。

"你预备到那里去？"刘希坚问，因为他忽然看见那宣武门的城楼。

"不到那里。"她显然是不很快乐的。

他停了一停说：

"一直往前走么？"

她把眼睛张开去，圆圆地——"你自己应该往哪里去呢？"

"我是应该拐弯的。"他直率地回答。可是他看见她的脸色很生气，便加了一句："我的时间还没有到，再走一走不要紧。"

"不。你走你的吧。"她简截地说："你终究要走的。"

"为什么这样生气？"他笑着说，实在也觉得有点诧异。

"不是生气。只是烦恼。"她辣声地说。

"烦恼？"他又笑着望她说："为什么，为我？"

"不。"

"为谁？"

她默着了，同时，一种猜想，便开始在刘希坚的头脑里活动起来。可是他猜想了许多事实，都不能认为是她的正确原因，便微微地皱起眉头了。

过了一分钟的光景，白华忽然说——的确，声音是很烦恼地：

"我今天一天都是很不高兴的。"

随后她把她的不高兴的原因说出来："我的思想有些动摇了！"她开始说，带着许多愤慨。

这句话，简直把挨在她身旁的人吓了一跳了——一半欢喜和一半惊诧地一直望着她。

她继续地说——很客观地批评了她的同志们的自由行动，一种不负责任的罗曼蒂克。

她说着，显然，她是受了很大的刺激的。

刘希坚笑着望她。在他的心里，被强烈的欢喜充塞着。因为，这一年来，他差不多天天都在等待这一个迷惑于"新村"的女友的反省。现在她已经被事实给了一个很大的教训了——他想——她已经开始动摇和怀疑了。

接着她又告诉他：

"本来，许多工作是，已经由每个人自己分担了的，可是结果呢，大家都自由去了，留下我一个人，不能不包办——我自己起草，自己写钢板，自己油印，自己跑到马路上去散。"

"这样还不好么？"他玩笑地说："你一个人就代表了整个的行动。"

她这时并不计较那语意的讥笑，只愤慨地说出她的意见：

"非纪律化不可！"

"是的，一个组织就应该有它的铁的纪律。"他笑着说。

"当然，把基础建设在个人主义的水门汀上，把有规则的形式当做不自由的行为来看待。他们怎么会纪律化呢？——"白华心里这样踌躇。

他们的谈话就这样地停止了。那高耸在黑暗中的城楼，已经像一个巨大的山坡似的横在他们的前面。夜市的摊已没有了。路上的行人非常的稀少，一片嘈杂的混音远远地响在脑后。这里，他们的脚步也停止了。

"我们还往前走么？"

"不。我回去了。"她很难过地说。

刘希坚便和她紧紧地握一下手，觉得她一点也不用力，显见她的心情是很灰色的，没有任何的兴趣。

"明天早上我在家……"他说。

她只笑了一笑，很勉强地，在她的眼睛里没有喜悦的光。于是她转过身走去，走了几步，便坐上一辆洋车。

刘希坚也回头了，因为他没有走出宣武门外的必要，便远远地送着白华的影子，一面感想着——实际的生活在慢慢地教育她。心里十分高兴地又向着夜市走去。

他发现马路上有着被人丢下的传单。

十八

当刘希坚回来的时候，夜静了。冷的街灯吊在空阔的马路上，散出寂寞的光，模糊地照着夜市的馀痕——纸片，短绳子，梨皮，以及污浊的东西，同时有许多乞丐在这废物中寻觅他们所需要的，可以让他们卖给"打鼓"和"换取灯"的什物。

他想起白华，想起她曾在这里散发的传单，他不免浮上了不舒服的感觉。

"唉，白华！"他在心里叹惜地想。但立刻又把她忘了。在脑海里，又重新卷来了澎湃的思潮，使他意识着——一个布尔什维克的目前的任务，以及他自己的工作。于是他对于总示威——必要的总示威——之前夜的全国民众的热情，深切地作着估量……

"好，新的历史从这里展开！"

想着便觉得很愉快。一种光明在他的心头闪动着。

他是兴奋的。

那夏夜的风拂过他的脸，清凉地，像薄薄的一块冰片似的溶化在他的发热的脸上，使他十分受用地感着舒适的快感。他觉得，一天都疲劳于工作里面的那精神，在这样的夜气里是恢复了，充足，兴旺，而且在生长着。

他一直把这种红色的心情带到公寓里。

住客们都熄灯了。钉在墙上的画报，便更加惨黯地现着痛苦的脸和暴露的尸身。刘希坚走过去的时候，仿佛那尸身并不是印在画报上，而是赤裸裸地躺在这院子里，躺在他的眼前。他不自觉地皱起眉头了——感着一种压迫的，把这些可怕的印象带到房间里去。

书桌上有一封信和一个报卷。他看着，报卷上的字很像珊君的笔迹，便立刻撕开去。果然，一张新出版的《血花周刊》出现了。那上面登着杨仲平的文艺理论和珊君的好几首诗。

"这位玫瑰花的女诗人也转变了么？"他感着兴味地想。一面，他看着她的第一首诗，那题作《寄给被难的死者》的诗。他刚刚看到头两句——被难的同胞们呀，我要用我的嘴唇来吻着你们的血，你们的尸身——便不自禁地笑了起来。

"究竟是小姐的诗人，诗人的小姐。"他一面笑着一面想。

但仍觉得这是一种好的现象。

　　但他没有再看下去，因为夜很深了，他没有时间，他还必须把刚才带回来的工作，好好地筹备着。此外他还需要很好的睡眠。他明天还有许多事情要做的。那许多迫切的工作在那里等待着他，他不能懈怠。他一定要紧紧地把许多工作放在他的头脑里，和他一同地度过了这一个夜。所以，他是很经济地而且适当地分配了他的有限的时间：两点钟，他躺到床上了。

　　在他的睡眠中，他和他的工作，仍旧像两个外交专员似的，在那里开着谈判，复杂地，困难地，解决着各种问题。

　　天明之后的七点钟，他醒了，警觉地醒了，如同已经睡过了下午似的，飞快地从床上爬起来。

　　太阳在窗上。一切又都在太阳里。

　　他估量着时辰，看了表，的确还是早晨。学生们正在门口叫伙计。两个伙计一来一往地忙着倒脸水，人们的混杂的声音又响了起来。一夜沉寂的市声也响了。喇叭，车轮，赶驴子的哼喝，骆驼的铃声。一切，在夜里睡眠的，都醒了，活动了。整个的北京城又开始在转动，叫嚣，没有停止。

　　他向着清晨的空气呼吸着。那疲乏的，还留着瞌睡的脑筋在明媚的晨光中警觉起来了。他精明地想着一些事情，一些零碎的，甚至于是一些不必思虑的事情。

　　随后他的思想便集中到他的今天的工作上。他觉得他应该是上工的时候了——应该把各种知识的机器从他的头脑里开起来，像工人在工厂里开起一切机器，制造着各种物品的一样。并且，需要从他的头脑里制造出来的东西，又是怎样的多呢。

今天，他的工作的程序是：整理决议案；根据决议案的内容起草一篇宣言；为《五卅特刊》做文章；出席宣传部会议；还有……最后他还必须到 P 大学去，有一群信仰他的学生等着他。

于是他马马糊糊地洗了脸，喝了白开水，坐在桌子前，把头脑中的机器开起来了。

他耐苦而且敏捷地工作着。这工作的忙迫，把他吸香烟的时间都占有了。从前，他在文字工作的时候，都是一只手拿笔一只手拿着香烟的。他一直把决议案弄好了，才放下笔，伸一伸腰，并且当作休息一样地靠在椅背上，想着进行他的第二种工作。

正在这时候，白华进来了。她好像突如其来似的，使他出乎意外地惊睨着她。

她的脸色不很愉快。虽然她曾经对他笑着，可是在她的眼睛里，是充分地显露着一层苦闷的光。

他的心里便有点诧异起来。"什么事把她弄成这样子呢?"他想。一面站起来说：

"这样早……"

"还早么? 快十点钟了。"接着她看了刘希坚的工作情形，便说："你做事吧，我没有什么事情的。"并且她就要走开的样子。

可是刘希坚把她留住了。因为他觉得她的神气不很对，一定被什么苦闷把她扰乱着。他说：

"不要走。我刚刚做完了一件工作。我要休息一下。"

白华向他望了一眼。审察的，同时又是婉曼的一眼。她从他的脸上得到一种使她满足的快意，她决计不走了。

"好，我坐半点钟。"

说了便隔着桌子坐在他的对面，脸色慢慢地活动起来，喜悦起来。

"我昨夜没有睡。"她望着他说。

"忙么？"他有意地问。

她忠实地摇了头。昨夜，她忙什么？她散了传单之后便回去了。回去之后便躺着。躺在床上张着眼睛。她不能睡。那种斗争，空前的那种斗争，在她的心里和脑里，同时发动着，急烈的交绥和肉搏。她被这斗争刺激得非常之深。她的好几年以来的思想根据，如同发生了地震一样的在那里动摇着。无疑的，她是一个无政府主义者。她不是为着好玩。也不是有什么虚荣心。确确实实，只因为听到了一些宣传，用自己简单的幻想就把它当作革命的最好理论，当作改革我们社会的指南针，当作人类生活向上而达到和平世界的福音。所以她崇拜那些有伟大思想的人物，如巴枯宁，克鲁泡特金。她抱着满怀的热情，而且抱着满心的希望，勇敢地加入了中国的无政府党。她以为从此是走到另一个境地，另一个新的不同的环境，走到她的有意义的生活的世界。她以为她是负担着改造社会的使命，她的责任的重大和她的工作的忙迫。她以为同志们可以指导她，勉励她，使她和他们共同地来努力这一革命的工作。她和他们，要紧紧地互相联系着，铲除人类中的强暴者，把弱小者扶植起来。她和他们，如同勤苦耐劳的开垦者一样，要把荒凉

207

的人间变为丰富收获的田园，使全人类都欢乐地，手牵着手，生活在这样的田园里而歌唱和平，爱，幸福。她不但是信仰着，而且是努力于工作的。然而她失望了，主要还是因为这里面许多理论还是唯心的，理想虽然完美，但对现实的问题很少解决，常常能使一般幼稚而热情的青年感到安慰的喜悦。相反，它不会使急进的沉静的与实际有了联系，的确想解决中国革命问题的青年感到满足。这个理想到了中国，许多中国的青年也信仰它，知识青年时时都在想接受一些进步思想，因此什么样的思想都会得到欢迎。可是这批青年大都是高谈阔论，不务实际的人，他们把那个圆额大胡子的像片钉在房间里，但他们也没有很好地去了解那个人物。把伟大而艰难的革命事业，看成一篇传奇，一幕浪漫派的喜剧。他们喜欢幻想，又拿幻想来陶醉自己。白华就是其中的一个。但是，她现在觉醒起来了，她不是一个把那种迷醉当作娱乐的人。她是要改革这个社会的。她不能够永远游荡在幻想里，自从五卅惨案的许多事实所给她的教训，使她不能不对于她所信仰的，所拥护的，那些空想发生了疑惑。并且，她以为她的同志们也有她自己同样的缺点。所以在昨夜，她思索着，苦恼着，她仿佛被无数的蛇围绕着一样，紧紧地被许多冲突的思想围困着，重复又重复地，解决着这些疑问。尤其使她思索不止的是俄国的革命胜利。究竟是哪一种革命理论，它能够把老中国变成新中国？……这种种，像烈火一样的在她的头脑里燃烧起来。这使她苦恼极了。至于整个的夜消沉去，太阳出来了，那种火焰还堆积在她的头脑里。自然，她是需要解决的。她必须找一条路，放弃一条

路。因此她又来看刘希坚，想从他这里得到帮助，她要求他把
重要的共产主义的书籍介绍给她。她要认真地来读点书。

后来她拿了一些马克思和列宁的著作和别的小册子，十分
高兴地走了回去。

"希望你好好地读它……"刘希坚送她出来时说。

她笑着，坦然地笑着，显然她是喜悦地接受了他的友谊。

他们紧紧地握了一下手，好久才分开。

刘希坚很满足地，微笑地走进去。

他又开始他的第二种工作。

十九

他一直工作到下午两点钟。兴奋把他的身体支持着。可是
他终于打了好几个呵欠，因为他是太倦了。

他整理着工作的成绩；一面，他燃上一支香烟，靠在椅背
上，沉重地吸着，一种劳动过后的休息，使他感到十二分的
惬意。

两点半钟的时候，他从他的房间里——不，简直是从他的
工厂里——走了出来，可是他并不是从这个工厂里走回家去，
却是又重新走向另一个工厂——开始他的另一种工作的地方。

当他再回来的时候，天色完全黑暗了。他挨着马路的边沿
上走着，一面在他的头脑里，在许多复杂的思想之间，浮着数
目字，统计着五卅惨案发生之后的，北京城的报纸销路的
激增。

他沉默地想着：

"《京报》增加百分之三十，《晨报》增加百分之二十五，《社会日报》增加百分之二十二，《黄报》增加百分之十五，《白话报》增加百分之三十二，《北京晚报》增加百分之三十五……"

这些数目字，是说明它们对于五卅惨案在宣传中所反映出来的北京民众的意识——说明北京的民众已经在醒觉了。

"看吧，"他在惊喜之中，又接着严重地想，仿佛他是向着帝国主义送去一个警告，"把机关枪对着我们民众的胸前扫射，的确的，这不是一种好玩的事情呀！"

他微微地笑了。一种红色的革命的火光，在他的思想里炫耀着。同时，他的眼前便现出了一张漫画——千千万万的工农群众举着镰刀，斧头，红色的旗子，英勇地欢乐地唱着《国际歌》，几个胖胖的帝国主义者跌倒在群众的面前，一只手抱着炮艇，另一双手抱着飞机。颈项上挂着一大包金镑。

这一张漫画的影子便给他一种胜利的，忍不住的快乐的笑声，他完全愉快地把眼睛望着夜色。星光灿烂地，仿佛是世界上革命的火眼，到处密布着，准备着整个的革命的爆发。

忽然，一种声音，冲着夜色里面的空气，把空气裂了一条痕。这声音又接连着第二次地叫喊：

"汉口惨案！号外！"

他买了一张。

他的神经便跟着紧张起来了。同时，他是很镇静地估量着这继续的，被帝国主义屠杀的代价。

"无疑地，"他肯定地想，"这是第二道导火线，立刻把我们民众的火焰扩大去。"

在他的疲劳的精神上又添了一种新的兴奋。他的身体上又奔流着新的活力。他不自觉地加强了步伐，走得非常快。

他走到哪里去呢？他必须先走到 P 大学去，这是预先约好的。

只走到那学校附近，好几个学生都站在那里探望着，于是他和他们一同走进去，走进第十一教室，列席他们的社会科学研究社的五卅援助会。

学生有五十多人。大家站起来欢迎他，有两个人先开始拍掌，跟着便是全体的，一阵热烈的掌声。

他微笑地点着头坐到旁边的椅子上。可是这一个援助会的主席便走到他身边来，请他就讲演。

掌声又在他的周围响着。

他站起来了。

"诸位同学们！"他开始说。他讲演的题目是《五卅惨案与世界被压迫民族的革命》。在这个题目中，他分析了帝国主义的殖民地政策，帝国主义的殖民地政策的危机，各帝国主义对于中国的侵略和它们互相间的矛盾，中国民族解放运动与世界殖民地的影响，世界被压迫民族及殖民地的革命与帝国主义国家的利害，最后他说到苏联——苏联与被压迫民族，苏联与帝国主义，苏联的存在与世界被压迫民族的反帝国主义的革命胜利。

这演讲便一直占有了两个多钟头。他从学生们的脸上，从那些入神的眼睛里，那些不动的倾听的态度上，那些静穆的，毫无声息的，如同一群教徒们在圣像之前一样地接受他的声音，他觉得他的讲演辞的每一个意义，都像一粒种子，深深地播在他们的头脑里，预告着将来的广大的收获。

他走了，许多学生都站在他后面，向他表示各种的敬意。他也从他们之间得了很大的欢喜，愉快地向夜色里走去。

"这些学生，"他想，"真是可爱，纯洁得像一张白纸似的，可是为了真理他们是最勇敢的。"

他一路上都坠在光明的思想里。

半点钟之后，他走到公寓里了。忽然，他看见他的房间里正亮着电灯，一个高大的人影映射在窗子上。

"谁呢？"他想："一定是……"便走过去推开房门。

果然，王振伍坐在那里。

他从椅子上跳起来了，热烈地，仿佛他已经好久没有看见他，非常亲热地笑着，做出他的一种特色的粗鲁的动作，和他握手。

"唉，你怎么现在才回来？"他的声音宏大而坚实。

刘希坚向他微笑地。他什么时候都觉得，在这个同志的魁伟躯干之中，是放着一颗赤裸裸的孩提的心，天真，没有一点虚饰。

"刚刚从 P 大学讲演……"他回答说。

王振伍望着他的脸，差不多是一种憨态的望，望了许久。

"你瘦了。"他忽然说。

"瘦了？"刘希坚微笑着，"我不觉得。"他接着说："我只觉得我近来的身体好多了。"

　　王振伍有点诧异地又望了他一眼，随后便沉思了一会儿，说：

　　"我知道你是很忙的。近来你的工作增了不少。但是，我看不出你忙的样子，只觉得你一天都是很快乐的，很平静而且很安闲的样子。"

　　"真的么？"刘希坚感觉着兴味地问："你这样觉得？"因为在别人的眼光里，他被人观察的结果总是很不相同的，有一个同志还批评他是一块大理石——这意思就是说他在五卅惨案的疯狂里，他仍然很冷静。

　　"是的，我这样觉得，我一点也不瞎说。"王振伍回答他。

　　他笑了。的确，没有人曾看到他的头脑去。谁都是在他的脸上，举动上，得了他的工作的印象。他觉得这倒是他自己的特色。他认为一个革命者应该时时刻刻把头脑放在冷静的境界里。所以他自己，无论在什么时候，都在克制着感情的激动。

　　"我承认。"他最后说。

　　王振伍便笑着自白了：

　　"这本事我学不来。我没有事做的时候是很平静的，可是工作一加紧，我的行动便跟着紧张了。"

　　然而这谈话便这样的终止了。刘希坚问他：

　　"你今天没有事么？"

　　"有的。"他说。于是他报告了一种新的消息，一种必然的，把五卅事件更加扩大而且更加严重化的汉口屠杀——民众的血肉又在帝国主义的枪弹之下飞溅着。

　　"现在，我们是一步步走到紧张中来了。"他接着激昂地说："事件的严重和扩大，虽然是在我们的预料之中。……可是，怎样办呢，你有什么意见？"

刘希坚沉默地听着，因为这问题很早便盘据在他的思想里，他很早便这样想着："第一，是唤醒民众，深入而普遍的宣传；其次，要有很好的组织，很好的领导，要把群众组成为一个庞大的有力量的革命队伍。"

这时，他重新说了这一点意见。"伟大的运动就在我们眼前。目前的任务是，要有计划的深入群众，组织他们起来行动！"

王振伍因为还有别的事，便匆忙地拿了草帽。

"不错，这是一个客观条件，它造成总示威的形势。"

说着，他走了。

刘希坚又坐到那张藤椅上。他燃了一支香烟，吸着，沉思着，在他的脑海里便起伏着猛烈的波涛。

他深深地把他的智力放在这一个问题上，如同一个木匠把斧头放在木头上一样地，他把它劈开了。

全国民众总示威！

这是他的结论。

二十

伟大的北京城骚动了。伟大的北京城叫喊了。伟大的北京城在无数群众的癫狂里实现了空前的，严重的罢工，罢市，罢课。

"总罢业！"这是一个强烈的电流。

"总罢业!"立刻，这个电流触动了大地，触动了大地上的民众——烧着他们的心和他们的热情。

到处，工厂里没有机器的响声，每个烟囱都张着饥饿的嘴。到处，商店的门紧闭着。到处，学校里没有摇铃的声音，所有的教室都是寂寂寞寞的，到处，聚集着一群群的民众。到处，写着，贴着，飞着，喊着这样的标语：

——援助五卅惨案!

——为五卅惨案的烈士复仇!

——反对把中国当做殖民地!

——一致收回租界!

——驱逐驻华军舰及陆军!

——抵制英日货!

——拥护弱国的外交!

——……

整个的北京城都充满着如此的紧张，轰动，疯狂。整个的北京城都变样了——街道变样了，人民变样了，空间变样了。仿佛，连时间也变了进行的速度，甚至于停止了，停止在这一个异样的变动里。

尤其是在热闹的中心街市——前门，大栅栏，东单东四牌楼，西单西四牌楼，王府井大街，更显着异样的可惊的状况。无数群众——工人，店员，学生，彼此汇合着，纷乱着。如同这地球上发生了很厉害的流行病，把平常很安静的人们都传染起来了；把这些人们的心头放上一个火球，使他们在烈火的刺激之中而暴动，吐着强烈的愤怒和反抗的火焰。

许多地方都出现着宣传队。个人的，团体的，散布在十字街头，马路中心，大胡同，路边，在那里大声地，以及嘶声地，慷慨激昂地喊着。

车马都停止了。

无论是大街或小路，只要有人讲演的地方，便聚集了很厚的群众，一层层地围绕着。大家仰着脸，听着，现着紧张的神气，如同一个火苗落在汽油缸里，立刻燃上了，爆发而且扩大了。大家在讲演者的声浪之下，澎湃地增加了反抗帝国主义的——那伟大的革命的浪潮。

常常在听讲的群众里面，响着尖锐的叫声：

——宰洋鬼子去！

——把洋鬼子赶出东交民巷！

——革命去！

并且常常在群众里面，响了妇女的哭声。在东四牌楼的马路上，有一个五十多岁的老太婆——她是电报生的母亲——忽然在紧张的空气里哭喊了，一面落着眼泪，一面悲愤地叫骂着，一面离开了听讲的群众，跑到另一端的马路上去讲演。许多群众便潮水似的围绕着她。她激动着说："庚子那一年，外国的洋鬼子打进来，他们一共八国，把中国打毁了，把中国历代宝贝都抢了去，把中国的人民打死了十多万。光北京城的皇城根就躺着百多人的尸首。中国还得赔款给他们，就是赔他们来打我们的路费，吃饭，各种用费。现在呢，他们又来了，又要再来一个'庚子'！当然，那是对他们有好处的。可是中国呢，中国穷了，赔款到现在还赔不完。现在，外国洋鬼子又想来这一套，又在上海屠杀我们的同胞，如果我们不给他们一个眼色看，他们会以为中国好压迫，越杀越起劲。然而洋鬼子想错了，因为现在的中国人不是好压迫的，你们大家说是不是呢？我们愿意做亡国奴么？外国洋鬼子是不怀好心眼的，他们只想把中国人变成奴隶。他们满嘴讲的是自由平等，他们说现在是平等世界，可是中国的平等呢？骗鬼！我们要靠自己来把中国弄成平等的。洋鬼子是笑里藏刀！他们现在在上海杀死了我们的同胞，我们要万众一心的大家来反对，不然的话，我们四万万同胞都会被他们杀得精光的。你们大家说是不是呢？"

这个老太婆的演说把许多人都鼓动起来了。立刻便有人将她的话拿到别处去讲。如同一个火花传染着另一个火花，联系地爆发了，把更多的群众变成了一个伟大的燎原。

同样的在别的地方，也出现着旧式的妇女——她们被讲演者的宣传激动了，被遭难者的血和尸首刺痛了，被同情的波浪冲击了，便带着许多眼泪和愤慨，自由地喊着，用鼎沸的热情来诅骂帝国主义的罪恶。

这时，到处是——

空间充满着紧张的空气，

四周响应着尖锐而愤怒的叫喊，

纷乱的阳光照耀着骚动的群众，

伟大的北京城是一个风暴！

而且这一个风暴正在继续着——高涨，扩大，没有边际。在这个风暴里的人们都是很疯癫的。谁的感情和思想都受了急剧的变动，变动在这一个紧张的漩涡里。并且，无数不认识的人们都联合起来了，站在一条战线上，向着敌人——罪恶的帝国主义——演习着被压迫民族的解放运动的斗争……

刘希坚也参加在这一个伟大的预演的斗争里。一清早，他就参加了，并且到现在，还照样地继续着。从西城到东城，他作了许多次通俗的讲演。他是一次又一次地看见了群众的革命情绪的高涨。他只想立刻把他们——这无数热情的群众——组织起来，使他们不致于涣散，使他们在共产党有计划的领导下，向民族敌人进攻。

他今天，显然被伟大而辉耀的欢喜弄得极兴奋了。有一种胜利的微笑在他的心上荡漾着。他不能言喻地感觉着异样的愉快。"无疑的，"他下了结论，"这是一个高潮！"并且这思想像一阵风似的，在他的头脑里盘旋着。

那灿烂的光明的革命前途，便开始在他的眼前闪动了，他隐约地看见了无产阶级的革命的斗争和胜利。同时他想起了苏联的十月革命，他们在革命时代中所受的艰难和困苦，以及目前苏联的社会主义的建设。

一路上，这个红色的前途都是很闪动的。

在他的周围，骚动的群众不断地增加着，不断地扩大了群众的骚动。

当他走到东单牌楼的时候，马路的中心完全被群众站满了，他猛然一看，忽然在无数摆动的人头上，看见了一个熟悉的脸，他不禁地在心里叫着：

"哈，白华！"

他的心头便飞过了一阵欢喜。

他站住了。站在群众的队伍里，像一切听讲的人们一样，仰着脸，从许多人的头上，头与头的隙缝里，看着而且听着。

一种嘶烈的声音在空气里发颤地响着：

"我们要大家团结起来，团结在一块，团结在革命的战壕里，我们才能够抵抗英国日本——以及别的帝国主义的侵略，压迫，屠杀。我们只有这样的紧紧的团结，才能够打退我们的敌人。不然的话，我们大家都只有死路一条：替英国日本当奴隶！现在，我们要用全体的力量，来争取外交的胜利！同时我们要取消各种不平等条约！收回租界！撤消治外法权！我们要中国在国际上的地位平等！这些都是我们自己的权利！我们要靠团结的力量来坚持到底，非达到最后的目的不可。我们不要被人家讥笑做'五分钟热度'！我们要抱着宁死不屈的精神！我们起来奋斗吧，我们不奋斗只有死！"

突然演讲者的嘶裂而发颤的声音停止了。群众的圈里便响着纷乱的骚音。接着演讲者又继续地说，可是只叫了一句"同胞们"便听不见一点声音，仿佛有一块木头把她的喉咙塞住了，挣扎了许久，仍然没有响出声音来。大家只看见她兴奋地，同时又苦闷地作着手势。两分钟之后，她只好从椅上跳下来了，很乏力地走到群众里面，无数同情的眼睛便跟随着她。可是这一团的群众并不因她而散开。并且，紧接着，就有一个学生跳上去了，又站在群众的面前，大声地热烈地讲演。

刘希坚的眼睛也紧紧地追随着白华，他并且在群众里面找着她。最后，她被找到了。他便一下握了她的手腕。

"白华！"他叫了一声。

　　白华很吃惊地望了他一眼，接着她笑了。她立刻把他的手紧握着，有一种说不出来的新的感情。

　　"你什么时候在这里？"她高兴的，仍然哑着声音问。

　　"刚刚来。"他据实的回答。

　　"那么，"她柔媚地望了他——"你听见我……"

　　"是的，"他笑着说，"听了一点。"

　　"哦……"她低低地响了一声。

　　接着她微笑地看着他，又微笑地沉思了。仿佛她不愿意他听见，却又喜悦他曾经听过她的演讲。

　　刘希坚便重新用眼光来抚摩她，并且给了她一个革命的敬意。他对于她今天的实际行动，感到空前的，含着感谢之意的愉快，如同她的讲演是直接地把他打动了一样。

　　他在她的沉思里向她说："你做得真好！"

　　她听到这句话也很高兴，她的确在经过不断的苦闷之中，近来和前不同了，已经一天天从幻想里拉了出来，而开始一步一步地走向革命的实际。同时她在新读的几个重要的著作里，发现了自己以前的幼稚。并且她在许多小册子里，她认识了中国革命的正确的路线，觉得那里面的言论是很有道理的。同时实际的情况，也促使她今天走到群众中去，而且站出来讲话了，这的确也可以作为她的一页新的历史的开展。

　　"你觉得奇怪么？"她隔了一会问。

　　刘希坚立刻回答她：

　　"不，一点也不。这是很自然的。"

　　她感谢地望了他一眼。

　　"你以前想到么？"她接着问。

　　"我很久以前就想到了。"他忠实地回答："你是会很好的行动起来的，你今天讲的很好，比你前天的宣言好得多。你那宣言，还使我不痛快了许多时候。但是，你还得继续努力⋯⋯"说了便凝视着她的眼睛，如同他在她的眼睛里，寻觅他的苦闷的代价。

　　她好久都不作声，只默默地微笑着。

　　随后他们分开了。他们都异乎寻常地用力地握着手。她特别给他一个沉重的眼光，仿佛要把这一个眼光深深地放到他心上使他不能忘记。于是她又向着一群骚动的群众走去。

　　他呢，也走了，向着"我们的乐园"走去，因为在那里，三点半钟有一个临时会议。

　　在路上，他又不断地看见着新的群众，新的骚动的叫喊，新的北京城的风暴。

　　"这是一个高潮！"

　　他愉快地想，并且一直地把这愉快带到他的同志们的面前。

二十一

　　夜里三点钟，工作的疲倦把刘希坚带到睡眠中去了。他仿佛饮了迷魂的药水似的躺在床上，一瞬间便朦胧去——一切东西都离开他，那个高悬在空中的月亮也从他的眼睛里逃遁了，而且渐小渐小地，像一点细尘似的在一片伟大的乌云中消失了。跟着，那群众的骚动，便在他的头脑中重新地开展起来，他又直接地参加在这一个革命的斗争里……

——扑扑扑！机关枪在他的面前扫射。

——砰！砰！大炮在他的头上响着。

于是另一种轰动的声音，把他的周围的世界炸开了。他受了一吓地张起眼睛来，他模糊地看见了美的一缕晨光。

一团声音活动在院子里。

他起来了。擦擦眼，便拿了一枝香烟吸着，一面开了房门。

院子里聚集着许多人。学生，伙计，掌柜，女掌柜，成为一团地站在那里。

他走了过去。

女掌柜正和他的丈夫争论着。

“这不是英国货么？还不是英国货么？”她手上拿着一件灰色哔叽的长袍。

“这是德国货。”那个整天玩鸟儿的掌柜用生气的大声分辩说。

女掌柜不服气。她扬声地问着学生们：

“诸位先生，请你们瞧瞧看。”她把哔叽长袍抖了两抖。“这不是英国货么？吓！”

好几个学生同时说：

“可不是？这正是英国货。”

女掌柜便得了胜利的把一个笑脸转向她丈夫：

“瞧！先生们说的你听见没有，赶快把它烧掉！穿在身上，丢人！”

显然，这个玩鸟儿的老头子舍不得这件长袍，因为这件长袍很新，花了十二块大洋，在他的许多出客的衣服中算是阔气的一件，他不肯烧。

"得了，"他想着分辩地说，"这是一件旧的。"

可是他的女人被革命的浪潮打动了，她差不多变成一个红色的革命的分子，她不肯妥协。

"横竖是一样，"她坚持着，"旧的也是英国货呀。"便接着说出她的新名词："不要做凉血动物！"

"别骂街。"老头子嗫嚅地说。

"谁骂街？"她的胆子更壮了。"你懂得凉血动物怎么讲？吓！你再活十年……"

学生们起了一阵笑声。

她沉着脸色说：

"随便你，咱们的掌柜，您如果不想烧，就用剪刀剪也行。"

老头子急坏了。他的光额上沁出许多大颗的汗点，脸色渐渐地发红，而且很苦闷地想了许久。

"好的。"他忍耐着心痛说，同时他想出了一个对付的法子——"那你的也应该烧。"

"我的衣服没有外国货。"她犀利地回答："我都是从老天成店里裁的，你说老天成还会卖外国货么？"接着指她身上的蓝布衫，向着学生们问："先生们，您说这是国货不是？"

掌柜并不等"先生们"的回答，便抢着宣布说：

"你有好几身洋绸子的，还有一条藏青色哔叽裤，那都是日本货和英国货。"

她急着分辩说：

"那不是。"

"你拿给先生们瞧一瞧。"

女掌柜真的跑去了，她一连蹬着她的小脚跟，走得却非常之快。她的宝贝的女儿便欢喜地跟在她后面。

"要烧一齐烧。"掌柜喃喃地说。

于是她拿来了一个黄色的包袱，满满的包着她的财产，因为她每月的"进款"都送到老天成去，那布店把她算做一个老顾客，特别给她加一的尺头。

她的女儿帮着她把包袱解开了。老头子便一伸手就拿了一条新制的哔叽裤。

"日本货！"他得了报复的喜悦说。

她呢，差不多把叠得好好的衣服，一套一套地都拿上来，打开了，一面像展览一面自白地说：

"这是国货。"

老头子便反驳她：

"日本货！"

结果他们又取决于"先生们"的意见了。自然，学生们是很乐意于全部焚毁的，因为那包袱里面的衣服实在看不见国货的影子——至少也都是外国货。

"全是的。"许多声音在响着。

"只有那两件格子的，是国货。"另外一个人说。

老头子乐起来了。

"吓！比我的还多！"他洋洋自得地说。

女掌柜便好像听见迅雷一样的受了一大吓，她的脸变样了，一片青一片红地转变着，可是她终于激动地，毫不反抗地说：

"那布店不是好家伙！欺骗人！好的，现在把日本货英国货捡起来，咱要烧它一个痛快！"

学生们便给她一阵响亮的鼓掌。

她用她的小脚把那些漂亮的衣服踢到一边去，如同她平常踢着一块猪骨头的样子。

"真的么？"老头子反迟疑地问。

"可不是真的，"她坚决地，豪气地回答，"谁同你开玩笑？"便喊着她的女孩子：

"小囡儿，拿洋火去！"

老头子是忧愁地看着他自己的哔叽袍子，又看着他妻子的花花绿绿的衣服。

"加点煤油。"她接着喊。

于是，一阵烟，一阵臭气，同时是一阵笑声和掌声，旋转在这个院子里，延长了好久好久。

这情形，给了刘希坚的许多愉快之感。他没有想到平常只会"要钱"的女掌柜，居然把她的财产，几几乎占了她自己全部的财产，在抵制英日货的民众的运动中牺牲了，变成了疾恶帝国主义的一个切近于革命的人物。所以他把一种意外欢喜的笑意，带动他的房间里。

过了一点钟，当院子里的那些衣服的馀烬还冒着青烟，刘希坚便出去了。

　　在街上，夏天的太阳张开金色的翅膀，安静地拥抱着整个的喧嚣的城市。那黄瓦下面的红墙上，散着太阳的灿烂的光辉，把许多新的——从来所没有过的东西照耀着。什么人都可以从那里看见到，那粉笔写的，黑炭写的，墨笔写的，以及印刷的，那些充满着鲜红的血的流露——那些标语，漫画，传单，那些比一切美术品都更加有力的，在金色的阳光底下，抓着人们的视觉——

　　"抵制英日货！"

　　在街上！这口号不仅仅是一个口号了。它已经变成一个信念的车子，闪电一般地在风暴的北京城里急剧地转动，整个北京城的街市都被这一个车轮辗着，留着深刻的印痕了。所有的商店都在这车轮的印痕上贴着"本店不售英日货"以及"坚持到底"和"援助五卅惨案"的纸条。一切商店的门面和气象都改变了，都仿佛是一个爱打扮的女人脱去了她的艳装。从前，那些把英日货——把那标致的工业品当做商标一般地装饰着的商店，现在都把这装饰当做使人厌恶的东西，而且变成招致危险的物件了。尤其是洋货店和绸缎店，在它们把美丽的英日货搬出去之后，俨然像一个准备收盘的店铺了。许多美丽炫眼的东西离开了洋货店和绸缎店，它们有什么可剩呢，它们只像华丽的贵族没落到乡村去一样，变成了布衣的粗装。因此那长久被压迫在英日和其他外国工业品底下的国货——那中华农村社会的土产，便突然地抬头了。它仿佛是被压迫阶级的抬头一样，势不可当地操着全部的胜利，满满的，带着骄傲地占据了整个的商场。同时，商店老板的生意经便完全改变了，因为借物美价廉的外国货作为赚钱的目标，已经不是一种适用的生意经了，他们现在的生意经是聚精会神于国货的收罗，鼓吹，展览。每一个商店都这样地转变了，无论马路两旁的任何商店，都写着比斗子还大的"国货"挂在最使人注意的地方，并且把许多古板的国货横摆在店门口，如同"冰淇淋上市"似的，招徕着更多的新的顾客。假使有一个商店不把很充分的土产陈列着，立刻就有学生来检查，说不定立刻就被五卅惨案援助会把它判断要罚多少钱，并且也没有顾客——什么人都会不顾忌地向它的门口投进去一声臭骂：

"哼，奸商！"

同样，人们的衣服也改变了。从前，那些很出风头的外国原料的服装，现在是失了作用了，不但没有人会感觉到阔气，而且还成为万目仇视的目标。谁愿意犯着这样的众怒呢？假使有人穿了不像国货的衣服，一走到街上，便立刻有便衣的纠察队来跟着，在那衣服上洒了许多硝镪药水，使它自自然然地分裂了，破坏了，成了许多大洞和小洞。并且，另外还有许多小孩子，他们会悄悄地把一张纸条贴在那外国货的衣服上，上面画着一只"亡八"，还跟在后面嚷着"大家看！好把戏！"引起街上行人的趣味和恶意的嘲笑。

抵制英日货像旋风一样地刮来。

从这种严重的环境里一直地向前走着，刘希坚时时都害怕有人来惩罚他，因为他身上那套破烂的洋服，虽然旧得厉害，但也分不清它到底是哪一国的货，中国本就是别人倾销货物的一个市场嘛！

当他走到机关里的时候，他看见了王振伍，便笑着向他说：

"好危险！穿着这套旧货摊上买来的倒霉洋服！"

然而王振伍却从他的裤脚上找出了一张白色的纸条。

他笑了。

"不错。我们应该把纠察队好好地组织起来……"

那个同志便送来一个忠实的微笑。

二十二

一团炎炎的烈火在天桥的一块大荒地上爆发着。乌黑的浓烟一直飞到天坛的亭子里。在前门外的马路上便可以看见那火焰——像一个伟大的魔鬼的血舌一样地，朝着无底的天空喷着。在这个火场的四周，没有一个救火队，只有无数的热情的观众。他们响应着这个烈火，彼此联合地嚷着庆祝的呼号，鼓动着热烈的掌声，因为这是他们的一个有意义的烈火呵。

烈火在奔腾着。气焰一步步地增高了。照耀着伟大的城楼，映红了南海与北海的水。北京的天空变成了赤色——赤色在天空占据着。一个非常的夜的世界，使北京城的民众兴奋起来了。他们，在三天以前便等待着这个红色的夜。他们要从这红色的夜里来证明抵制英日货的决心。这时，他们等到了。因此在火光的圈里，在赤色帷幕的笼罩之下，观火的人们是不断地增加，如同这地球上的万物正在不断地繁荣一样。

同时，在烈火中便发散着各种复杂的奇怪的气味，因为造成这烈火的炎炽的，不是木料，不是普通的一个失慎的火炬。它是被各种各样的工业品造成的。它的成分是包含着许多丝的，纱的，羽毛的，以及五金的，经过化学的日用品和装饰品——一切从英日舶来的东西，联系地，混合地，建立了这一个炎炎的烈火的力量。所以在它的红光里，是一层层的堆满着，如同码头上的堆栈一样，堆着许多种类的货物——那费了许多金钱去买来的英国和日本的工业品，那剥削不进步国家的经济的武器，那中国的无数民众的膏血的结晶。但现在，这些东西又直接地在被剥削者的群众之前焚毁了。而且没有一个人曾感到可惜。似乎一切人们都忘记是自己的可怜的劳力所换来的。没有人在这个辉煌的烈火面前而回想着——意识到这些东西的代价。他们，等待着这一个烈火爆发的群众，他们完全被仇视和反抗帝国主义的英日的热情所迷住了，差不多这热情是统治着他们的全部的意识。他们对于这些曾经用最高价买来的货品，只认为是英日的经济侵略的工具。于是这个工具成为他们的仇视的目的了。他们仿佛毁灭了这个工具便成就了被侵略者的报复。当然，他们是英勇的。他们在沸点的热情的鼓动之中，他们就这样英勇地看着，欢呼着，鼓掌着这一个英日货所造成的光辉的烈火，而且满足这炎炎的烈火的高涨。

　　这时，观火的群众的热血和火光是一样的鲜红，许多人在红色的癫狂里便脱下身上的衣服——由他们自己的热情判定了是英日货，便踊跃地把它丢到火焰里去。仿佛，这一个光辉的举动——这一个焚毁英日货的火，变成古代西班牙的舞蹈会似的，红光里飞满了欢乐之花。

刘希坚也站在这个红色的区域里，他紧紧地挨着火圈的边线。他的面前是火，他的左右和后面是一层层的比火还红的群众。群众的热情像火光一样，压迫地照耀着他，却估计着这烈火里面的物质的损失。

"三十万元……"他想。

然而在这个估计上，立刻有一种强有力的意识，使他精明地，向他自己给了一个观念的纠正：

"这不算得什么。"

同时，超过这三十万元的物质的损失，超过一切金圆的数目字，超过任何价值的那群众的热情，那高涨的革命情绪，那预演着将来的斗争胜利的序幕，又使他欢喜起来了。他热烈地望着奔腾的火，如同在火焰里看见了一个新的世界，像他常常所意识到的，像已经实现了的——那苏联的世界一样。

火势仍然在增高着。火光扩大到远远的地方去了。红色的天野反照着红色的群众，各种声音像火焰一样地升到天空中，在红光里流荡着，而且是一种声浪跟着别一种声浪，聚合又分散，分散又聚合地，不断地重复和绵延着。

经过了三点多钟，飞跃的火焰才渐渐地降低了，才渐渐地像一个红色的狮子一样，在极度的扬威之后才渐渐地疲乏下去。

可是夜，它已经像一块铁板似的被烧红了，好久好久，仍然是平铺着朝霞一般地射着红光。

群众反更加兴奋地骚动着。呼号，掌声，舞蹈，重新地庆祝这个火。他们的脸被红光照耀着，同时被他们自己的热情鼓动着，涨得非常之红。他们的红脸上都浮着浓厚的笑，如同初开的红玫瑰花一样。他们的心里是充满着欢乐，骄傲，满足，红色的革命的情绪……

一直到火苗柔弱地飘忽着，可以看见火场里的一大堆灰烬，同时天空由鲜红转变到黯淡的血色，这时的群众才慢慢地走开，带着他们的心上的烈火。

刘希坚也走开。他高兴地微笑着混在人们里面。他没有想什么，因为他的头脑完全被群众的疯狂占领了。他不能够有一点思想来分析这红色的集合。群众的高潮用什么尺来度量呢？有许多疯狂的行动是不能够用字眼来解释的。他一直被红色的疯狂支配着，一步步地走出这烈火的区域。

天空，已经渐渐地变成深蓝色了。远处的云幕里也闪出了隐约的星光。深沉的夜是神秘地羞怯地娇弱地露了出来。许久，才从空虚的夜的边际，吹来一阵凉风，慢慢地，无力地掠过人们的脸。

刘希坚的脸还在发烧。他觉得被凉风吹着，有一种清爽的愉快。

凉风又来了一阵，这次是大胆的，而且像一只大翼似的从他的脸上拂过去，拂了许久。

他好几次回头望着那火场，馀焰还在那里飘忽着，造成一个低低的红色的圆形。

他不禁地想：

"空前的举动……"却忽然听见一种声音：

"哈，是你！"

他笑了，一面缓了步伐一面侧过脸去。

一个比深沉的夜还要黑的影子，立刻向着他飞快地跑过来，他一眼便认出是白华的影。

她穿着一身黑，黑的头发披散在雪白的颈项上，如同一片月光被一缕乌云围绕着一样。

"你也来了……"他笑着说。

他们握了手，又互相挽着，并排地向前走。

她快乐地说：

"这是太使人兴奋了。"接着便问：

"你怎么也在这里？"

许多群众走过他们的身旁。

"我老早就来了，我是监察委员之一。什么人都看到，单单没有看见到你。"他回答。

她十分有兴味地说：

"火焰把我们隔住了。可不是么？我也是很早就来的。不过我没有责任。我只是一个群众。但是我从来没有看见过这样的火——这是和一切的火都不一样的。我简直说不出什么话了，好像我的一切都跟着那火焰飞到天上去。"

他微笑着。

"在群众里面才真的看见到革命的情绪！"她热烈的声音说："不是么，革命者是不能够蹲在房子里面？"

她热情地望着他，他看见她的脸上有两颗晶莹的星光，闪耀在黑夜里。

"你这样觉得？"他笑着问，一面更感着亲切地挽紧了她的手腕。

"不，"她自白地说，"不是一时的感觉，是信仰。我认为革命应该有很好的实际行动，不是口上的清谈。"她又望了他一下，"我过去不过是清谈……"她带点羞惭地笑了。

他微笑地看着她，又把脸移近去。轻轻地挨着她的头发。他亲热而恳切地问：

"白华，你读了那些书，你觉得怎样？"

她坚决地回答：

"是的，我觉得说得都很有道理，你觉得奇怪么？"她又望着他。

"不。我已经说过，只要是一个真理，那么，求真理的人就很容易懂得它，当然资产阶级是要诅咒它的！"

她向他微笑。

"你不觉得我转变得太快了？"接着她热情地，又带着悔意地分析自己过去固执的原因，热情，幼稚，强项。自己还以为那是美德，现在简直觉得有点无聊和可笑。对自己有很大反感。

"这不算什么，"他解释说，"我们的前途是很远很大的。我们过去的一段历史在我们整个的生存中并不能够占有怎样的地位。我们新的历史从现在展开，这就很够我们来努力的。并且共产主义是永远容许每一个革命者来纠正错误，来努力新的历史的斗争。"说了便握着她的手，她是很用力地，很感动地，紧紧地和他握着。

他们不说话，可是他们的思想正在交流着，像两道洪流的汇合一样，在他们的脑海里起着响声。

所有观火的群众都走过他们的前面去了。在他们的周围没有人影。幽暗的深蓝色的夜平安地舒展着，露着一条银色的天河，群星闪耀地欢乐地点缀着这夜幕。几缕白云在那里飘荡，这边那边，如同几幅舞蹈的素裳似的在天庭里点缀着。

夜声，虚弱地流荡在空气里，又隐隐地消失了。在远处，一切建筑物都静静地，毫无声息地不动地伏着。

他们时时都听见他们彼此的脚步声，有时他们还听到彼此的呼吸，彼此的机体上的活动，响在寂寥的深夜里。

他们穿过前门了。

他们的谈话又继续着。他们都低声地说，可是他们都听到，整个的宇宙都充满着他们的谈话的声音。仿佛这个夜是一面澄清的海，没有什物，只是他们的思想在那里自由地游泳，自由地作着游泳的表演。

他喜欢这样的夜，因为他常常在深夜里完成他的各种问题的解决；同时他又喜欢紧张的白天，因为在白天他又开始新的工作。

这时他是十分愉快的。他用喜悦的眼光去看她，他重新感觉到她的美，她的眼睛正在闪动着新的异样的欢乐的光辉。

他们都不自觉地走过了长安街，又走到北池子。于是分开了。她走去两步又跑转来，抓着他的肩膀说：

"你再给我一些书看……"接着她还要说什么，可是没有说出口，便望了他一下，走去了。

他站着望她，许久许久才又走向西城去。

他的微笑浮在深夜里。

二十三

清晨展开了，新的一天正在开始。太阳从灰色的云幕里透出光芒来。灰色的云消散了。露水还依恋地吻着一切树叶，在阳光中闪着晶莹的光彩，同时又在阳光里慢慢地隐了去。一切都在晨光里变动着。

北京城也跟着这一个晨光变动起来了。仿佛这一个大城是一只猛兽，又从熟睡里醒起来，醒了便急剧地活动和叫喊，造成另一种不同的新的空气。

商店还没有开门。可是街道上已经热闹起来了。那闹声，并不是市廛的喧嚷。许多"打倒英国日本"的呼号很清醒地唤起了一切人们的瞌睡。立刻有许多人参加到街道上来。

在街道上，不论是大马路或小胡同，都陆续地出现着新鲜的队伍——学生们拿着白旗，旗子上写着：

"援助五卅惨案募捐队！"

满城的阳光都被这旗子弄得很纷乱了。到处，都活动着无数穿长袍戴草帽的学生群众，并且女学生和小学生也到处出现着。白的旗子，像无数白色的鸟儿，在充满着光明的空间里不断地飘舞着。并且每一队里都有一扇大旗，如同军营的大纛似的，高展在许多小旗子上面，雄壮地直竖在湖水色的天庭中而飞扬着。

每一个募捐队里都有一个人拿着几个装钱具，有的用几个泥巴的扑满，他们要尽量地把它装满去，寄给上海的罢业群众，和倒毙在帝国主义枪口之下的牺牲者的家属。

募捐队的行动是很热烈的。他们并不像那些"建庙""修刹"一般地向人求乞。他们是英勇地站在革命的战线上来征集作战的武器，向着每一个同胞，每一个都有切身利害的同胞，要他们各尽一种天职的义务。

"捐钱！"

"捐钱！"

"随便捐多少！"

这种种声音在无边际的天庭中响着。而且，像电流和电流交触，像无线电播音器一样地，同时在整个的北京城里，在北京城的任何地方，纵然是很小很小的胡同里，都同样的响着，响着，这声音是不断地，扩大和增高。

辉煌的太阳吐着喜悦的光照耀着募捐队，每一个募捐员的脸上都显露地飞跃着勇敢的笑，而且彼此的笑在同一意义之中互相地交映着，灿烂在辉煌的阳光里。

他们是热情的。他们的青春的生命使他们跳动着。反抗强国的压迫，反抗英日帝国主义的凶暴，反抗一切对于被压迫民族的侵略，这种种热情都充满着青年的心。他们，正在青春期的生长里，他们是力。他们能够把革命的火焰从他们自己的心上燃烧起来，并且还能够燃烧到别人的心上，在这联系的燃烧之中造成了燎原。

这里，所有的募捐队都是这样英勇地执行他们的职务。他们热情地向任何人捐钱。

"请你站住！"他们一看到行人，便立刻围拢去。

如果有一辆汽车开来，他们便好像得到宝贝似的，一齐站在马路的中心，把大纛一般的旗子横在马路上。

"至少五块！"他们拦着汽车说。

并且有许多募捐队还直接募到政府机关，公馆，人家以及游艺的地方——电影场，戏院。有几队女学生便跑到八大胡同去——向那些茶室，那些班，那些姑娘们去募。那些被不幸的遭遇而成为一切人们的肉的娱乐的妓女，她们在募捐员的讲演之下都感动着，把她们埋葬在虚伪场中的人类的情愫，重新从她们染着伤痕的心中复活起来了。她们听到五卅惨案的叙述，听到水门汀上的被屠杀的同胞的尸首和血，她们哭了。她们同情地和募捐的女学生亲近起来。以前，当女学生进来的时候，她们还是很畏缩地不敢和她们说话。现在她们之间的隔阂打破了。她们是一样的——没有什么高低和贵贱。那同情，把两种生活的人们的心溶化着。她们捐了钱——尽量的新鲜的捐，有的是出乎募捐者的意外地捐了十元，二十元，三十元。

白华，珊君，还有好几个女同学，她们这一队也募到青莲阁的班子里。许多妓女都从床上爬起来，远远地，惊诧地看着她们。老鸨母很吃惊地跑来打招呼。

白华便告诉她们：

"我们是募捐的。不要怕！"

接着她便坦然地，站在那粉香花影的庭院里，讲演起来了。

那年轻的，然而都是很憔悴的妓女们，便陆续地走上来围绕着她。

有一个妓女念着那旗子。

"北京大学五卅惨案募捐队第十八队。"

于是她的演说便渐渐地像一个泉流，在岩石上面流过去，留着湿的痕迹。

她渐渐地从那些脂粉狼藉的脸上看出她的讲演的胜利。她看出她们的同情心从她们的脂粉之间显露出来。而且，渐渐地，她们都热烈地感动起来了。当珊君把一张五卅惨案的画报拿给她们看的时候，许多娇弱的声音都变成很尖锐地叫了。叹息，眼泪，在募捐队的周围响着，落着。这结果，那抱在珊君手里的泥巴的扑满，便不断地从那小嘴上吃着大洋钱，钞票，钞票和大洋钱混杂着。

当她们离开这里的时候，有一个十六七岁的很娇俏的小妓女便喊着跑出来，手上拿着一张五元的钞票，她自己分外欢乐地把钞票叠了两下，便塞进那个扑满去。

"不错……"白华高兴地说。

"六十七块。"珊君也高兴的回答她。

另外一个女同学说：

"还不止。我记得是八十二块。"

"有三张十元的钞票。"又一个说。

她们都满足了。她们的满足就像那扑满吃饱了洋钱和钞票一样。她们的心头昂满足地堆着欢乐。她们的脸上便浮着得意的笑，仿佛好几朵水红色的蔷薇花盛开在晨光之中。

她们又走到第二家去募。她们是一家又一家地，游行在这样的花苑里，而且她们一面募捐，一面饱览了这个不是女学生们游览的境地。

她们的工作继续着。一直到下午三点钟，她们的三个泥巴的扑满都装满了，沉重地，压着她们的细软的手腕。

"今天的成绩不错。"珊君笑眯眯地说。

"简直好极了。"她的同学也笑着。

白华呢，她完全不能说话了，因为她的整个头脑里都充满着这个空前的壮举的胜利，以及她自己被这胜利所迷惑的一种红色的快乐。

她们便凯旋一般地走回去了，她们之中有一个低声地唱着进行曲，大家高举着旗子，把旗子在下午的阳光中高摇着。

她们走到南池子。珊君忽然大声地叫：

"希坚来了！希坚来了！"

白华便立刻举起眼睛去看。果然，刘希坚和王振伍并排地走，一面说着一面微笑着，旁若无人地走向这边来。

"站住！"珊君向他们喊，并且把左手张开去，用旗子去拦住他们的去路。

他们站住了。刘希坚便笑着，向她们点头。

"好，"他玩笑地说，"你们是满载而归！"一面，他的眼睛和白华的眼睛作了一次谈话。

"捐钱！"她的一个女同学说。

王振伍便老实地回答：

"我捐过了。"便从口袋里，把一张"已募捐一元"的证券拿出来。

"捐过也要捐。"珊君说，"一个人捐两次算多么？"

"不算多。"刘希坚笑着说，"我再捐两毛。"

"不行。至少一块。"

"只剩两毛。"

"你呢?"她向着王振伍问。

"实在对不起，"他几乎红着脸说，"我只有铜子。"

"谁要你铜子!"

"没有怎么办呢?"

"记账。限你明天送来。准定一块钱。"

他们笑着答应了。可是珊君又把刘希坚的两毛钱塞到扑满里。

谈了几分钟便分开了。刘希坚和白华握了手，便仍然和王振伍并排地走去，说着和笑着，走向他们的机关……

路上，现着许多飘舞着白旗子的，那胜利的募捐队的晚归。

二十四

沉默的，广大的天安门骚动起来了。它，一向都是平铺着大的，有规则的石板，使人望不到边际似的舒展着平静的大道，如同一片白色的无波的海面。平常，它是空虚的，因为没有东西能够使它充实——雄壮的汽车驶过去，只像一片凋零的叶子。许多古老的树木也不能使它披了绿荫，那太阳光总是很普遍而且强烈地把它笼罩着，使平铺的石板上反映了太阳的光耀。无论是冬天和夏天，在一年中的每一个日子里，它都是冷冷的，寂寂的，如同一片寂寞的沙漠似的，躺在伟大的宇宙里，使北京城增加了伟大的表现。

然而它骚动了。它一直从几百年的安静里，急剧地骚动了。无数人们的声音把它喊了起来，把它从深沉的睡眠里叫醒了。现在，它不像从前的——被专制的皇帝当作不可侵犯的尊严的禁城里的平野。现在，它成为空前的一个无数人民的示威的集中地。它变成了革命的天安门了。

那临时的一个木架的建筑——革命的讲演台，高高地站在天安门的当中。台上的白色的标语，严肃地在早晨的金色的阳光里飞扬着。台的下面，那左右，那两条伟大的瀑布似的，一直拖延去，写着"誓死为五卅惨案的被难同胞复仇！"和"反抗英日帝国主义的残酷屠杀！"并且有一块墙似的木牌上，写着抗议的十三条件：

1.　撤销非常戒备。

2.　释放被捕华人，恢复被封学校。

3.　凶手先行停职，听候严办。

4.　赔偿伤亡及各界所受损失。

5.　道歉。

6.　收回会审公廨。

7.　罢工工人仍还原职，不扣罢业期内薪资。

8.　优待工人。工作与否，听工人自愿。

9.　华人在工部局投票权，与西人一律平等。

10.　制止越界筑路，已成者无条件收回。

11.　撤消印刷附律，码头捐及交易所领照案。

12. 华人在租界有言论，集会，出版之自由。

13. 撤换工部局总书记鲁和。

　　另一块木牌上便写着这十三条件的交涉经过，说明这条件是最低限度的要求，是被压迫民族的最可耻的国耻，然而这样的条件忽然遭六国——英日法意美比——委员的拒绝，甚至于这几个帝国主义者用强硬的态度来拒绝五卅惨案事件的谈判。弱国无外交是完全在这个事件上证明了。"我们必须靠民众团结的坚固的力量来争取最后的胜利！"这一个口号是沉痛地，英武地横在讲演台的前面，横在无数民众的眼睛里。

　　无数的民众便向着这个讲演台走来，而且慢慢地集中了。他们像无数蚂蚁样在天安门的石板上蠕动着。他们不断地，像不断的河流和江流一般地，向着这一个海里汇合。而且，他们不断地越来越多。他们的旗子像无数军旗似的在无数的人头上动着，飘着，舞着。纷纷的人声把平和的空气完全激荡了，那广大的天空里便奔腾着一种伟大的混合的声浪。人们的脚步是踏满了这广阔的天安门的平野。

　　一种被压迫民族的愤怒的火，在全部民众的灵魂里燃烧着。他们的火焰升腾到他们的脸上，升腾到伟大的天安门的天空，升腾到炫耀的太阳里。

　　他们变了，不是平常的安分的人类了。他们的心上是充满着斗争的热情和斗争的血。那美丽的和平世界的梦，从他们的惨笑里消逝了。他们知道，一切平等的恩惠都是虚伪的欺骗，被压迫民族的羞耻只有用自己的血来消灭。以前，他们是柔顺的半殖民地的人们，可是这时，他们是狮子！

他们在今天的集合中，每一个人的自己都暴发了疯狂，同时又被整个的疯狂鼓动着，旋转在疯狂的风暴里。

他们唱，叫喊，暴动。他们全体地，溶化着，变成一个可以吃人的恶兽。因为那帝国主义的凌辱，已经在懦弱的中国的国民性上丢了一个炸弹，把它毁完了。一种新的，英勇的，斗争的国民性便仿佛春天一样，在严冷的冬的王国里开始萌芽，生长，而且迅速地繁荣起来。

这时，他们在全国总示威的运动之下，他们的血和热情使他们表现了战士的行动。他们可以立刻用赤手和空拳，跑到对抗帝国主义进攻的最前线。

他们的眼睛都集中在讲演台上，热烈而且沉毅地盼望着，仿佛他们是等待着讲演台上的指导者的命令——如果是要他们"进攻公使馆"，那他们便立刻出发。

当一个喇叭忽然响出声音来，跟着这声音便响着无数霹雳，无数海啸，无数山洪的暴发——无数群众的轰动天空骚动，欢呼……

喇叭又响着，第二，至于第五次。

"开会!"最后，这声音像电流一般地从民众的疯狂里通过了。

看不清的那飞舞的旗子才渐渐地不动了。看不清的那反响着宏大的回音——这回音向远远的地方飞去了。如同一个雷音在云幕里慢慢地隐了去一样。

于是，在灿烂的太阳里，二十多万只的烈火一般的眼睛，闪耀而欢乐地朝着讲演台上看着。同时，二十多万只耳朵也在紧张的空气里，静静的，静静的，倾听着讲演台上的一切响动。

安静了几秒钟。这个全国总示威的群众大会便开会了。

讲演者的喇叭的声音，群众的骚动和叫喊，像一阵暴雨跟着一阵狂风，紧紧地相联着，相联着，而且重复又重复地，占领着这广阔的天安门的平野，占领着伟大的天空和灿烂的太阳。

一切，被革命的疯狂包裹着。

刘希坚站在这疯狂的十几万群众的骚动之前也把他的声音叫嗄了。他已经讲演了许久许久。他的许多语言还奔腾在他的喉咙里，可是他尽力地说，却没有很大的声音从喇叭里响出来。他的音带已经在病痛着。仿佛他的喉管要分裂了。他痛苦地挣扎着。又尽力地说。终于他不得不省略了他的语句，向革命情绪正在高涨的群众面前结束了他的演说：

"我们要知道，帝国主义的野心是没有穷止的。每一个帝国主义只想——而且在努力地实行——把半殖民地的中国变成殖民地，把中国的人民由被压迫民族的地位变成更坏的殖民地的奴隶地位。因此，我们不但在国际上得不到平等待遇，我们简直不能够在帝国主义的世界里生存下去。然而我们是要生存的。我们——全中国的民众——谁愿意消灭呢？当然，我们在人类里面，同样有要求生存的权利。可是，现在，帝国主义不让我们生存！帝国主义的野心不但采取政治的侵略，经济的侵略，文化的侵略，并且还暴露强盗的行为，用枪炮来直接屠杀。这是说明什么呢？说明一句话：每一个帝国主义都张着血口，要把中国一口气吞下去！所以，我们不能够再等待了。我们必须起来，立刻起来，用我们的血和生命，和帝国主义做肉搏的斗争。我们要从斗争中取得最后的胜利。我们不要退却，否则，我们——全中国人民——不会有一个幸免的，变成帝国主义的奴隶，把我们埋葬到地狱去！"

他不能再说下去了。一种硬塞的东西把他的喉咙封锁着。他的整个喉管都像玻璃一样地破裂了。仿佛在他的口里，已经迸跃出了许多血丝。他无力地把喇叭从脸上拿下来，亲切地望着群众，浮着兴奋的微笑地，退了进去。

群众叫喊了。旗子乱动着。欢呼和掌声震撼着整个的宇宙。

跟着，另一个人又讲演了。连续地一个又一个的演说，把群众的疯狂变成一个巨球，不断地在讲演台的四周旋滚着。

当灿烂的阳光移到西方的边际，这个空前的群众大会才宣告闭幕。然而十几万人的群众仍然在天安门的旷地上，聚集着，而且继续地欢呼，叫喊和骚动。如同无数波涛汇成了一片似的，不易分开地飞着巨大的海啸……

刘希坚从讲台上走到骚动的群众里面。他咳嗽着，把一块手帕掩在口上，那白色的手帕上染着许多红色。

他感觉得很疲乏。可是他又觉得他的一切都生长在兴奋里。这时，他的力气是很贫弱的，但是他的血又在猛烈地跳动着。他微笑。他努力地在群众里走了许久。随后他走开了，他忽然看见一个学生砍断了手指，把红溜溜的血写到墙上去：

"为五卅烈士复仇!"

同样鲜红的血,如同海浪一般地,从他的心上飞跃着。

二十五

这一天,距离那风暴——那红色的全国总示威的一个星期之后,刘希坚又从他的机关里走了出来。

微笑浮在他脸上。一种快乐的光辉在他的消瘦的脸颊上显露着。他感觉着新的喜悦地,走出那机关的红色的大门。

"现在,她可以向新的世界走去……"他心里想着白华。

一面,他愉快地望着天空,那里是澄清地现着一片蓝色,下午的阳光正在灿烂地——照着那些墙上的标语……他突然想到天安门的墙上的血。那伟大的总示威的政治意义,便重新在他的脑海里活跃着。

他沉思了一会。

在后面,两个人影很快地走近了。一种坚实而粗大的喉音,从他的脑后送过来:

"希坚!"

他一看,便笑着站住了。

"你们俩……"接着便改了口气说:"你们到哪里去?"眼睛却含意地瞧着这一对——近来,因工作的联系而推动了爱情的这一对,觉得这正是很合适的一对伴侣。

"可不是?"王振伍伸过手来说:"正想找你去,却碰见了。"仍然很豪气地,而且很有劲地和他握着手。

刘希坚笑着。"找我?"他问:"有什么事?"便偏过脸去,和张铁英也握了手。

"的确是找你。"王振伍老实地说。

"好,到我公寓去。"

三个人便一同走了。

在路上,他们谈起来。

王振伍先对他说——说了许多革命的前途的意见。尤其是对于把五卅惨案的交涉弄成失败的军阀政府,说了很愤激的革命的言论。随后,说到他自己的事情了,便低声地在刘希坚的耳边说:

"昨夜,我向她表示了,她同意……"

刘希坚便亲热地把一只手放在他的肩膀上,一面笑谑地说:

"好同志! 庆祝你胜利!"

一种光辉的欢乐笼罩着王振伍的笑脸。他赶快补充说:

"她并不是失败呀!"

刘希坚笑了:

"当然,"他说,"这是双方胜利的事情。任何一种斗争,都没有这种情形的。这只是恋爱的特殊形态……"说了便微笑地望着这个忠实的同志,又望着张铁英,而且想起她以前曾给他自己的那情意,便感着兴味地落在一种有趣的沉思里。

"你们说什么呀!"张铁英有意地喊了一声。

"说你。"刘希坚笑着说并且把眼睛定定地看着她。

显然,她的脸是飞起了一阵红润,那些异样的红色,从她的健康的红色里透出来。

她不说什么话。她只把一双大眼望了他一眼，似乎向他作了一种抗议。

王振伍忙着说：

"她就要走了。"

"到哪里去？"刘希坚正经地向她问。

张铁英的红润慢慢地褪去了，她现着镇静的态度回答着：

"到河南去。昨天才决定派我去的。我呢，我很喜欢这种工作。因为我是从农村里长大的，我知道那些农民的痛苦，并且我还知道他们的优点和缺点，我去干农民运动正是合宜的。并且，在我个人的能力上，我也觉得我最好是干农民运动的工作。尤其是在我们的总路线上，我们目前的任务，领导农民革命是很重要的。所以我很欢喜，我可以把我自己深入到农民群众里面。"

的确，她是很欢喜的。革命的工作，常常都是使布尔什维克感到欢喜的。她的脸又红了，然而是一种革命的红的颜色，造成了她的一种使人敬重的气概。

"好极了。"刘希坚说，一面伸过手去和她的手握着。"深入到农村去，这是很严重的目前工作。中国是一个落后的农业国家，因此团结农民很重要。我们必须推动农民在无产阶级领导之下成为坚强的革命队伍。"接着他勉励了她，希望她在这个伟大意义的工作上，得到伟大的成功！末了，便问她：

"什么时候走？"

"明天或者后天。"她向答："我今天特别来看你的。"便向他微笑着。

他也回答她一个微笑。这微笑是充满着广泛的意思的，而且最重要的意思是表示着：

"以前的事情是过去了，现在我们是好同志！"并且他感谢她来看他。

于是他们三个人便欢乐地谈着走到三星公寓了。他们在房间里又欢乐地谈了许久。一点钟之后，这两个同志才走开。当刘希坚把两只手握着他们俩，当她说着"再见"的时候，他不禁地动着感情，仿佛有点不舍之意地，望着他们的背影，望着她和王振伍在阳光里走去。

"女同志，"随后他走进房间里来，便想着，"在工作上，一个不容易得的好的女同志。"

接着他又想起了白华，便立刻走出去。可是在胡同口，两人就碰见了。他第一句便告诉她——在今天的会议上，已经通过了她的加入……

"白华同志！"他欢乐地向她说。

她笑着。她的脸像一朵初开的花朵，含笑，新鲜而美丽。

"那么我就要开始工作了。"她热烈地，眼睛闪着希望之光地，快乐地说："他们派给我工作没有？"

"还没有。过两天就要派的。"他笑着回答。

"你想他们会派给我什么工作？"她十分热情地说："我自己，我喜欢我到工厂里去。我认为必须和工人打成一片。不是么，我们的革命的胜利是应该工人阶级来决定的？"

"不错，"他又笑着回答，"到工厂去，这是最迫切的，而且最重要的工作。无产阶级革命，当然要无产阶级自己起来才有胜利的可能。……你愿意做这方面的工作，我可以替你想法。"接着他望着她，他的眼光里带着敬意，同时又带点爱慕地，把她望了许久。

她在微笑。

这时在他们之间有一种联系的欢乐，而这种欢乐是新的，又仿佛是旧的，从这个眼里飞到那个眼里。他们的心在相印着。

飘过了默默的几秒钟。

刘希坚向她说：

"回想起来是有趣的，"他含蓄着许多笑意和爱意地望了她，"那从前的我们对立的意见，那些几乎要决裂的激烈的论战，现在看起来，都变成很有意义的。你记得不记得，那最后的一次……"

她笑着点着头。

"你的胜利。"她低声地说。

可是他改正了：

"不。不是我的。那是——共产主义的胜利！"

"对的。我说错了。"她热烈地笑着说："我们是，在这种胜利之下工作的。"

他同意地看着她。他们两个人便动步了，向着灿烂的阳光里走去。一种伟大的无边际的光明展开在他们的前面。

读"光明在我们的前面"

张秀中

一

"——我们是，在这种胜利之下工作的。"

伟大的血色的五卅纪念日，这是每个被帝国主义及其走狗所压迫屠杀下的人们，在记忆中将永不会磨灭的，在帝国主义疯狂般的屠杀的血腥的旋风中，我国工农劳苦群众团结一致地起来在无产阶级前卫底旗帜之下，向帝国主义开始了剧烈的斗争，有这次伟大的斗争，才有香港海员罢工的胜利及震动全世界的一九二五——二七年的大革命。这样五卅的反帝运动便在中国革命史上站了光荣的一页。文学是政治运动的一翼，为了执行它底历史任务，一定要进一步地表现这种形态，在过去文坛上，所谓蒋光慈的《少年漂泊者》《鸭绿江上》《短裤党》，表现了初期革命青年的两个阶段，在一般革命青年群众中，总算起了一些相当的作用，这是不能否认的事实；但是其意识的模糊，技术的幼稚，只是一种通俗小说，实在称不起像样的作物，因为历史飞速地进展，革命的深入，已成为历史上的陈迹，失掉其时代底意义了。胡氏底《光明在我们的前面》是生长在五卅运动以后的文学作品中的一种新的姿态开展在读者面前的，因了其生活内容的充实，意识的正确，技巧的熟练，无疑的，在中国文坛上是一部划分时代的作品，表现了中国五卅以后的新的阶段的开始，至少，它是负起了这个伟大的历史的任务。

一个真正称得起普罗作家的与过去的写实主义者们不同的地方是在普罗作家要观察社会的发展过程及转变此过程，决定其发展的根本的那些力，就是说他表现旧东西里面新东西的诞生，在今天的或明天的诞生以及新东西对着旧东西斗争与新东西的胜利，这样才是立脚于唯物辩证法上的普罗作家应有的观点。胡氏这部作品，就是如上所说的表现着。书中刘希坚是一个革命青年，是从安那其主义彻底转变过来的，成为布尔什维克战斗队中重要的一员。他底女友而且是他底爱人，白华，仍然是尚未转变过来的安那其主义的信徒，热烈的拥护者，她是一个极富于热情而勇敢的女性，她信仰安那其并不是为好玩，也不是为虚荣，她的献身只因为把安那其主义当作革命的最好理论，当作改革社会的指南针，当作人类生活向上而达到和平世界的福音，所以她崇拜巴枯宁，尤其崇拜克鲁泡特金。她是抱着满怀的热情和满心的希望，勇敢地加入了无政府党的。她以为从此是到另一个境地，另一个新的不同的环境，走到她的有意义的生活世界，她以为她是负担着改造社会的使命，感到

她的责任的重大和她的工作的忙迫。在这作品中就是写了这个
女性的转变过程。这个转变不是她个人的转变，而且是时代的
进展，革命的深入，使小布尔乔亚革命者认识了客观环境而执
行历史的任务，走上了正确的革命的实际的道路。作者在这地
方写了情感和理智的冲突，也就是爱情和政治的冲突，个人的
感情和阶级意识的冲突，不但写了这些冲突和矛盾，而且写了
他们的对立和统一，在某种条件之下互相转变。

　　她打开胁胳中拿着的许多影印的克鲁泡特金的木刻的像，
她竟得意地拿出一张给她的同学珊，向刘希坚说："这不必给
你，因为你现在是不喜欢的……你把所有安那其的书籍都扯去
当做草纸用。……"

　　他笑了，说这完全是别人造谣，不会干这种无意义的事
情，这种事情多么可笑。

　　她坚决地说他心中只有两个偶像："马克思和列宁。"说他
轻视而且很攻击安那其主义。

　　　他觉得这一点有和她辩驳的必要，便开始说：
"一个人为他自己的思想而处于斗争的地位是正当
的……除非是懦怯者，有人能够在敌人面前不作一
声，或者低头么？并且，忠实他自己的信仰，拥护他
自己的信仰，这完全没有受人指谪的理由。……"
他是爱白华的，他以前也曾加入安那其的！所以她问：
　　"那你为什么从前又加入安那其？"
　　"从前我以为安那其主义可以把我们的社会弄好

了。"……

"一个人的信仰能够常常动摇的么？"

他说她误解他了，这样说是不应该的。

"我自信我是很忠实于真理的人。因此我并不容易动摇。但是，正因为这样，对于安那其主义，我才从热烈中得到失望，觉得那只是一些很好的理想，不是一条走得通的路。这是有事实可以证明的。更不必说中国的无政府党是怎样的浅薄和糊涂——而这些人是由新村制度而想入非非的，他们甚至于还把抱朴子和陶潜都认为是中国安那其的先觉。"他重新谨慎地望着她——"你自然不是那样的人。因为你对于克鲁泡特金的学说是很了解的，但……你为什么还没有觉得，我们现实社会的转变决不是靠幻想的，那乌托邦的乐园也许有现实的可能，然而假使真的实现，也必须经过纯粹的社会主义革命。"……

她不满意他的解释，她仍然坚持着她的论调："这只是安那其主义比其他主义更高超的缘故。"她非常信仰地说……表示着不愿被人屈服的刚强。

他不得不又继续着回答……

"不过今天的问题只有共产主义和共产党的组织形式才有用，因为它是根据客观具体的情况，来决定革命路线的。如果不能立刻救社会的垂危的病，那就无论什么高超的学说都等于空文，因为我们只能把某种思想去改造社会，不能等待着社会来印证某种思想——"

作者在本书中所表现的刘希坚和白华的爱情的关系，他认定他是爱她的（这个爱在最近更显著），并且她也很爱他——她有许多爱他的证据，但是，他和她的爱情之中有一个很大的阻碍，那就是他们的思想——他认为只是她的那些乌托邦的迷梦把他们的结合弄远了。他时常为着这冲突而苦恼着，他也常常在作着扑灭这冲突的努力，他又常常为这努力而忍耐。为的他不能丢开她以及责备她。因为他是很了解她的，因为她太天真，所以才会为了实际的社会运动而沉溺于乌托邦的迷梦，并且他相信，只要她再进一步去观察现实社会，或是能冷静一点把安那其主义和二十世纪作一对照，这她一定会立刻把幻想丢弃了，把刚毅的信仰从克鲁泡特金的身上移到马克思和列宁来。他原谅她，现在受的许多糊涂同志的眩惑，他的职志只是乘机去帮助她，去把她从歧途的思想中救出来。可是，无论在什么时候，当他一说出抵触安那其的言论，她就不管事实，只凭着矜夸的意志，用狂热的感情来和他对抗，变成不是理论的辩论，而是无意识的争驳。这样，结果使他感觉到懊悔的痛苦，但没有失望，他是继续着努力进行，有机会就用种种方法唤醒她。……但是，她每次都是很固执地红着脸的，当他把一切都用唯物论来解释的时候，她总是动着感情说："各人信仰各人的，我只是信仰唯心论。"便什么都弄僵了。

让步的，被压制的又是刘希坚，因为他不愿他的行动也超出理智的支配，并且不愿因这样的争执而损伤到他们尚在生长的爱情，他们每次的相见都成为三个转变：开头是欢喜的握手，中间经过争论，随后用喜剧煞尾。

在上面作者所表现的刘希坚和白华的爱情和政治的冲突，在互相转变之中，刘希坚却为了爱情而让步，但是刘希坚是一个坚决的布尔什维克，决不为了爱情而动摇，牺牲他的政治立场的。但是白华亦为安那其人中最积极的一个，也不无条件地为了爱情而随着动摇其信仰，而盲目地跟着对方走，如一般优柔寡断的女性似的，在这种情形之下，在双方感情冲突的焦点，欲破除彼此间的障碍，刘希坚终于处于战斗者的地位，现出他整个的性格和机智，大胆地，用社会主义思想的巨弹去向她进攻。在几次的争辩中，他皆不能得到胜利，但是不为爱情白让步。她是刚强而且严肃地相信她所信仰的安那其主义，她说是不会受人劝诱，不会屈服于人的，她说也许明天就会离开安那其，也许永远信仰安那其，都是她自己的事情。在一次挽着手开了一次激烈的战争之后，刘希坚为了尊重她，只希望她有一天会好的。

在这种地方，作者的态度是非常正确的，他和她都是彻底的，坚强的人物，有为信仰牺牲一切的决心。不为爱情而动摇其信仰，刘希坚是正确的，白华的坚持，虽然有时近于固执，也是正确的，因为他们是站在政治立场上而讲恋爱，不是为了爱情而谈政治啊！

伟大的五卅来到了，帝国主义用了枪炮残杀中国的劳苦群众，在这一件惊人的事变中，把两个不同的政党，布尔什维克与安那其作了一个比重，无疑的，安那其的个人主义的自由行动的罗曼蒂克不能执行历史的任务。负起了这个伟大的历史的任务的只是布尔什维克了，作者在这个地方，是全书的中心点，也是刘希坚在这个历史的巨变中把白华征服了，不，而是白华在实际中执行了正确的转变——历史征服了她，这正是因为白华献身主义，把安那其当作革命的最好理论，当作改革社会的指南针，当作人类生活向上而达到和平世界的福音，走到她的有意义的生活世界。她以为她是负担着改造社会的使命，感到她的责任的重大和她的工作的忙迫。她以为同志们可以指导她，勉励她，使她和他们共同地来努力这一革命工作。她和他们要紧紧地互相联系着，铲除人类中的强暴者，把弱小者扶植起来。她和他们如同勤苦耐劳的开垦者一样，要把荒凉的人间变成丰富收获的田园，使全人类欢乐地，手携着手，生活在这样的田园里而歌唱着新村的和平，爱，幸福。她不但信仰着安那其而且是努力于工作的。在五卅事件发生后，他们同志们以开会为儿戏，如几百个人向银行挤兑的样子，如此，给与白华的结果，那些矜夸的长发的安那其人的思想与行动所反映给她的现象，使她感到浑浑的失望。又因为她在工作上的打击（热烈的夜市上散传单没人注意），她认识了安那其主义的真面目，它是理想了迷人的美丽世界和迷人的人类和平，它把一切人间的罪恶都抹掉了，它不是这现实世界的急切的需要。它是要罗曼蒂克地把世界翻过来。因之不能在现实世界里起着作用，它只能够使一般幼稚而热情的青年感到安慰的喜悦，不能使急进的沉静的青年感到满足……大家都只像一群醉汉，糊里糊涂地高谈着克鲁泡特金，把那个圆额大胡子的像片钉在房间里，而且干着许多浪漫的事情，伟大艰难的革命事业，被看成一个梦，一个传奇，一幕浪漫的喜剧。把"革命是流血"当笑话，因为安那其的新村是非常和平非常美丽的，他们自甘地在这样的幻想里迷醉着。白华以往也是一个，现在觉醒起来了，因为她不是一个把那种迷醉当作娱乐的人，她是要改革这个社会的，她不能够永远游荡在幻想里而算是从事于革命，自五卅惨案的许多事实所给与她的教训，使她不能不对于她所信仰的，所拥护的安那其主义的基础发生了疑惑，对她的同志们的行动，也使她发生了许多反感。

安那其主义究竟是不是一种革命的幻想？安那其主义能够适切地改革我们的这个社会么？为什么俄国的革命的胜利，不是安那其而是共产主义？共产主义是不是世界上的唯一的革命理论，它能够把老中国变成新中国么？……这种种像烈火一样地在她的头脑里燃烧起来，而且一直地燃烧着，使她苦恼极了，她需要解决，必须在两条路上选一条，决定她最后的前途。因此她要从刘希坚这里得到她的力量——她并不是要他解决这问题，只希望他把重要的共产主义的书籍介绍给她。

白华是在这种条件之下转变了，这是从个人主义自由主义罗曼蒂克的安那其的革命的空想的路而过渡到集体的纪律的组织行动的路上来的，也就是从唯心的到唯物的。这是有历史的背景的。五卅惨案的发生是帝国主义进一步地对于中国工农群众的剥削和压迫，第一次世界大战后，资本帝国主义的国家为挽救其经济危机，在国内各产业部门中普遍地采用了合理化政策，加紧了对工人阶级与农民的剥削，实行高度的资本集中和垄断，因此得到了相当程度的暂时稳定，而便很快地走向了崩溃的过程，势必扩大市场，争夺殖民地，输出金融资本。又因战后占世界六分之一的土地的苏联，十月革命的胜利，建立了社会主义的经济基础、使各帝国主义顿然失了这么大的榨取领域，在东方只有中国是他们的侵略的唯一对象，侵略的结果，使中国一天一天地走向了半殖民地化的过程，因帝国主义的经济侵略而形成了政治的分割，无停止的军阀混战，使着中国农村经济急剧的破产，工人被剥削，失业，广大的劳苦群众为了自身的解放，使他们认识出来只有团结在无产阶级的旗帜之下向帝国主义开始了空前的斗争，在这斗争过程中，使得阶级的斗争日益尖锐化，使得小布尔乔亚不能中立，尤其是革命的小布尔乔亚要更有彻底的转变是必然的，这是书中以主义作为改革社会的热情女子白华转变的客观原因。

　　作者选择了这样一个极伟大的历史事变，作了一个称盘，把布尔什维克与安那其作了一个比较，安那其是没有分量的，在这个条件之下，白华便开始动摇了她对于安那其主义的信仰，怀疑了安那其，并且白华是安那其中最积极的一个，这样的起了怀疑，起了怀疑，而不是盲目的投降。"只是希望他把重要的共产主义的书籍介绍给她"这些地方的表现，意识是非常正确的，作者在这种地方告诉了我们，战胜白华的不是刘希坚，更不是刘希坚的爱情，而是布尔什维克战胜了白华，不但是布尔什维克战胜了白华，而且是布尔什维克战胜了安那其主义。

　　　　刘希坚向她说：

　　　　"回想起来是有趣的，"他含蓄着许多笑意和爱意地望了她，"那从前的我们对立的意见，那些几乎要决裂的激烈的论战，现在看起来，都变成很有意义的。你记得不记得，那最后的一次……"

她笑着点着头。

"你的胜利。"她低声地说。

可是他改正了：

"不。不是我的。那是——共产主义的胜利！"

"对的。我说错了。"她热烈地笑着说："我们是，在这种胜利之下工作的。"

他同意地看着她。他们两个人便动步了，向着灿烂的阳光里走去。一种伟大的无边际的光明展开在他们的前面。

作者在这种节目下结束了全书，归结到共产主义的胜利。实在作者总在把握住了这一点，着眼在全盘的事业上，用主义战胜了白华，仍然是为了革命工作，在白华转变之后，仍归到工作上。

她的确在经过不断的苦闷之中，近来和前不同了，已经一天天从幻想里拉了出来，而开始一步一步地走向革命的实际。同时她在新读的几个重要的著作里，发现了自己以前的幼稚。并且她在许多小册子里，她认识了中国革命的正确的路线。觉得那里面的言论是很有道理的。同时实际的情况，也促使她今天走到群众中去，而且站出来讲话了，这的确也可以作为她的一页新的历史的开展。

二

作者不但写了小布尔乔亚革命者女性代表白华，受了历史的教训而彻底地转变了，而且更进一步地发现了历史转变中的新任务。

在书的结束时，人物支配中，自然指出了中国革命应走的道路。

> 张铁英……回答道："到河南去。昨天才决定派我去的。我呢，我很喜欢这种工作。因为我是从农村里长大的，我知道那些农民的痛苦，并且我还知道他们的优点和缺点，我去干农民运动正是合宜的。并且，在我个人的能力上，我也觉得我最好是干农民运动的工作。尤其是在我们的总路线上，我们目前的任务，领导农民革命是很重要的。所以我很欢喜，我可以把我自己深入到农民群众里面。"
>
> …………
>
> "好极了。"刘希坚说，一面伸过手去和她的手握着。"深入到农村去，这是很严重的目前工作。中国是一个落后的农业国家，因此团结农民很重要．我们必须推动农民在无产阶级领导之下成为坚强的革命队伍。"
>
> 她（白华）十分热情地说："我自己，我喜欢我

到工厂里去。我认为必须和工人打成一片。不是么，我们的革命的胜利是应该工人阶级来决定的？"

"不错，"他又笑着回答，"到工厂去，这是最迫切的，而且最重要的工作。无产阶级革命，当然要无产阶级自己起来才有胜利的可能。……"

三

全书中人物的描写以刘希坚白华的影子表现得最活跃，刘希坚是一个布尔什维克的重要角色，不知疲劳为何物的人物，正如作者所说的他是生活在新时代里的，而且他要作为新时代的建设工人的一员。他自己把所有的一切都交给他的"信仰"……他没有需要，他所需要的只有他的工作的成功。他没有别的希望，除了希望全世界的无产阶级都站起来。"我们的工作像堆栈里的货物，堆着堆着，等待我们去搬运，我们就开始吧。"

"……用我们的血和生命，和帝国主义作肉搏的斗争。我们要从斗争中取得最后的胜利。我们不要退却……"

他不能再说下去了。一种硬塞的东西把他的喉咙封锁着。他的整个喉管都像玻璃一样地破裂了。仿佛在他的口里，已经迸跃出了许多血丝……

刘希坚从讲台上走到骚动的群众里面。他咳嗽着，把一块手帕掩在口上，那白色的手帕上染着许多

　　红色。

　　　他感觉得很疲乏。可是他又觉得他的一切都生长
在兴奋里。这时，他的力气是很贫弱的，但是他的血
又在猛烈地跳动着。他微笑。他努力地在群众里走了
许久。随后他走开了，他忽然看见一个学生砍断了手
指，把红溜溜的血写到墙上去：

　　"为五卅烈士复仇！"

　　　同样鲜红的血，如同海浪一般地，从他的心上飞
跃着。

　　在这种伟大的斗争中，刘希坚在一切的工作上都表现到最
高点，他是极热烈的同时又是态度极镇静的一个，具有"热烈
的心肠，冷静的头脑"的人物。白华是一个天真活泼可爱的女
性，几次在反帝紧张的空气里，骚动的群众中与刘希坚在刹那
间相见，欣然地握住了手，这种地方，表现得也是非常自然
的。其馀的人物就是王振伍和张铁英了。张铁英是被大家公认
为可以当一个远东足球队选手的，满着红斑点的多肉的脸，因
为她是雇农的女儿，很能吃苦的。张铁英是爱着刘希坚的，但
是刘希坚酷爱着白华，张铁英在这种情况之下，虽然感到失
望，但是在工作方面仍是勇往直前，所以大家都称说张铁英在
我们的工作上她是成功的，可是她在恋爱方面，总是失败的。
她以前曾爱过好几个人，人家只把她当作开玩笑的目的。她是
一个很难得的工作上的同志。在群众中大步宽肩地散发传单的
极简略的描绘，张铁英的性格及工作的积极已活跃在读者面
前，对她欣然起敬了。王振伍虽然也是一个布尔什维克，但比

较是没有什么特色的人物，其馀的几个不重要的人物就是象牙塔里的小说家诗人之流，把艺术放在空间的漠不关世的人物。其馀的就是一些"自由人无我"的安那其主义者。

四

在技巧方面，我以为作者是有相当的成功的，尤其是尖端的抒情写法，充满了紧张，急剧，破碎的力量，为作者之特色。

> ……机关枪"扑扑扑"地响，帝国主义的武装向群众屠杀。

> ……口号：前进！

> ……群众冲上去。

> ……空间在叫喊。火在奔流。血在闪耀。群众在苦斗。

> ……都市暴动着。乡村暴动着。森林和旷野也暴动着。

> ……地球上的一切都在崩溃。全世界像一只风车似的在急遽地转变。

> ……帝国主义跟着世纪末没落下去。

> ……殖民地站起来了。贫苦的群众从血泊中站起来了。

> ……举着鲜血一般的红的旗子。

> ……欢呼：斗争的胜利！

　　一个新的时代像一轮美丽的夏天的红日，从远远的地平线上露出了辉煌的色彩，迅速地开展了；把锋利的光芒照耀在世界，照耀在殖民地，照耀在斗争的群众，照耀在刘希坚的眼前。

　　他微微地笑了。一种红色的革命的火光，在他的思想里炫耀着。同时，他的眼前便现出了一张漫画——千千万万的工农群众举着镰刀，斧头，红色的旗子，英勇地欢乐地唱着《国际歌》，几个胖胖的帝国主义者跌倒在群众的面前，一只手抱着炮舰，另一只手抱着飞机，颈项上挂着一大包金镑。

　　这一张漫画的影子便给他一种胜利的，忍不住的快乐的笑声。他完全愉快地把眼睛望着夜色。星光灿烂的，仿佛是世界上革命的火眼，到处密布着，准备着整个的革命的爆发。

　　伟大的北京城骚动了。伟大的北京城叫喊了。伟大的北京城在无数群众的癫狂里实现了空前的，严重的罢工，罢市，罢课。

　　"总罢业！"这是一个强烈的电流。

　　"总罢业！"立刻这个电流触动了大地，触动了大地上的民众——烧着他们的心和他们的热情。

　　到处，工厂里没有机器的响声，每个烟囱都张着饥饿的嘴。到处，商店的门紧闭着。到处，学校里没有摇铃的声音，所有的教室都是寂寂寞寞的。到处，聚集着一群群的民众。到处，写着，贴着，飞着，喊着这样的标语。

整个的北京城都充满着如此的紧张，轰动，疯狂。整个的北京城都变样了——街道变样了，人民变样了，空间变样了。仿佛，连时间也变了进行的速度，甚至于停止了，停止在这一个异样的变动里。

尤其是在热闹的中心街市——前门，大栅栏，东单东四牌楼，西单西四牌楼，王府井大街，更显着异样的可惊的状况。无数群众——工人，店员，学生，彼此汇合着，纷乱着。如同这地球上发生了很厉害的流行病，把平常很安静的人们都传染起来了；把这些人们的心头放上一个火球，使他们在烈火的刺激之中而暴动，吐着强烈的愤怒和反抗的火焰。

许多地方都出现着宣传队。个人的，团体的，散布在十字街头，马路中心，大胡同，路旁，在那里大声地，以及嘶声地，慷慨激昂地喊着。

车马都停止了。

无论是大街或小路，只要有人讲演的地方，便聚集了很厚的群众，一层层地围绕着。大家仰着脸，听着，现着紧张的神气，如同一个火苗落在汽油缸里，立刻燃上了，爆发而且扩大了。大家在讲演者的声浪之下，澎湃地增加了反抗帝国主义的——那伟大的革命的浪潮。

常常在听讲的群众里面，响着尖锐的呼声：

——宰洋鬼子去！

——把洋鬼子赶出东交民巷！

——革命去！

并且，常常在群众里面，响了妇女的哭声。在东四牌楼的马路上，有一个五十多岁的老太婆——她是电报生的母亲——忽然在紧张的空气里哭喊了，一面落着眼泪，一面悲愤地叫骂着，一面离开了听讲的群众，跑到另一端的马路上去讲演。许多群众便潮水似的围绕着她。她激动着说：

（演说）……

这个老太婆的演说把许多人都鼓动起来了。立刻便有人将她的话拿到别处去讲。如同一个火花传染着另一个火花，联系地爆发了，把更多的群众变成了一个伟大的燎原。

同样的在别的地方，也出现着旧式的妇女——她们被讲演者的宣传激动了，被遭难者的血和尸首刺痛了，被同情的波浪冲击了，便带着许多眼泪和愤慨，自由地喊着，用鼎沸的热情来诅骂帝国主义的罪恶。

这时，到处是——

空间充满着紧张的空气，

四围响应着尖锐而愤怒的叫喊，

纷乱的阳光照耀着骚动的群众，

伟大的北京城是一个风暴！

而且这一个风暴正在继续着——高涨，扩大，没有边际。在这个风暴里的人们都是很疯癫的。谁的感情和思想都受了急剧的变动，变动在这一个紧张的旋涡里。并且，无数不认识的人们都联合起来了，站在一条战线上，向着敌人——罪恶的帝国主义——演习着被压迫民族的解放运动的斗争……

这种种的描写在全书中其他的地方也是充分地表现着，一泻到底（如天桥烧洋货等特殊的段落上尤为显著），在技巧上有着摄取读者的力量，这是近来新兴文艺上少有的另开生面的特殊风格。

五

以上所论，在内容上——意识——技巧上都是成功的地方，以下我还要指出本书的几个主要的缺点来，就是，作者只顾到几个领袖人物的活动。尤其特别偏重在刘希坚和白华的对立和统一及其转变方面去，写得太多了些，欠缺了一般革命者的生活及其意识形态的描写以及阶级的对立，统治阶级方面的描写和暴露，因此，显得内容单薄，如在布置五卅工作时，而没有顾到写全体布尔什维克，只是上级几个人物的活动，而忘却了写到推动下级布尔什维克的总动员，在这一点上，是与苏联普罗作家里别进斯基的《一周间》犯了同样的弊病。在布尔什维克开会时，会场上的描写是十二分的不够，这样一个严重的会议，在一页纸上便匆匆的过去，没有把每个人的意见及工作决议以及开会时的姿态描画出来，只是说很严肃，虽然有许多人还吸着香烟，但是喷出来的烟丝更增加了严重的景象，便说每一个人的头脑中都浮上了许多新的工作和新的意义。这样没有把会场实际的严重景象表现得活跃出来。新写实主义的作法，决不是只写写外面，而是要把人物的动作，发言等动态表现出来。

作者如注意到这些地方，这作品的成功还要伟大的吧？！

时代是飞速地进展着，进展着，《光明在我们的前面》在文学上虽然尽了它五卅时代的相当任务，但是一九二九后半年到一九三一年又是一个伟大的风暴到了中国，《光明在我们的前面》在最近的将来——在最近的过去吧——亦将成为文学史上的陈迹，我们期待着将更会有新的作品在新兴中国新文坛上降生！

"我们是，在这种胜利之下工作的。"——啊！作者胡也频氏已经成了在这种胜利之下工作的牺牲了的一员。今天写了这篇读后的文字的时候，是正当朝鲜惨案刚过，万宝山血迹未干，日帝国主义出兵强占东三省，任意的暴行，屠杀千千万万的劳苦群众的时候，与六年前的五卅惨案相较，其凶暴程度又当如何？！工农劳苦群众的反帝怒潮较之六年前，又当如何？！

读了《光明在我们的前面》以后，我们应当纪念作者胡也频，但是我们的纪念，不是用眼泪，而是用意志和鲜血？！

一九三一年十一月卅日于北京。

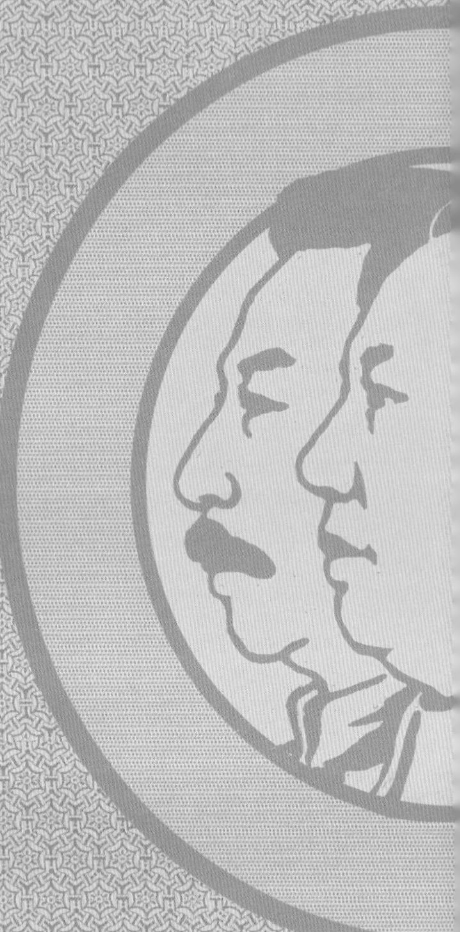